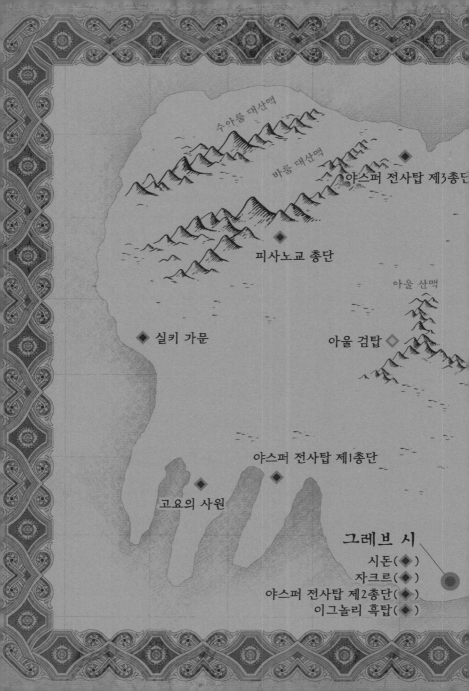

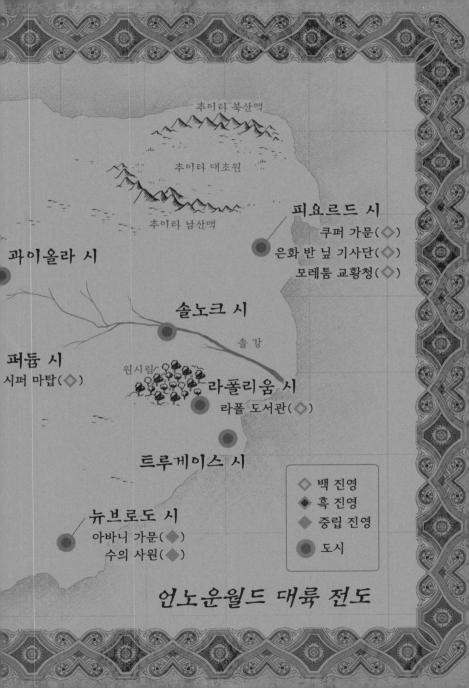

추이타 북산맥

추이타 대초원

추이타 남산맥

피요르드 시
쿠퍼 가문(◇)
은화 반 닢 기사단(◇)
모레툼 교황청(◇)

과이올라 시

솔노크 시

솔 강

퍼듐 시
시퍼 마탑(◇)

원시림

라폴리움 시
라폴 도서관(◇)

트루게이스 시

◇ 백 진영
◆ 흑 진영
◆ 중립 진영
● 도시

뉴브로도 시
아바니 가문(◆)
수의 사원(◆)

언노운월드 대륙 전도

ORIGINAL FANTASY STORY & ADVENTURE

쥬논 판타지 장편소설

dream
books
드림북스

이탄 10 언령의 주인

초판 1쇄 인쇄 2021년 7월 13일
초판 1쇄 발행 2021년 7월 27일

지은이 쥬논
발행인 오영배
편집 편집부
일러스트 필연
표지 · 본문 디자인 오정인
제작 조하늬

펴낸곳 (주)삼양출판사 · 드림북스
주소 서울시 강북구 도봉로 173
대표 전화 02-980-2112 **팩스** 02-983-0660
편집부 전화 02-987-9393 **팩스** 02-980-2115
블로그 blog.naver.com/dreambookss
출판등록 1999년 3월 11일 제9-00046호

ISBN 979-11-283-7001-4 (04810) / 979-11-283-9990-9 (세트)

드림북스는 (주)삼양출판사의 판타지 · 무협 문학 브랜드입니다.

목차

사대신수

『성혈의 바하문트』
—신수: 날개 달린 사자
—상징: 공포
—속성: 흙(土), 피(血)

『불과 어둠의 지배자 샤피로』
—신수: 광기의 매
—상징: 탐욕
—속성: 불(火), 어둠(暗), 나무(木)

『포식자 하라간』
—신수: 투명 마수
—상징: 타락, 나태
—속성: 얼음(氷), 균(菌), 물(水)

『둠 블러드 이탄』
—신수: 냉혹의 뱀
—상징: 파멸
—속성: 금속(金), 빛(光)

발췌문

진정한 백팔수라는 한적한 새벽녘에 잔잔한 호수면을 밟고 일어나는데, 단숨에 우주에 닿을 정도로 커져서 태양과 달과 별을 머리로 들이받아 깨뜨린다고 한다. 또한 백팔수라는 1천 개의 손을 동시에 뻗어서 1천 번의 세월을 한꺼번에 터뜨린다고도 전한다.

　　나는 백팔수라 제6식의 비밀이 여기에 있지 않을까 생각한다.

　　—금강수라종의 역대 종주 가운데 한 명이 끄적거린 낙서 가운데 발췌

제1화
탈출로를 뚫다

Chapter 1

5월 23일 새벽 1시.

동차원의 특수부대가 피사노교의 거점지역 깊숙한 곳에 파고들었다.

특수부대원들은 침투와 동시에 음양종의 진법을 펼쳐서 상고시대의 거신을 소환했다. 그 다음 거신의 힘으로 피사노교의 핵심시설들을 초토화시켰다. 인근의 건물들과 거대한 조각상들도 와르르 허물어뜨렸다.

이게 끝이 아니었다. 동차원의 특수부대는 피사노교의 수뇌부 가운데 서열 4위인 피사노 아르비아와 서열 9위 피사노 티스아에게도 심각한 부상을 입혔다.

아르비아와 티스아는 더 이상 버티지 못하고 도망쳤다.

여기까지는 대성공이었다. 특수부대원들은 적의 주요 인사들을 저격하는 데 성공했고, 핵심시설까지 박살 냈다.

특수부대의 본래 목적을 성공적으로 달성한 셈이었다.

이제 남은 일은 이 위험지역에서 무사히 탈출하는 것뿐.

여기서 문제가 발생했다. 피사노교의 서열 6위 피사노 싯다가 새크리파이스(Sacrifice: 제물, 희생) 마법을 펼치면서 특수부대의 탈출 계획에 파탄이 발생한 것이다.

싯다의 마법은 만자비문 가운데 단절의 권능을 담고 있었다. 부정 세계의 근간이 되는 만자비문의 권능은 무시무시했다. 희미한 문자의 권능에 살짝 노출되었을 뿐인데 거신강림대진이 그대로 와해되었다.

이곳은 적진 한복판이었다. 온 사방이 피사노교의 악마들로 둘러싸여 있었다.

이 와중에 믿었던 거신강림대진이 무너졌다. 특수부대원들은 겁이 덜컥 났다.

몇몇 수도자들은 령의 도움을 받아 동차원으로 차원이동하려고 했다.

불가능했다.

원래 동차원의 수도자들은 령을 이용하여 서차원에서 동차원으로 자유롭게 넘어갈 수 있었으나, 안타깝게도 지금은 령의 능력에 제한이 걸렸다. 피사노교가 이 일대에 설치한 마보들, 마법 아이템들이 령의 차원이동 능력을 틀어막았다.

검룡이 목청을 높였다.

"괜히 헛힘들 쓰지 말게. 이곳에서는 령의 능력이 발휘되지 않아. 이것은 우리가 파병을 나오기 전에 이미 교육을 받은 것이 아니던가."

검룡의 말이 맞았다. 특수부대원들은 피사노교 인근에서 령의 능력에 제한이 걸린다는 점을 이미 교육받았다. 다만 상황이 급박해지자 몇몇 수도자들이 무의식중에 령에게 매달렸을 뿐이다.

검룡이 소매를 걷어붙였다.

"흥. 나는 어차피 특수부대에 처음 참여했을 때부터 목숨을 내놓았다. 와라, 오염된 신의 자식들이여."

붕룡과 죽룡도 검룡과 의기를 투합했다.

"그렇지. 목숨이 아까웠으면 이곳에 오지도 않았지."

"암, 그렇고말고."

이들 세 선인은 특수부대원들의 정신적 지주였다. 검룡과 붕룡, 죽룡이 본격적으로 나서자 특수부대원들도 흔들리는 마음을 다잡았다.

비앙카가 동료들의 용기를 북돋았다.

"여러분, 조금만 더 버티면 됩니다. 조만간 아군의 지원 병력이 악마들의 본진 외곽지역을 두드릴 거예요. 그러면 적의 시선도 분산되겠죠. 그때가 기회예요. 힘을 합쳐 버티다가 적당한 시기가 오면 곧바로 탈출로를 뚫어야 합니다. 이 일대만 벗어나면 각자의 령에 의지하여 동차원으로 돌아갈 수 있습니다."

검룡이 맞장구를 쳤다.

"비앙카 님의 말씀이 참으로 옳소. 우리 모두 힘을 합쳐 악마들의 공격을 막아냅시다. 그러면 분명히 우리에게 기회가 생길 게요."

특수부대원들은 이제 절망 속에서 한 줄기 밝은 빛을 보았다. 각오를 다진 특수부대원들이 오각형 형태로 뭉쳤다. 남명의 사대종파와 마르쿠제 술탑이 각각 오각형의 꼭짓점을 하나씩 담당했다.

첫 번째 꼭짓점에는 검룡이 섰다. 그 뒤를 이어 제련종의 수도자들이 결연한 모습으로 각자의 법보를 꺼내들었다.

검룡에 이어서 두 번째 꼭짓점은 붕룡이 담당했다. 음양종의 수도자들이 붕룡의 뒤에서 각오를 다졌다.

세 번째 꼭짓점은 천목종을 대표하여 죽룡이 맡았다. 죽룡의 뒤에는 척목종의 수도자들이 일정한 간격으로 늘어섰다.

네 번째 꼭짓점은 금강수라종의 엄홍이 담당했다. 엄홍의 왼쪽에는 풍양이, 오른쪽에는 부공이 보좌했다.

사실은 부공의 자리에는 해원이 있어야 마땅하나, 지금 해원은 부상이 심해서 후방으로 빠진 상태였다.

이탄은 부공의 뒤를 받쳤다.

마지막으로 다섯 번째 꼭짓점은 아잔데가 차지했다.

마르쿠제 술탑의 서열 3위이자 사천왕 가운데 첫째인 아잔데는 허리춤에 차고 다니던 호리병을 오른손으로 꾹 움켜쥐었다. 아잔데의 오른쪽에는 머리를 가닥가닥 꼰 흑인 술법사 브란자르가 자리했다. 꺽다리 술법사 테케는 아잔데의 왼쪽을 맡았다. 아잔데의 바로 뒤쪽에는 불곰처럼 생긴 오고우가 두 다리를 양 어깨 넓이로 벌리고 서서 콧바람을 세차게 뿜어댔다.

이들 사천왕은 비앙카의 앞을 빙 둘러싸서 보호하는 모양새였다.

비앙카의 뒤쪽은 레베카가 받쳤다. 은발의 여술법사인 레베카는 마르쿠제 술탑의 장로원주인 오세벨의 제자였다. 또한 레베카는 비앙카와 언니 동생하며 친하게 지내는 사이였다.

특수부대원들이 오각형의 방어진을 구축할 동안, 피사노교의 교도들은 특수부대를 향해 슬금슬금 포위망을 좁혔다.

피사노 싯다의 마법 덕분에 거신은 이미 소환이 취소되었다. 하지만 거신강림대진의 위력만큼은 아직까지도 피사노 교도들의 뇌리에 강렬하게 박힌 상태였다. 때문에 피사노 교도들은 한껏 조심스러운 태도로 조금씩 다가왔다.

이렇게 적들은 머뭇거리느라 공격 타이밍을 놓쳤다.

덕분에 동차원의 특수부대원들은 법력을 안정시키고 법보를 준비할 여유를 충분히 가지게 되었다.

이탄도 나름 법보를 챙겨들었다.

원래 이탄은 법보 따위에 의존할 마음이 눈곱만큼도 없었다. 그는 오로지 자신의 신체만 믿는 타입이었다.

'하지만 지금은 정체를 숨기기 위해서라도 최대한 법보와 부적을 활용하는 편이 좋지.'

이탄이 속으로 이렇게 중얼거렸다.

만약 이탄이 정체가 발각되는 것을 꺼리지 않았다면, 그는 조금 전 싯다가 만자비문 가운데 '단절'의 권능을 발휘했을 때 앞에 나서서 그 권능을 무효화시켰을 것이다.

이탄은 잠시 망설였지만 끝내 나서지 않고 참았다.

이유는 두 가지였다.

모든 언데드들이 본능적으로 빛 앞에 드러나는 것을 꺼리고 어둠 속에 스스로를 숨기기를 좋아하는 것처럼, 이탄은 자신의 정체나 실력을 사람들 앞에 드러내기 싫었다. 이것이 이탄이 싯다의 마법을 저지하지 않은 첫 번째 이유였다.

두 번째 이유는, 이탄의 소속감 때문이었다.

이탄은 지금 동차원의 특수부대에 차출되어 피사노교에 쳐들어온 입장이었다. 하나 엄밀하게 말해서 이탄은 피사노교의 사도이기도 했다.

'피라미드 형태의 건물을 부수고 피사노교의 수뇌부 2명에게 치명상을 입힌 것만으로도 나는 역할을 충분히 했어. 더 이상 피사노교에 해를 입히고 싶지는 않아. 이제 할 만큼 했으니 그냥 탈출만 하자.'

이것이 이탄의 결정이었다.

Chapter 2

물론 탈출을 하다 보면 특수부대원들 가운데 상당수가 피해를 입을 수밖에 없었다. 이탄은 그 점도 각오했다.

적진 한복판에 기습적으로 쳐들어와서 이 정도로 큰 피해를 입혔으면 동차원 입장에서는 충분히 결실을 얻어낸 셈이었다.

이 상황에서 특수부대원 전원이 무사히 귀환한다?

이건 너무 과한 욕심이었다.

'솔직히 동차원의 대선인들도 전원 무사귀환까지 바라지는 않을 거야.'

이탄이 입술을 지그시 깨물었다. 이어서 발을 탁탁 굴러 보았다.

'신발형 비행 법보는 언제든지 최대 출력으로 사용할 수 있고.'

이탄이 손으로 목 언저리를 더듬었다.

'혈적도 잘 부착되어 있으니 목의 흉터가 발각될 일은 없겠지.'

이탄은 깍지를 낀 다음 손목을 빙글빙글 돌렸다.

'손에 낀 장갑도 나름 쓸 만할 거야.'

이 밖에 다른 법보들은 꺼낼 수 없었다.

아조브는 피사노 교와 관련이 깊으니 절대 사용 금지였다. 나라카의 눈이나 아몬의 토템도 어지간하면 쓰지 않는 편이 좋았다.

이탄은 전투 방법도 미리 골라두었다.

'금강체와 백팔수라를 주로 펼쳐야겠어. 여차하면 은신의 가호와 지둔의 가호, 그리고 광정까지는 쓸 거야. 하지만 음차원의 힘은 절대 금물이지. 만자비문도 절대 안 돼. 아나테마 영감에게 배운 저주마법도 자제해야겠지?'

지금 이탄은 금발의 냉정해 보이는 중년인의 모습이었

다. 마르쿠제 술탑의 도움을 받아 변장을 한 터라 정체가 발각될 위험은 적었다. 그럼에도 불구하고 이탄은 최대한 조심하기로 마음먹었다.

그때 피사노 싯다가 구름 위에서 카랑카랑하게 외쳤다.

"감히 성전을 파괴한 놈들이다. 당장 저놈들을 공격하라."

싯다의 명을 누가 어기랴. 지금까지 조심스럽게 접근하던 피사노 교도들이 와락 속도를 내었다.

"와아아아아―."

피사노 교도들이 질풍처럼 달려들었다.

검룡이 아랫입술을 꽉 깨물었다.

"놈들이 온다."

검룡의 소매에서는 어느새 서른여섯 자루의 금빛 검이 방출되어 머리 위에 부채꼴 모양으로 촤라락 펼쳐졌다.

뿌아아아악―.

오각형의 방어진 상공에는 거대한 붕조가 넉 장의 날개를 펄럭이며 빙글빙글 선회 비행했다.

죽룡은 언제라도 자죽림을 소환할 수 있도록 만반의 준비를 마쳤다.

엄홍 선인도 붓에 먹물을 잔뜩 찍어 적을 공격할 채비를 갖추었다. 풍양은 양손에 쌍검을 들었다. 부공은 네모나게 각이 진 몽둥이를 꽉 움켜잡았다.

마르쿠제 술탑에서는 아잔데가 호리병의 오목한 부위를 검지와 중지 사이에 끼고 빙글빙글 돌렸다. 아잔데의 호리병 안에 들어 있는 정체 모를 액체가 호로롱 호로롱 소리를 내며 회전했다.

흑인 술법사 브란자르는 오른손을 옆으로 뻗었다. 그러자 브란자르의 오른손 바로 아래에 반투명하게 표범의 환영이 형성되더니 이내 실체로 변해갔다.

크르르르—.

브란자르가 소환한 흑표범은 노란 눈동자로 적들을 노려보며 낮게 으르렁거렸다.

꺽다리 술법사 테케는 왼손에 검을 한 자루 뽑아들었다. 특이하게도 테케의 검에는 노란 종이들이 잔뜩 붙어 있었는데, 이것이 테케가 직접 제작한 부적이었다. 테케는 검과 부적을 기가 막히게 섞어서 사용하는 것이 주특기였다.

사천왕 가운데 막내인 오고우는 고릴라, 혹은 거원이라는 별명을 지닌 술법사였다. 그 오고우가 등에 짊어진 커다란 솥단지를 몸 앞으로 끌어당겼다. 나른하던 오고우의 눈에서 순간적으로 흉악한 빛이 감돌았다.

붉은 머리카락의 비앙카는 부채를 하나 꺼내서 가볍게 쥐었다.

비앙카의 뒤에서 레베카가 두 손을 가슴께로 모으고 중

얼중얼 주문을 외웠다. 그 즉시 레베카의 머리 위에 은은하게 빙조가 떠올랐다.

음양종의 붕조에 비할 바는 아니었으나, 레베카의 빙조도 그 크기가 어마어마했다. 게다가 빙조는 냉한의 성질을 지녀 상대하기 까다로웠다.

까아아악—.

빙조가 크게 한 번 울었다. 그런 다음 새하얀 날개를 활짝 펴고 냉기를 풀풀 풍기면서 방어진의 꼭지점 주변을 맴돌았다.

특이하게도 빙조는 주인인 레베카가 아닌 비앙카의 머리를 중심으로 선회했다. 최악의 경우 빙조는 레베카보다 비앙카를 최우선으로 보호하게 명이 내려져 있었다.

"침입자 놈들을 짓밟아라."

하늘 높은 곳에서 싯다의 카랑카랑한 목소리가 울렸다. 싯다의 커다란 지팡이 끝에서 검보라색 뇌전이 소낙비처럼 방출되어 지상에 떨어졌다.

평소에 싯다가 가장 즐겨 사용하는 공격마법은 검보라빛 원반, 즉 앺니어 디스커스(Apnea Discus: 무호흡 원반)였다.

그런데 지금 싯다는 이 강력한 마법을 사용하지 않았다. 오로지 검보라빛 뇌전만 내뿜었다. 새크리파이스 마법을 펼치느라 마나가 거의 바닥난 상태였기 때문이다.

"하압."

죽룡이 기합과 함께 오른손의 검지와 중지를 붙여서 앞으로 쭉 뻗었다.

오각형의 방어진 주변에 자주색 대나무가 빽빽하게 자라나더니 눈 깜짝할 사이에 숲을 이루었다.

죽룡이 펼친 자죽림은 지상만 방어하는 것이 아니었다. 자죽림에서 뭉게뭉게 솟구친 뿌연 안개가 오각형의 방어진 상공까지 뒤덮었다.

그 위로 싯다의 검보라빛 뇌전이 작렬했다.

빠카카카캉!

놀랍게도 싯다의 마법은 뿌연 안개에 스며들어 몇 차례 번뜩거리다가 그대로 아득하게 자취를 감추었다.

"흥. 감힛."

싯다는 자존심이 상했다. 화가 치민 싯다가 구불구불한 떡갈나무 지팡이를 번쩍 치켜들었다. 싯다의 머리 위로 검보라빛 원반이 츠츠츠 돋아났다.

이 앨니어 디스커스는 싯다가 신체 내부에 남은 마나를 모조리 쥐어짜서 만들어낸 마법의 산물이었다. 그 크기는 무려 1.5킬로미터에 달했으며 무시무시한 기세가 풍겼다.

Chapter 3

"가라."

싯다가 지팡이로 적들을 가리켰다.

싯다의 머리 위에 떠 있던 원반이 위아래로 출렁이더니 오각형 방어진을 향해 벼락처럼 낙하했다.

"이야아압—."

검룡의 금빛 검 서른여섯 자루가 부채꼴 모양으로 확 펼쳐지면서 상공으로 떠올랐다. 제련종의 수도자들도 각자의 법보를 하늘로 던져 검룡을 도왔다.

붕룡이 손을 휘젓자 거대한 붕조가 고개를 위로 치켜들고는 강력한 초음파를 쏘았다.

뿌아아아악!

인간의 청력으로는 들을 수 없는 주파수의 음파가 둥근 막을 만들며 솟구쳤다. 음양종의 수도자들은 자신들의 법력을 붕조에게 보내서 음파 공격을 도왔다.

엄홍 선인이 검은 먹물을 듬뿍 찍은 붓으로 허공을 찍었다. 붓이 허공에 수라를 그렸다. 머리가 셋이고 팔이 6개인 수라였다.

놀랍게도 그림 속의 수라가 불쑥 튀어나와 환영을 만들더니 우르르 자라나서 거대한 거인 수라가 되었다. 그 수라가 6개의 손바닥을 활짝 펼쳐서 싯다의 마법에 저항했다.

"흥."

풍양이 엄홍의 술법을 질투하여 얼굴을 잔뜩 구겼다.

하지만 풍양은 곧 마음을 고쳐먹고는 쌍검을 크게 휘둘렀다. 쌍검에서 발현된 기운이 서로 교차하면서 날카롭게 허공으로 솟구쳤다.

금강수라종의 수도자들도 각자의 법보를 하늘로 날렸다.

마르쿠게 술탑에서는 아잔데가 대표로 나섰다. 아잔데가 빙글빙글 회전하던 호리병을 우뚝 세워 그 주둥이로 싯다를 가리켰다.

츄왁―.

호리병 속에서 검은 그림자가 벼락처럼 솟구쳤다. 사람의 눈으로는 쫓을 수도 없는 속도로 날아간 그림자는 싯다의 심장에 그대로 틀어박혔다.

아니, 틀어박히는 것처럼 보였다.

그 전에 싯다가 검은 그림자를 꽉 움켜잡았다. 싯다의 손아귀 안에서 날개가 날린 지네 한 마리가 세차게 버둥거렸다. 온몸이 칠흑처럼 새까만 지네였다.

지네가 뿜어내는 지독한 독기가 싯다의 손바닥으로 파고들었다.

치이이이익.

싯다의 손에서 검은 연기가 치솟았다. 싯다의 손바닥은 타들어가는 듯이 쑤셨고, 눈은 가물가물하게 흔들렸다.

"크윽."

싯다가 신음과 함께 뒤로 한 발 물러섰다.

싯다의 몸 주변엔 어느새 피로 만든 방어막, 즉 블러드 쉴드(Blood Shield)가 일어나 싯다를 보호했다.

싯다는 피사노교의 수뇌부 가운데 독을 가장 잘 사용하는 마법사였다. 그런 싯다가 고통을 느낄 만큼 지네의 독은 지독했다.

하지만 그렇다고 해서 싯다를 죽일 정도는 아니었다. 싯다는 손에 꽉 움켜쥔 지네를 번쩍 들더니 그대로 입에 처넣어 우적우적 씹어 먹었다.

지네가 발버둥을 치며 검은 독을 내뿜었으나 소용없었다.

"크악."

지상에선 아잔데가 외마디 비명을 지르며 뒤로 넘어갔다.

지금 싯다에게 잡아먹힌 지네는 아잔데가 오랜 세월 공을 들여 키워온 영물 가운데 하나였다. 이 지네는 벼락보다도 더 빨리 하늘을 날 수 있으며, 그 독에 한 번 노출되면 금속도 견디지 못하고 흐물흐물 녹았다. 게다가 이 지네는 아잔데와 영혼이 연결되어 아무리 멀리 떨어져 있어도 아잔데의 명령을 잘 들었다.

그 귀한 지네가 싯다에게 잡아먹혔다. 지네와 영혼이 연결된 탓에 아잔데는 강한 충격을 받고 그대로 쓰러졌다.

"안 돼."

"아잔데 님."

　브란자르와 테케가 동시에 고함을 질렀다. 하나 그들은 직접 달려들어 아잔데를 부축하는 대신 법력만으로 아젠다를 도왔을 뿐이었다. 대신 레베카가 빙조를 조종하여 아잔데의 머리 위를 가려주었다.

"끄으응."

　빙조의 그늘 아래서 아잔데가 가까스로 정신을 가다듬었다.

　한편 동차원의 특수부대원들은 하늘을 향해 미친 듯이 법보를 방출했다. 이 법보들이 싯다가 쏘아낸 앨니어 디스커스와 정면으로 충돌했다.

　순간 하늘 위에서 검보라빛 물결이 확 퍼졌다. 이 물결은 앨니어 디스커스가 파괴되면서 생성된 빛이었다.

　특수부대원들의 입장에서는 참으로 다행스러운 일이었다. 앨니어 디스커스가 제대로 발휘되면 주변의 모든 생명체는 숨을 쉬지 못하게 마련이었다. 특수부대원들은 그 위험성을 이미 겪어보았기에 재빨리 대응했고, 앨니어 디스커스를 허공에서 터뜨려버릴 수 있었다.

싯다가 얼굴을 구겼다.

"크윽, 귀찮은 것들."

조금 전의 앨니어 디스커스는 싯다가 마지막 마나 한 방울까지 쥐어짜서 구현한 공격이었다. 그 공격이 무산으로 돌아갔으니 싯다의 속이 부글부글 끓을 수밖에 없었다.

비록 싯다의 의도는 먹히지 않았으나, 그렇다고 해서 특수부대원들의 상황이 좋은 것은 아니었다. 특수부대원들이 싯다의 마법을 막아내는 동안, 피사노교의 교도들이 해일처럼 밀려들어 자죽림을 공격했다.

빽빽하게 자란 자주색 대나무 숲이 피사노 교도들의 공격을 1차적으로 막았다.

대나무 숲 위로 무수히 많은 흑마법들이 작렬했다. 별처럼 많은 마보들이 날아와 자주색 대나무를 때리고 다시 뒤로 튕겨났다. 온갖 몬스터들이 튀어나와 대나무를 향해 발톱을 휘두르고 촉수를 뻗었다.

"크으윽."

죽룡의 온몸이 땀범벅이 되었다. 자죽림이 적의 타격을 받을 때마다 죽룡의 법력이 뭉텅이로 소모되었다.

천목종의 수도자들이 자죽림 앞에 방어 법술을 펼쳐주었다.

"후으읍."

그렇게 동료들이 돕는 동안 죽룡은 재빨리 법력을 회복한 다음, 다시 자주색 대나무들을 소환했다.

죽룡이 잠시 시간을 벌어준 사이, 검룡이 금빛 검을 다시 벼렸다. 검룡의 검들은 싯다의 앵니어 디스커스와 부딪치면서 오염되어 빛이 흐려진 상태였다. 검룡은 법력을 쏟아부어 금빛 검에 달라붙은 오염 물질들을 떨쳐내었다. 그리곤 곧바로 서른여섯 자루의 검들을 오각형 방어진 바깥쪽으로 휘릭 돌렸다.

빙글빙글 회전하면서 날아간 36개의 금빛 검이 자죽림 주변에 달라붙었던 몬스터들을 차례로 도륙했다. 몬스터들의 피가 대나무숲 앞에 낭자하게 튀었다.

Chapter 4

뿌아아아악—.

음양종의 붕조가 이에 뒤질세라 강력한 초음파를 쏘았다.

"끄악."

자죽림을 공격하던 피사노 교도들이 초음파에 의해 내장이 터지고 고막이 폭발했다. 그들은 온몸의 모든 구멍에서 검붉은 피를 흘리며 고꾸라졌다.

하지만 교도들 가운데 검보라빛 로브를 입은 흑마법사들은 초음파에 적중당하고도 쓰러지지 않았다.

이 흑마법사들은 싯다와 마찬가지로 블러드 쉴드로 몸을 감싸고 있었다. 붕조의 초음파 공격은 젤리처럼 말랑말랑하면서도 재생력이 뛰어난 블러드 쉴드를 뚫지 못했다.

흑마법사들은 오각형 방어진에 가까이 접근한 뒤, 일제히 떡갈나무 지팡이를 들었다가 대지를 내리찍었다.

땅이 쩍쩍 갈라졌다.

그 속에서 검보라빛 고목나무가 우르르 튀어나왔다.

이것은 이 세계에 속한 나무가 아니었다. 오로지 부정 차원에만 존재하는 탐욕과 억압의 악마종이었다.

이 악마종들은 바닷속 문어의 발처럼 나뭇가지를 꿈틀거리며 튀어나오더니, 그 가지로 자죽림을 후려쳤다. 혹은 땅속에서 뿌리를 뻗어 자주색 대나무의 뿌리를 공략했다.

자주색 대나무가 단단함을 앞세워 방어했다.

탐욕과 억압의 악마종들은 흡입력과 꽉 조이는 힘을 장점으로 내세워 자주색 대나무 숲을 뽑으려 들었다.

남명이 발굴해낸 최고의 나무 속성 술법 자죽림.

부정 차원에서 자생한 나무 속성의 악마종.

이 두 나무들이 정면으로 맞부딪쳤다.

"크아압."

자죽림이 무너질 듯하자 죽룡이 기합을 내질렀다.

천목종의 동료들이 죽룡을 도와 법력을 퍼부었다. 죽룡은 그 법력을 끌어모아 무너지려는 자죽림을 다시 일으켜 세웠다.

이번에는 탐욕과 억압의 악마종들이 기세를 잃고 후퇴하려 들었다.

"안 돼."

"끼야아압."

검보라빛 로브를 입은 흑마법사들이 체내의 모든 마나를 쥐어짜서 다시 한 번 지팡이로 대지를 찍었다.

새로운 악마종들이 줄줄이 소환되어 다시금 자죽림을 공격했다.

이 흑마법사들은 모두 싯다의 피를 이어받은 혈족들이었다. 그 가운데 몇 명은 무려 수백 년 넘게 흑마법을 연성해 온 노마법사들로, 지닌바 마나의 양이 결코 호락호락하지 않았다. 그런 흑마법사들이 전력을 다해 악마종을 소환하자 죽룡도 더는 버티지 못했다.

투두둑.

마침내 자죽림의 한쪽 귀퉁이가 터져나갔다.

"우웨엑."

죽룡이 피를 왈칵 토했다.

"아앗, 죽룡 님."

"정신 차리십시오."

천목종의 수도자들이 황급히 죽룡을 보호했다. 그러느라 오각형 방어진의 한쪽 꼭짓점이 와르르 흔들렸다.

"이런, 바보같이."

오고우가 발을 쾅 굴렀다.

다 함께 힘을 합쳐 진법을 구축했으면, 동료의 목숨보다 진법을 더 우선시해야만 했다. 그게 아군의 피해를 줄이는 방법이었다.

조금 전 죽룡이 쓰러졌을 때, 천목종의 수도자들은 죽룡을 돌볼 것이 아니라 방어진의 유지에 집중해야만 했다.

마르쿠제 술탑의 수도자들은 전쟁터의 최전방에서 피사노교와 맞서 싸우면서 이 진리를 온몸으로 터득했다.

한데 천목종의 수도자들은 아니었다. 그들은 죽룡이 쓰러지자 깜짝 놀라서 진영이 흐트러지는 것도 알아차리지 못하고 어떻게든 죽룡만 돌보려고 했다.

그렇게 오각형 방어진이 약화되자 피사노교에서는 그 틈을 놓치지 않았다. 몇몇 몬스터들이 높이 자란 대나무를 훌쩍 뛰어넘어 천목종을 직접 공격했다.

죽룡이 정신을 잃은 터라 자죽림은 제대로 이 몬스터들을 막지 못했다.

크와앙!

머리가 3개 달린 사자형 몬스터가 거대한 앞발로 천목종의 수도자들을 할퀴었다. 일부 수도자들이 황급히 방어용 법보를 꺼내들었으나, 몬스터의 발톱은 그 전에 날아들어 수도자 한 명을 찢어놓았다.

"끄악."

피가 사방으로 튀었다. 끔찍한 비명이 뒤따랐다.

방어진은 이미 일각이 무너진 터라 수도자들은 위험한 몬스터 앞에 그대로 노출된 셈이었다.

그 뒤를 이어 날아든 몬스터가 온 사방으로 시커먼 촉수를 뻗었다. 끈적끈적한 촉수에 달라붙어 천목종의 수도자 몇 명이 하늘 높이 딸려 올라갔다. 몬스터는 악랄하게도 그 수도자들의 몸뚱이를 자죽림 위에 내리꽂았다.

"커허헉."

3명의 수도자가 뾰족한 대나무 끝에 꿰뚫려 피를 철철 흘렸다. 수도자의 피가 철철 흘러 대나무 속으로 스며들었다.

그렇게 아군의 피에 물든 대나무는 이내 신령한 기운을 잃었다. 탐욕과 억압의 악마종은 기가 막히게도 기운을 잃은 대나무만 골라서 먼저 공략했다.

이에 자죽림에 뚫린 구멍이 점점 더 커지기 시작했다. 오각형 방어진에 의지하여 똘똘 뭉쳐 있던 특수부대원들이

동요했다.

쾅!

오고우가 발을 굴러 천목종이 위치한 곳으로 날아왔다. 오고우는 거대한 솥을 무기처럼 휘둘러 머리가 셋 달린 사자형 몬스터를 후려쳤다.

깨갱—.

솥과 부딪치자마자 몬스터는 비명을 지르며 날아갔다. 촉수형 몬스터도 오고우의 솥이 두려운지 촉수를 움츠렸다.

"어서 진영을 다시 갖춰라. 어서."

오고우가 악을 썼다.

천목종 수도자들은 머리에 찬물이라도 뒤집어쓴 듯 뒷골이 쭈뼛해졌다. 천목종의 수도자들은 그제야 정신을 차렸다.

하지만 이미 때는 늦었다. 무너진 자죽림을 뚫고 탐욕과 억압의 악마종 하나가 진의 내부로 파고들었다.

Chapter 5

고목나무를 닮은 이 악마종은 수십 개의 나뭇가지를 동시에 뻗어서 천목종의 수도자들을 낚아챘다. 악마종의 나뭇가지가 지닌 위력에 비하면 촉수형 몬스터는 아무것도 아니었다.

"안 돼."

"막아라. 우리 실수로 방어진이 무너지면 안 된다고."

천목종의 수도자들이 발작하듯 법보를 날렸다.

악마종은 그 법보들에 얻어맞아 가지가 꺾이고 줄기가 휘었다. 하지만 다시 부서진 나뭇가지를 재생하고 줄기를 곧게 펴며 천목종의 수도자들을 해치웠다.

이제 오각형의 꼭짓점 하나는 회복이 불가능할 정도로 망가졌다.

오고우는 커다란 솥을 붕붕 휘둘러서 탐욕과 억압의 악마종과 맞서 싸우다가, 결국 포기했다.

'여기서 애를 써봤자 한번 기운 전세를 뒤집기란 불가능하지. 버릴 건 버린다. 그게 피해를 최소화하는 길이야.'

오고우는 둔해 보이는 외모와 달리 머리가 무척 영민하고 판단이 빠른 사람이었다. 오고우가 휘익 몸을 날려 마르쿠제 술탑 쪽으로 돌아가 버렸다.

"어엇?"

"아니 왜?"

천목종의 수도자들은 망연자실한 표정으로 오고우만 바라보았다. 사실 그들은 입을 열어 오고우에게 도와달라고

요청하고 싶었다. 그러나 남명 수도자의 자존심 때문에 차마 살려달라는 말은 나오지 않았다.

"저들을 버려야 해. 어차피 모두가 다 살 수는 없어."

오고우가 냉정하게 주장했다.

마르쿠제 술탑의 수도자들은 이런 일이 익숙한 듯, 스스로 진영을 바꿨다. 흐트러진 부분을 방어진에서 떼어낸 뒤, 아잔데와 브란자르가 두 꼭짓점이 되어 새로운 오각형을 만들어 버렸다.

탐욕과 억압의 악마종은 버려진 수도자들을 향해 더욱 사납게 달려들었다.

"아아악, 살려줘."

피가 사방으로 튀었다. 나뭇가지에 칭칭 감긴 수도자들은 강한 압력에 의해 눈알이 튀어나왔다. 내장이 폭발했다. 탐욕과 억압의 악마종은 바닥에 흐른 피 한 방울까지 탐욕스럽게 흡입했다.

"으으윽, 안 돼. 이건 아니야."

죽룡이 겨우 정신을 차린 뒤 괴성을 질렀다.

아잔데가 그런 죽룡을 향해 손짓했다.

"어서 이곳으로 합류하시게."

아잔데의 입장에서 죽룡은 꼭 필요한 인재였다. 죽룡과 같이 뛰어난 선인이 방어진의 꼭짓점을 맡아줘야 아군이 살아날 확률이 높아졌다. 특수부대 전체를 생각한다면 죽룡은 일부 동료들을 포기하고 방어진에 합류하는 것이 옳았다.

"크윽."

죽룡이 시뻘겋게 충혈된 눈으로 아잔데를 노려보았다.

지금 이 순간에도 천목종의 수도자들은 검보라빛 고목나무에 붙잡혀 사지가 갈가리 찢어지는 중이었다.

저 한 명 한 명이 죽룡을 진심으로 따르던 후배들이었다.

'그런데 저들을 포기하라고? 난 못해. 이건 아니야.'

죽룡의 눈이 독한 빛을 내뿜었다.

"크와아악, 오냐. 한번 해보자."

죽룡이 법력을 쥐어짜서 두 손에 잔뜩 모았다. 그리곤 그 손바닥으로 대지를 콰앙 내리찍었다.

땅바닥에 죽룡의 손바닥 자국이 도장처럼 깊게 찍혔다.

순간, 오각형 방어진 전체를 감싸고 있던 대나무들이 스르륵 땅속으로 가라앉았다. 대신 죽룡의 주변에 새로운 대나무들이 빼곡하게 돋아났다.

이번 자죽림은 하늘을 향해 솟구치지 않았다. 마치 고슴도치가 강적을 향해 가시를 곤두세우는 것처럼 사방팔방으로 뾰족한 끝을 겨냥했다.

"천목종은 모두 이곳으로 모여라."

고슴도치처럼 변한 자죽림 속에서 죽룡이 크게 외쳤다.

"아니, 안 돼."

"이런 바보 같은."

아잔데와 검룡이 동시에 탄식했다.

천목종 출신의 특수부대원들은 잠시 망설이다가 결국 죽룡의 명을 따랐다. 오각형의 방어진을 포기하고 죽룡 곁으로 휙휙 날아가 버렸다.

자죽림은 천목종 출신이 날아올 때만 뾰족한 가시를 거두고 입구를 열어주었다. 이제 오각형 방어진은 완전히 무너졌다. 꼭짓점 가운데 하나가 따로 떨어져나가 자신들만의 방어진, 즉 고슴도치를 닮은 진형을 이루었다.

"죽룡, 이 멍청한 친구야."

음양종의 붕룡이 안타까움에 발을 굴렀다.

고슴도치 진형 속에서 죽룡의 비통한 목소리가 들렸다.

"자네들에겐 미안하네. 하지만 나는 천목종의 후배들을 버릴 순 없어. 단 한 명의 낙오자도 용납할 수 없다고. 우리 천목종은 우리끼리 자구책을 마련할 터이니, 이제부터는 종파 별로 각자 살 길을 찾게나."

오각형은 서로가 서로를 도울 수 있는 구조였다.

사각형은 달랐다. 사각형은 어느 한쪽으로 찌그러지면 곧바로 균형을 잃고 방어진이 깨지기 쉬웠다.

'사각형을 만드느니 차라리 삼각형이 더 나아.'

검룡이 고개를 홱 돌렸다.

붕룡이 검룡과 시선을 마주쳤다.

이어서 두 사람의 눈빛이 엄홍에게 닿았다.

'알겠습니다. 우리 금강수라종은 두 분의 뜻을 따르겠습니다.'

엄홍이 짧게 고개를 주억거렸다.

화악!

눈 깜짝할 사이에 진이 다시 갈라졌다. 검룡의 제련종, 붕룡의 음양종, 엄홍의 금강수라종이 진을 흐트러뜨렸다가 약간 떨어진 곳에서 다시 뭉쳤다. 그들은 눈 깜짝할 사이에 삼각형의 방어진을 만들었다.

콰앙!

아잔데가 세차게 발을 굴렀다.

"이런 병신들."

아잔데의 입에서 욕이 튀어나왔다.

비앙카는 그럴 줄 알았다는 듯이 냉랭하게 외쳤다.

"마르쿠제 술탑의 수도자들은 들으라."

"공주님, 말씀하십시오."

마르쿠제 술탑의 수도자들이 우렁차게 대답했다.

Chapter 6

비앙카가 남서쪽 방향을 지목했다.

"남명이 우리를 버렸으니 이제는 우리끼리 똘똘 뭉쳐야 한다. 지금부터 우리는 한 덩어리가 되어 곧장 남서쪽으로 돌파한다. 중간에 동료가 부상을 당해 뒤처지더라도 절대 뒤를 돌아보지 마라. 쓰러진 자는 버리고 간다."

"명을 받들겠습니다."

마르쿠제 술탑의 수도자들은 비앙카의 냉정한 명령도 망설이지 않고 받들었다. 최대한 많은 수의 동료를 살리려면 오직 이 수단 밖에 없었다. 비앙카의 명이 떨어진 즉시 마르쿠제 술탑의 수도자들은 한 덩어리가 되어 남서쪽으로 방향을 잡았다.

비앙카가 이쪽 길을 선택한 이유는 간단했다.

'할아버님께서 귀띔해주셨지. 악마들의 땅 남서쪽 방향으로 대규모 군단을 파병하여 적들의 이목을 끌어주신다고 하셨어.'

비앙카는 마르쿠제를 철석같이 믿었다. 그녀와 동료들이 살 길은 오직 하나였다. 어떻게든 적진을 돌파하여 남서쪽으로 나아가야만 했다.

한편 죽룡은 자죽림으로 고슴도치 형태를 구축한 다음,

동쪽으로 방향을 잡았다. 이 고슴도치 진형 안에는 천목종의 생존자들이 똘똘 뭉쳤다.

마르쿠제 술탑이 남서쪽으로 향했고, 천목종이 동쪽을 선택했으니, 나머지 사람들은 북서쪽을 택할 수밖에 없었다.

'어차피 각자 살 길을 찾기로 한 터, 완전하게 세 갈래로 갈라지는 편이 낫겠지?'

검룡은 이렇게 판단했다. 120도 간격으로 갈라져서 세 갈래의 돌파구를 각자 마련하자는 생각이었다.

검룡의 뜻에 따라 나머지 수도자들이 움직였다. 제련종, 음양종, 금강수라종은 다 함께 삼각형 방어진을 구축했다. 그리곤 빙글빙글 회전하면서 북서쪽으로 나아갔다.

이탄도 그 안에 끼어 있었다.

"놈들이 흩어졌다. 한 놈도 빼놓지 말고 모두 붙잡아라."

검붉은 블러드 쉴드 내부에서 싯다가 으스스하게 명령했다. 싯다의 혈육들이 다시 한번 지팡이를 번쩍 들었다가 일제히 대지를 내리찍었다.

우렁찬 굉음과 함께 땅이 갈라지고 그 속에서 탐욕과 억압의 악마종이 튀어나왔다. 부정 차원에서 소환된 악마종들은 메마른 나뭇가지를 징그러운 뱀처럼 뻗어 특수부대원들의 탈출로를 가로막았다.

"뚫어라."

삼각형의 한 꼭짓점에서 검룡이 서슬 퍼런 음성을 토했다.

슈가가각!

검룡의 손끝을 따라 날아간 36개의 금빛 검이 검보라빛 나뭇가지를 썽둥썽둥 잘랐다.

하지만 잘린 나뭇가지는 곧 다시 돋아났다. 금빛 검이 나뭇가지 하나를 잘라내면, 그 단면으로부터 2개의 새로운 나뭇가지가 돋아나는 식이었다.

"으읏."

악마종의 집요한 재생력에 특수부대원들이 입술을 꽉 깨물었다.

제련종의 수도자 한 명이 검룡의 등 뒤에서 부적을 한 움큼 뿌렸다.

퍼퍼펑! 펑펑!

허공에 흩날리는 부적이 마구 폭발했다. 그 부적으로부터 사각 방패와 기다란 창으로 무장한 부적 병사들이 뛰쳐나와 탐욕과 억압의 악마종을 공격했다.

콰앙!

부적 병사들이 내지른 창날에 검보라빛 나뭇가지가 터졌다. 그렇게 폭발한 나뭇가지로부터 새 가지가 다시 돋아나 부적 병사들을 휘감았다.

부적 병사들은 사각 방패로 가지를 밀치고 한 발 뒤로 물러서더니 빙글 회전하여 창대를 수평으로 크게 휘둘렀다.

검보라빛 나뭇가지가 다시 한번 폭음과 함께 터져나갔다.

"검룡 사형, 서두르셔야 합니다."

부적 병사들을 소환한 수도자가 크게 외쳤다. 그가 시간을 버는 사이, 검룡은 삼각형 방어진을 지휘하여 옆으로 우회했다.

탐욕과 억압의 악마종은 호락호락 특수부대원들을 놓아주지 않았다. 수천 개의 가지를 뻗어 부적 병사들을 하나씩 휘감는 것과 동시에, 검보라빛 고목나무의 뿌리가 땅속으로 뚫고 와 삼각형 방어진의 정면을 가로막았다.

삼각형 방어진이 빙글 회전했다.

이번엔 음양종이 나섰다.

붕조가 하늘에서부터 날아와 날카로운 발톱으로 고목나무 한 그루를 뿌리째 뽑았다. 땅바닥에서 쑤욱 뽑혀 나간 악마종이 마치 거머리처럼 뿌리와 가지를 휘저어 붕조의 다리를 할퀴었다.

뿌아아아악—.

붕조가 괴성과 함께 상공 높이 솟구쳤다.

그 사이 음양종의 요조 선인이 손가락으로 기이한 모양을 엮었다. 그 손끝으로부터 강맹한 법력이 방출되었다.

땅바닥을 강타한 요조 선인의 법력은 이내 거대한 흙의 용으로 변하여 고목나무를 덮쳤다. 흙의 용이 한 번 꿈틀거릴 때마다 흙이 사방으로 튀었다. 검보라빛 고목나무의 뿌리가 설 곳을 잃고 휘청거렸다.

크아앙!

흙의 용이 땅바닥을 헤집자 고목나무들이 픽픽 쓰러졌다.

음양종의 선봉 선자가 그때를 맞춰 청동거울을 꺼냈다. 여인들이 화장을 할 때 사용할 법한 거울이었는데, 표면에 은은하게 얼음 결정 문양이 새겨져 있는 점이 인상적이었다.

번쩍!

청동거울이 빛을 토했다.

그 빛이 흙의 용에 의해 휘청거리는 악마종을 비추었다. 쩌저적 소리와 함께 순간적으로 탐욕과 억압의 악마종이 얼어붙었다.

선봉 선자는 청동거울을 빠르게 놀려 악마종들을 차례로 비추었다.

그 빛에 노출될 때마다 악마종들이 그 자리에서 얼어붙어 꼼짝도 하지 못했다. 검보라빛 고목나무의 표면엔 하얗게 서리가 끼었다. 잔가지들은 혹한의 냉기를 견디지 못하고 조금씩 바스러졌다.

"옳거니."

붕룡이 쾌재를 불렀다.

붕룡은 선봉 선자의 손에 들린 청동거울이 얼마나 무서운 법보인지 잘 알았다. 수한경이라는 이름이 붙은 저 거울은 오래 전 극음 대선인이 딸인 자한 선자를 위해서 물려준 최상급 법보였다.

'청동거울이 방출하는 빛에 살짝 스치기만 해도 어지간한 선인은 온몸의 피가 얼어붙어 꼼짝도 하지 못하고 즉사할 정도지. 저 위험한 물건이 선봉 선자의 손에 들려 있다니, 아마도 자한 사고님께서 딸을 위해 몰래 쥐여주셨나 보구나.'

붕룡은 고개를 끄덕였다.

Chapter 7

붕룡이 판단컨대 요조와 선봉의 조합은 실로 뛰어났다. 요조 선인이 소환한 흙의 용이 악마종의 뿌리를 땅 밖으로 밀어내어 잠시 동안 힘을 쓰지 못하도록 만들고, 그 사이 선봉 선자가 수한경으로 상대를 꽝꽝 얼려버렸다. 이렇게 힘을 합치니 까다로운 악마종들도 쉽게 처리가 되었다.

"이때다."

검룡이 금빛 검을 매섭게 휘둘렀다.

슈가가가각—.

서른여섯 자루의 검이 눈 깜짝할 사이에 수백 개의 선을 만들었다. 그 궤적에 걸려 검보라빛 나뭇가지들이 썽둥썽둥 잘렸다.

이번에는 나뭇가지들이 재생하지 못했다. 줄기 깊은 곳까지 꽝꽝 얼어서 재생이 어려웠고, 뿌리가 흙 밖으로 튀어나와 대지의 에너지를 끌어올릴 수도 없었다.

끄어어, 끄어어어—.

탐욕과 억압의 악마종은 아스라한 괴성을 남긴 채 하나둘 부정 차원으로 역소환되었다.

"치잇."

싯다의 혈족들이 피가 맺힐 정도로 입술을 꽉 깨물었다.

악마종들이 사라지자 이번엔 피사노교의 일반 교도들이 특수부대원들을 향해 달려들었다.

삼각형 방어진이 휘릭 회전했다. 이번엔 금강수라종이 나설 차례였다. 풍양이 쌍검을 날려 검의 회오리를 10개나 만들어내었다.

휘이이잉, 휘이잉, 휘이잉—.

살을 에는 검의 회오리가 지상에 구불구불한 흔적을 남기면서 피사노 교도들에게 날아갔다.

엄홍도 그냥 있지 않았다. 엄홍이 붓에 먹물을 찍어 수평으로 쭉 그었다.

그 일직선이 곧 대지의 균열이 되었다.

쿠르릉 소리와 함께 대지가 쩍 갈라졌다. 폭 20미터의 균열이 지하 깊은 곳까지 뚫고 내려가 대지를 둘로 나누었다.

물론 피사노 교도들의 실력이라면 20미터의 균열쯤은 아무런 장애도 되지 않았다. 몇몇 피사노 교도들이 코웃음과 함께 20미터의 균열을 휙 뛰어넘었다.

그 즉시 지하 깊은 곳에서 솟구친 차가운 바람이 피사노 교도들의 몸을 수직으로 갈라버렸다.

"헙."

사람의 몸이 그대로 둘로 쪼개지는 끔찍한 모습에 뒤를 쫓던 피사노 교도들은 우뚝 멈춰 설 수밖에 없었다.

탐욕과 억압의 악마종을 역소환 시키고, 피사노 교도들의 추격도 끊었다. 이제 삼각형 방어진은 이곳을 탈출할 일만 남았다.

"가세."

검룡이 동료들을 재촉했다.

쿠르르르—.

삼각형 방어진이 다시 회전하면서 빠르게 북서쪽으로 치고 나갔다.

'이제 되었다.'

'탈출에 성공할 수 있어.'

삼대종파의 제자들은 이제 살았다는 생각에 가슴이 부풀었다.

하지만 아직 그들의 시련은 끝나지 않았다.

"요런 쥐새끼 같은 놈들."

북서쪽 수평선 저 멀리서 끔찍한 음성이 울렸다. 듣는 것만으로도 사람의 머리카락이 쭈뼛 서고 뒷골이 저릿해지는 목소리였다.

'허걱!'

이탄의 가슴이 철렁 내려앉았다.

이탄이 놀란 이유는 다른 사람들과는 조금 달랐다.

대부분의 특수부대원들은 음성에 실린 기이한 힘 때문에 기겁했다. 이탄은 이것 때문이 아니라 목소리 자체에 놀랐다.

'어우, 빌어먹을.'

이탄이 가장 우려하던 일이 벌어졌다. 피사노교의 수뇌부들 가운데 이탄에 대해서 가장 많이 알고 있는 존재, 피사노 싸마니야가 등장했다. 지금 북서쪽 수평선에서 들린 목소리의 주인공은 분명 싸마니야였다.

싸마니야와 마주할 생각을 하자 이탄은 머릿속이 복잡했다.

'마르쿠제 술탑의 변신술이 얼마나 효과가 있을까? 과연 그것으로 싸마니야의 눈을 속일 수 있을까?'

이탄은 고개를 살짝 숙이고 동료들 틈에 몸을 웅크렸다. 최대한 싸마니야의 눈을 피해 보려는 수작이었다.

싸마니야의 이동속도는 기겁할 정도로 빨랐다. 처음 음성이 들렸을 때 싸마니야의 위치는 수평선 저 너머였다. 그다음 1, 2초가 흐른 뒤에는 어느새 싸마니야의 몸이 특수부대원들의 머리 위까지 날아와 버렸다.

"마르쿠제의 새끼들이더냐?"

싸마니야가 으스스한 눈으로 특수부대원들을 굽어보았다.

"으으으으."

"마, 마신이다."

특수부대원들은 고개를 하늘로 들고는 싸마니야의 모습을 확인한 뒤, 가늘게 신음을 흘렸다.

특수부대원들이 기겁을 할 만했다. 피사노 싸마니야의 키는 무려 10미터가 넘었고, 산발한 머리카락은 하늘을 향해 타오르는 불꽃처럼 일렁거렸다. 싸마니아의 눈은 붉은 별과 같았다. 그의 목소리는 우레를 동반했다. 싸마니야의 머리 양쪽에는 두 갈래의 뿔이 길게 돋아 있었는데, 뿔의 끝에서 검은 화염이 불길하게 타올랐다.

싸마니야의 외모는 동차원의 수도자들이 술법서에서나 보던 마신의 형상과 흡사했다. 조금 전 피사노 싯다를 보았을 때는 꿈쩍도 않던 수도자들이 싸마니야를 보자마자 크게 흔들린 것도 바로 이 무시무시한 외모 때문이었다.

수도자들이 크게 놀란 것과 달리, 이탄은 속으로 안도의 한숨을 내쉬었다.

'마르쿠제의 새끼들이냐고?'

이곳에 있는 특수부대원들은 모두 남명 출신의 수도자들이었다.

한데 싸마니야는 이 수도자들을 마르쿠제 술탑 출신으로 착각했다. 마르쿠제 술탑에서 준 변신용 가면이 먹혔다는 소리였다.

'이야아아, 그렇다면 싸마니야가 내 정체를 알아보지 못한다는 뜻이잖아?'

이탄은 엉뚱하게도 이 심각한 상황에서 히죽 웃었다.

싸마니야가 왼손을 번쩍 들었다.

그 즉시 특수부대원들의 발밑이 발갛게 달아오르더니, 이내 땅속에서 기포가 부글부글 끓어 넘쳤다. 특수부대원들의 코끝에 유황 냄새가 확 끼쳤다.

"피햇!"

검룡이 악을 썼다.

"안 돼."

특수부대원들도 무언가를 느끼고는 사방으로 흩어졌다.

Chapter 8

직후, 특수부대원들이 서 있던 자리를 뚫고 시뻘건 악어가 솟구쳤다. 온몸이 용암으로 이루어진 악어는 마치 강물 속에 숨어 있다가 먹이를 와락 덮치는 것처럼 튀어나와 거대한 아가리를 쩍 벌렸다.

뿌악?

하늘을 선회 중이던 붕조가 용암악어의 거대한 아가리에 걸려 비명을 토했다.

"안 돼애—."

붕룡이 괴성을 질렀다.

하지만 이미 늦었다. 거대한 용암악어는 무려 수 킬로미터가 넘는 아가리를 150도 각도로 쩍 벌렸다가 붕조를 한입에 삼키고는 다시 땅속으로 꺼졌다.

붕조가 용암악어에게 잡아먹힐 때, 몇몇 특수부대원들도 용암악어의 거대한 아가리 속으로 함께 떨어졌다.

"끄아아악."

거대 용암악어의 아가리 속에서 끔찍한 비명이 울렸다. 억세게 다물린 용암악어의 이빨 사이로 붕조의 깃털이 허무하게 흩날렸다.

"커억, 컥."

붕룡이 피를 토하며 고꾸라졌다. 붕룡은 붕조와 영혼이 연결된 사람이었다. 붕조가 갑작스럽게 잡아먹히자 그 충격이 붕룡의 영혼까지 뒤흔들었다.

"붕룡 사형."

음양종의 선인들이 황급히 붕룡을 부축했다.

이미 삼각형 방어진은 뿔뿔이 흩어진 상태였다. 용암악어가 다시 사라진 뒤에도 땅거죽은 매캐한 유황 연기를 내뿜으며 부글부글 기포를 토했다. 아니, 그 정도를 넘어서 땅거죽 자체가 용암으로 변한 듯 벌겋게 유동했다.

어느새 대지엔 용암의 호수가 생겼다.

특수부대원들은 용암의 호수 둘레에 서서 입을 쩍 벌리고 이 끔찍한 괴사를 멍하게 지켜보았다.

이제 삼대종파가 다시 뭉쳐서 방어진을 구축하기는 어려웠다. 조금 전 갑자기 등장한 용암악어 때문이었다. 특수부대원들은 종파에 상관없이 마구잡이도 뒤섞인 채 용암의 호수 둘레에 늘어선 상태였다.

싸마니야의 무시무시한 눈이 망연자실한 특수부대원들

을 쭉 훑고 지나갔다. 싸마니야의 입에서 우렛소리가 터졌다.

"마르쿠제, 이 쥐새끼는 어디에 숨어 있느냐?"

"으으으."

특수부대원들은 감히 대답하지 못했다.

싸마니야가 한 번 더 다그쳤다.

"핏덩이들만 이곳에 내버려 두고, 마르쿠제는 어디로 사라졌느냐? 설마 그 쥐새끼가 이 위대한 피사노교에 너희들 핏덩이들만 보낸 것은 아니겠지?"

"으으으읏."

특수부대원들이 한 번 더 신음을 흘렸다.

아무도 대답이 없자 싸마니야가 얼굴을 악귀처럼 구겼다.

"설마 진짜란 말이냐? 마르쿠제 그 쥐새끼가 핏덩이들만 보낸 게야? 이이익, 이런 시건방진 놈."

싸마니야가 다시 한 번 왼손을 들었다.

순간적으로 대지가 부글부글 끓어오르면서 거대한 용암 악어가 다시 한 번 등장했다. 머리의 길이만 무려 10킬로미터. 몸통과 꼬리까지 더하면 장장 40킬로미터나 되는 거대한 마수가 대지를 온통 불태우며 지상으로 기어올라 왔다.

용암악어가 등장할 때 특수부대원들 가운데 10분의 1이 활활 타오르는 용암 속으로 빠져들었다.

그나마 선인들은 황급히 비행 법보에 올라타 용암을 피할 수 있었으나, 선급에 올라서지 못한 수도자들은 쉽게 도망치지 못했다.

말이 40킬로미터이지, 이 정도면 어지간한 도시 크기였다. 이 거대한 대지가 온통 시뻘건 용암으로 변했다. 하늘은 매캐한 유황 연기로 가득했다.

특수부대원들은 어디로 도망칠지 알지 못했다. 유황 때문에 눈이 따가워서 동료들이 어디 있는지 파악도 되지 않았다. 발밑은 펄펄 끓어오르고, 하늘은 시뻘건 색 천지였다.

그 시뻘건 하늘 아래에 피사노 싸마니야가 마신과도 같이 우뚝 떠올라 무서운 눈으로 지상을 굽어보았다.

고오오오오.

길이가 40킬로미터나 되는 용암악어가 거대한 동체를 일으켜 피사노 싸마니야의 발밑에 자신의 머리를 얌전히 가져다 대었다.

싸마니야는 뒷짐을 지고 거대 용암악어의 머리를 밟고 서서 위엄 넘치게 주위를 살폈다.

이게 끝이 아니었다.

끊임없이 끓어오른 유황 연기가 싸마니야의 머리 위에서 서서히 뭉쳐서 하나의 형상을 드러내었다.

지금의 문명이 탄생하기 이전, 고대 문명의 시기 끔찍한 악명으로 세상을 놀라게 한 거인족이 있었다.

다름 아닌 유황의 거인이었다.

고대 문명의 시기, 유황의 거인 가운데 가장 거대한 자는 그 키가 무려 100킬로미터가 넘는다고 했다. 유황의 거인이 한 번 모습을 드러내어 온 하늘을 뒤덮으면, 대지에는 유황의 비가 내리고 태양빛은 아득하게 힘을 잃어 모든 생명체가 말라 죽는다고 하였다.

하여 유황의 거인에게 붙여진 또 다른 이름이 바로 '삭막의 악마종' 이었다.

유황의 거인은 비록 부정 차원에서 잉태된 악마종은 아니었으나, 그 힘이나 위력이 가히 악마종에 버금갔기에 사람들은 유황의 거인을 악마종의 일종으로 여겼다. 실제로 고대 문명이 붕괴할 당시, 일부 살아남은 유황의 거인족은 스스로 부정 차원으로 들어가 악마종의 하나가 되었다. 따라서 지금 유황의 거인족은 진짜로 악마종인 셈이었다.

지금 싸마니야의 등 뒤에 등장한 거인이 바로 그 삭막의 악마종이었다.

콰아르르르르─.

거대 용암악어 상체를 불쑥 일으켰다가 물속에 잠수하듯이 머리를 땅속으로 들이밀었다.

용암악어의 머리가 접근한 즉시 멀쩡하던 흙이 용암처럼 녹아서 액체로 변했다. 용암악어는 그 액체 속으로 풍덩 들어갔다가 지상에 두 눈만 빼꼼 내밀고 빠르게 헤엄쳤다.

용암악어의 행동은 보기보다 훨씬 민첩했다.

게다가 그 크기가 무려 40킬로미터나 되었기에, 용암악어가 조금만 움직였을 뿐인데 벌써 수 킬로미터가 용암의 호수로 변했다.

"피햇."

요조 선인이 비행 법보에 올라타 풀쩍 뛰어올랐다. 요조의 등에는 붕룡이 업힌 상태였다.

요조의 주변으로 음양종의 선인들도 함께 비행했다.

Chapter 9

용암악어의 습성은 일반 악어와 크게 다르지 않았다. 일반 악어들이 강물 위에 눈만 내놓고 매복하는 것처럼, 용암악어도 용암 위에 두 눈만 내놓고 헤엄치다가 한순간 아가리를 쩍 벌리고 박차 올랐다.

"으아아악."

음양종의 선인들이 괴상과 함께 법보에 박차를 가했다.

그보다 용암악어가 더 빨랐다. 무려 수 킬로미터나 넘는 아가리를 쩍 벌린 채 용암악어가 허공으로 대가리를 솟구쳤다.

쩍 벌어진 그 아가리 안에 대부분의 선인들이 다 들어왔다.

터엉!

허공에서 용암악어의 억센 아가리가 꽉 다물렸다.

이 한 번의 공격에 음양종의 선인들 20여 명이 그대로 잡아먹혔다. 용암악어의 목표물 가운데는 오직 요조 선인과 붕룡만이 탈출했다.

용암악어가 입을 쩍 벌린 순간, 요조는 벼락처럼 탈출용 부적을 찢었다. 그 즉시 주변 1킬로미터가 얼음으로 뒤덮였다. 요조와 붕룡은 무려 수 킬로미터 밖으로 순간이동해 목숨을 건졌다.

물론 완전히 도망친 것은 아니었다.

용암악어의 시뻘건 눈이 요조를 노려보았다.

"으허헉?"

깜짝 놀란 요조가 두 번째 탈출용 부적을 찢었다. 요조와 붕룡이 다시 한 번 공간을 뛰어넘어 수 킬로미터 너머로 점프했다.

그래 봤자 유황의 거인, 즉 삭막의 악마종에게는 손을 뻗으면 쉽게 닿을 거리였다. 요조가 나타난 바로 그 위치에 거인의 손이 대기하고 있다가 화악 다가왔다.

"허걱!"

요조는 재빨리 흙의 용을 소환했다. 커다란 용이 요조의 주변을 빙 둘러싸서 유황 연기를 막아내었다. 요조가 소환한 흙의 용은 크고 강력했으나 유황의 거인에 비할 바는 아니었다. 거인이 아무렇게나 손을 휘젓자 흙의 용이 그 커다란 손에 붙잡혔다.

우두둑.

흙은 용은 단숨에 허리가 뚝 끊겨 다시 대지로 돌아갔다.

"크왁."

용이 패대기쳐질 때 요조도 검붉은 피를 와락 토했다.

그 와중에도 요조는 용케 정신을 잃지 않았다. 그는 혀끝을 깨물어 가까스로 정신을 차리고는, 재빨리 세 번째 부적을 찢어 더 먼 곳으로 피신했다. 한 손으로는 붕룡을 꽉 끌어안은 채였다.

"흥. 메뚜기 같은 놈이 잘도 도망치는구나."

싸마니야가 코웃음을 쳤다.

그 사악한 음성이 뇌리에 꽂히자 요조의 몸이 파르르 흔들렸다.

"끄악."

요조는 한 번 더 피를 토하더니 그대로 뚝 떨어졌다.

한편 요조가 시간을 벌어주는 동안 다른 수도자들은 각자의 비행 법보에 올라타 사방으로 흩어졌다.

이제 특수부대원들은 더 이상 동료들과 함께 방어진을 구축할 수 없었다.

"모두 흩어져라."

엄홍은 제련종의 검룡과 함께 저 멀리 동쪽으로 날아갔다. 엄홍의 등에는 해원이 업힌 상태였다.

부공도 엄홍을 뒤쫓았다. 부공은 용암의 호수를 우회하여 가까스로 엄홍을 따라잡았다.

풍양은 서쪽으로 도망쳤다. 두 발을 어깨 넓이로 벌리고 한 자루의 검 위에 올라타서 유황연기를 뚫는 풍양의 모습은 잘 벼린 검날을 보는 듯 날카로웠다.

'어라?'

이탄이 주변을 휙 둘러보고는 풍양을 뒤쫓았다.

'싸마니야가 내 정체를 알아보지 못했으니 더 이상 나에게 두려울 것은 없구나.'

이탄은 적당히 싸마니야의 눈을 피해서 달아나다가, 마보의 영향력 밖으로 벗어난 뒤에는 강아지 령 몽몽을 통해서 동차원으로 돌아갈 요량이었다.

'그 전에 뒷정리도 해둬야겠지? 깔끔하게 말이야.'

이탄은 풍양의 뒷모습을 바라보면서 혀로 입술을 싹 핥았다.

풍양은 오래 전부터 이탄의 신경을 긁던 존재였다. 그리고 이탄은 그런 존재를 내버려 둘 만큼 너그러운 성격이 아니었다.

이탄이 신발형 법보를 구동하여 몸을 날리고 잠시 후, 수도자 한 명이 곧바로 이탄의 뒤에 따라붙었다.

"같이 가요."

애처롭게 부탁하는 목소리가 그 뒤를 따랐다.

이탄이 고개를 힐끗 돌렸다.

뒤에 따라붙은 사람은 다름 아닌 선봉 선자였다. 음양종자한 선자의 딸이자 극음 대선인의 혈육인 선봉 선자.

이탄이 난처한 듯 코를 찡긋했다. 주변에 보는 눈이 있으면 풍양을 처리하기 곤란해서였다.

'이참에 그냥 이 여자까지 묻어버려?'

지금 이탄이 어떤 생각을 하는지 선봉은 알지 못했다. 그저 선봉은 '이탄 선인과 함께 행동해야 살아남을 확률이 높아질 거야.' 라는 육감, 그리고 모친의 조언에 의존하여 이탄에게 달라붙었을 뿐이었다.

이탄이 머뭇거리자 선봉이 발을 동동 굴렀다.

"우리 같이 행동해요. 탈출로를 뚫는 데 제가 도움이 될 거예요."

이탄은 단호하게 거절하려고 했다.

그때 어떤 생각이 이탄의 뇌리를 스쳐 지나갔다.

'가만! 스승님께서 말씀하신 귀인이 혹시 마르쿠제 대선 인이 아니라 선봉 선자인가?'

얼마 전 이탄의 스승인 멸정 대선인은 이탄에게 점괘를 하나 귀띔해주었다. 스승의 점괘에 따르면 이탄의 앞에 귀 인이 나타날 것이라고 했다. 그 귀인은 서쪽에서 온다는 말 도 덧붙였다.

멸정이 점괘를 뽑은 바로 그 날, 마르쿠제가 먼 서쪽에 서 날아왔다. 이탄은 마르쿠제가 곧 귀인일 것이라고 믿었 다.

'스승님의 말씀에 따르면, 귀인이 내게 부탁을 하나 할 것이고, 내가 그 부탁을 들어주면 대가를 지불한다고 하셨 지. 한데 마르쿠제 님께서 내게 부탁을 하신 적이 있나?'

마르쿠제 대선인은 이탄에게 특수부대에 참여할 것을 권 했다. 그런데 그것은 어디까지나 권유일 뿐 부탁이라고 보 기에는 조금 애매했다.

'선봉 선자의 음양종은 멸정동부보다 서쪽에 위치해 있 지. 그리고 지금 나에게 부탁을 하고 있어. 만약 선봉이 점

괘가 지목한 귀인이라면?'

문득 이런 생각이 이탄의 뇌리를 스치고 지나갔다.

'에라 모르겠다. 귀인이면 다행이고, 아니면 말고.'

결국 이탄은 선봉 선자와 동행하기로 결정했다.

"알겠습니다."

"네?"

"나와 힘을 합쳐 탈출로를 뚫자고 하지 않았나요? 그렇게 합시다."

이탄이 시원시원하게 대답했다.

그 말에 선봉이 배시시 웃었다.

"좋아요. 어서 가요."

둘은 곧 다시 비행 법보에 올라타 북서쪽으로 몸을 날렸다.

Chapter 10

이탄은 원래 풍양을 처리할 생각이었으나, 어느새 풍양은 그의 눈앞에서 사라지고 없었다. 이탄은 풍양을 뒤쫓는 대신 새로운 길을 잡았다. 선봉은 이탄의 후방에서 전후좌우를 살피며 비행했다.

얼마 지나지 않아 피사노교의 교도들이 나타나 둘의 앞을 가로막았다.

이탄은 전투를 피하지 않았다. 이탄이 허공에서 신발을 탁탁 부딪치자 신발형 법보가 낮게 고도를 낮춰 저공비행했다.

"앗? 뭐하는 거예요?"

선봉이 깜짝 놀랐다.

선봉은 이탄이 적들을 피해서 더욱 고도를 높일 줄 알았다. 거꾸로 적들을 향해 달려들 줄은 몰랐다.

"여기서 조금만 기다려요."

이탄은 이 한 마디를 남기고는 지상으로 휙 날아갔다.

이윽고 선봉의 입이 쩍 벌어졌다.

지상을 향해 뚝 떨어지면서 이탄은 무릎을 구부려서 자세를 낮췄다. 그리곤 양손을 독수리 날개처럼 좌우로 쫙 뻗었다.

슈왕—.

이탄은 높은 곳에서 떨어지는 폭포수처럼 빠르게 수직 낙하하더니, 갑자기 방향을 수평으로 꺾어서 저공비행했다.

콰앙!

이탄의 몸이 과감하게 적진 한복판으로 뛰어들었다.

피사노 교도들이 이탄의 행동을 비웃었다.

"스스로 죽으려고 달려들다니, 미친놈이로구나. 크하하하."

"이놈, 죽을 자리를 찾아왔으니 기꺼이 목을 잘라주마. 끼야압."

적들은 커다란 낫을 휘두르며 이탄에게 달려들었다.

이탄은 무방비 상태나 다름없게도 적진 한복판에서 양팔을 좌우로 쫙 펼쳤다. 가슴은 앞으로 쭉 내밀었다.

적들은 이탄이 자살을 하려는 줄 알았다. 하여 "별 미친놈 다 보겠네."라고 비웃으며 이탄을 향해 낫을 길게 휘둘렀다.

그때 이변이 일어났다. 이탄의 팔을 내리쳤던 낫이 다가올 때보다 100배는 더 빠른 속도로 뒤로 튕겨져 나간 것이다.

커다란 낫은 이탄의 살갗에 닿기도 전에 이미 산산조각 났다. 잘게 부서진 파편이 뒤로 튕겨나더니 피사노 교도들의 몸뚱어리 속으로 빨려들 듯이 파고들어 완전히 짓이겨 놓았다. 피사노 교도들은 미처 비명도 지르지 못하고 한 덩어리의 어육으로 변했다.

주변에 피보라가 확 피어올랐다. 안개처럼 뿜어진 피보라 속에서 지독한 피비린내가 진동했다.

이탄이 허공을 가를 때마다 끔찍한 살육이 반복해서 벌어졌다. 적들은 이탄의 금강체에 스치자마자 무지막지한 반탄력의 의하여 한 줌의 핏물로 변했다. 그 핏물이 허공에 확 퍼지면서 이탄의 주변을 온통 피의 안개로 만들었다.

이탄은 아무런 공격도 하지 않았다. 오로지 반탄력만으로 적들 사이에 뛰어들어 피구름을 몰고 다녔다.

이탄이 빠르게 적진을 휘저을수록 피구름이 더욱 크게 일어나 이 일대를 시뻘겋게 뒤덮었다.

"으아, 아아아아."

그 끔찍한 광경에 선봉은 입을 다물지 못했다.

한 무리의 적들을 피보라로 흩어버린 뒤, 이탄이 다시 허공으로 날아올라 왔다. 이탄의 의복은 피에 흠뻑 젖어 비린내를 풍겼다.

"아아아. 이탄 선인님."

선봉이 두려운 듯 몸을 움츠렸다.

이탄은 아무렇지도 않게 선봉을 대했다.

"이제 다시 가죠."

이번에도 이탄은 앞장섰다. 선봉은 잠시 고민하다가 한숨을 포옥 내쉬고는 결국 이탄의 뒤를 따랐다.

둘은 완만하게 드러누운 산허리를 타고 빠르게 비행했다.

이탄과 선봉이 낮은 언덕을 넘어 오른쪽으로 코너를 돌 때였다. 한 무리의 피사노 교도들이 달려와 둘의 앞을 가로막았다.

"침입자 놈들이다."

"이자들을 놓치면 안 돼. 반드시 잡아야 한다."

피사노 교도들은 길목에 커다란 그물을 던졌다.

순간적으로 선봉은 급격히 상승하여 그물을 피하려고 들었다. 그보다 한 발 앞서 이탄이 그물 속으로 벼락처럼 뛰어들었다.

피사노 교도들이 이탄을 비웃었다.

"으하하하, 이런 멍청한 놈."

"스스로 알아서 그물로 뛰어드는구나."

이번에도 적들의 웃음은 그리 오래가지 못했다. 마법으로 강화한 철그물이 이탄의 손가락에 걸리자마자 물에 젖은 종잇장처럼 손쉽게 찢어졌다. 이탄은 단숨에 그물을 뚫고 뛰어나와 적들 사이로 뛰어들었다.

휘리릭.

이탄이 길게 뻗은 손아귀에 적병 한 명이 빨려들 듯이 붙잡혔다.

물컹.

이탄은 손가락은 상대의 얼굴을 진흙 주무르듯 뭉개놓았

다. 이탄의 손아귀 안에서 적의 두개골이 으스러졌다. 그 손가락 사이로 벌건 핏물과 허연 뇌수가 함께 흘렀다. 2개의 눈알도 뇌수와 함께 뚝 떨어졌다.

이탄이 또 다른 손을 뻗었다. 적병 하나가 붙잡혀 오더니 목이 뚝 부러져 죽었다. 적병은 꾸르륵 소리를 내면서 주저앉았다.

이탄은 비행 법보를 운용하여 적들 주변을 한 바퀴 휙 돌았다. 이탄의 손이 스쳐 지나갈 때마다 피사노 교도들은 머리가 뭉그러지고 목이 꺾여서 픽픽 고꾸라졌다.

그렇게 가볍게 한 바퀴를 돌고 나자 이탄의 손바닥 위에는 뽑힌 눈알들이 수북했다. 이탄은 손바닥을 아래로 뒤집어 눈알들을 바닥에 쏟아놓았다.

"으으읏."

유일하게 살아남은 생존자가 이빨을 딱딱 맞부딪쳤다.

이탄은 무표정한 눈으로 상대를 바라본 다음, 다시 허공으로 휙 올라갔다.

Chapter 11

선봉이 무심결에 물었다.

"저 사람은 왜 남겨놓았나요? 마저 처리하지 않고요?"

선봉은 이탄이 적들을 전멸시키기를 바라고 물은 것은 아니었다. 그저 이탄이 수십 명의 적들을 눈 깜짝할 사이에 해치웠는데, 단 한 명만 손도 대지 않고 남겨 놓은 이유가 궁금했을 뿐이었다.

이탄이 의아하게 반문했다.

"왜요? 선봉 선자님은 저들을 다 죽이기를 원합니까?"

"아니. 그게 아니고요."

선봉이 황급히 손사래를 쳤다.

이탄은 주변을 휙 둘러보며 대답했다.

"저자를 살려둔 이유는 간단합니다. 저 악마 녀석이 돌아가서 적 지휘부에 보고를 올릴 것 아니겠습니까. 그러면 적들은 우리의 뒤를 추격할 테고, 그에 따라 우리의 동료들은 더욱 안전해질 것이라 생각했습니다."

"아아!"

동료들의 생존을 위해서 스스로의 위치를 적들에게 드러내고 위험을 감수하다니, 선봉은 이탄의 희생정신과 마음 씀씀이에 감격했다. 그녀는 새삼스러운 눈으로 이탄을 다시 보았다.

다른 한편으로 선봉은 당황스러웠다.

'희생정신도 좋지만 이러다 나까지 죽는 것 아냐?'

선봉도 사람인지라 이런 걱정을 할 수밖에 없었다.

이탄이 선봉의 속마음을 읽었다. 이탄의 입에 미소가 살짝 걸렸다.

"그러니 빨리 출발하시죠. 적들이 우르르 몰려오기 전에요."

이탄은 이런 말과 함께 비행 법보를 가동했다.

파앙!

이탄의 몸뚱어리가 시위를 떠난 화살처럼 북서쪽으로 나아갔다.

"앗! 같이 가요."

선봉이 부랴부랴 이탄을 좇았다.

그 후로도 이탄과 선봉은 피사노 교도들을 몇 차례 더 만났다. 그때마다 이탄은 게눈 감추듯이 적들을 해치웠다.

물론 생존자 한 명씩은 꼭 남겨두었다.

동료들을 위해서 생존자를 남겨둔다는 이탄의 말은 거짓이 아니었다. 이탄은 이렇게나마 동차원의 수도자들에게 도움이 되기를 원했다.

이탄의 의도는 이루어지지 않았다.

선봉이 운이 좋은 것인지, 대부분의 피사노 병력들은 이탄의 뒤를 추격하지 않고 다른 특수부대원들에게 몰려갔다. 따라서 이탄과 선봉의 앞을 가로막는 적들은 의외로 수가 많지 않았다.

덕분에 이탄과 선봉은 얼마 지나지 않아 피사노교의 본진 외곽 지역까지 도달했다.

오는 중간 중간, 선봉은 자신의 령을 불러내어 차원이동을 시도했다.

그때마다 실패만 거듭되었다. 차원 이동을 방해하는 마력이 이 일대에 넓게 깔려 있었기 때문이었다.

선봉이 한숨을 내쉬었다.

"하아아. 아직도 령이 발동하지 않네요. 동차원으로 넘어가려면 더 멀리 벗어나야 하나 봐요."

선봉의 오른쪽 어깨 위에 고고하게 앉아 있는 령은 온몸이 은빛 깃털로 둘러싸인 앵무새였다. 선봉의 앵무새 령은 전신에서 신령스러운 기운을 물씬 풍겼다.

이탄이 손가락으로 성벽을 가리켰다.

"아무래도 저 성벽을 넘어가야 차원 이동이 가능할 것 같습니다."

이탄이 가리킨 것은 피사노교 총단의 외곽을 빙 둘러싼 철벽이었다.

선봉도 이탄의 말에 동의했다.

"그 말씀이 맞는 것 같아요. 우리 빨리 가요."

선봉은 이탄과 함께 탈출로를 뚫으면서 마음의 벽이 허

물어진 듯했다. 서슴없이 '우리'라고 표현하는 것만 보아도 그녀의 마음을 짐작할 수 있었다.

피사노교 총단의 북서쪽 성벽은 온통 금속으로 이루어졌다. 뜻밖에도 성벽은 그리 높지 않았다. 바닥부터 성벽 위까지 높이가 고작 2미터 안팎에 불과했다.

하지만 아무도 감히 이 성벽을 뛰어넘으려고 들지 않았다. 성벽 벽돌에 양각으로 새겨진 악마의 얼굴이 입을 쩍 벌리고 으스스한 기운을 토해놓고 있었는데, 성벽 위쪽에서 그 기운들이 뭉쳐서 거무튀튀한 벽을 만든 탓이었다.

기운으로 만들어진 이 벽은 성벽 위 수백 미터 상공까지 솟구친 모습이었다.

이 기운까지 더하면 성벽의 높이는 무려 수백 미터인 셈이었다.

이게 끝이 아니었다. 성벽 밖에는 세 겹의 보호막이 반구 형태로 큼지막하게 형성되어 있었다.

정상적인 상황이라면 일단 성문을 통해서 밖으로 나간 다음, 피사노교의 승인을 받아 보호막 외곽으로 벗어나야 했다.

지금은 그 통로가 꽉 막혔다. 성문 앞에는 피사노교의 사도들이 나와서 입구를 단단히 틀어막은 상황이었다. 성벽 위에는 창을 든 적병들이 득실거렸다. 일렬로 늘어선 병사들 사이로 커다란 몬스터 위에 올라탄 장수들이 왔다 갔다 를 반복했다. 적들은 지금 철통같은 경계태세에 돌입한 중 이었다.

"어떻게 하죠?"

선봉이 걱정스러운 표정으로 이탄의 소매를 붙잡았다.

이탄은 슬쩍 손을 뺀 다음, 탈출용 부적을 품에서 꺼냈다.

선봉이 고개를 가로저었다.

"부적이 비록 영험한 신통력을 지녔다고는 하나, 저 검은 벽과 보호막을 뚫지는 못할 거예요."

이탄이 그 말에 동의했다.

"저도 그렇게 생각합니다."

"그런데 부적은 왜 꺼내셨어요?"

선봉이 의아하게 생각하는 가운데, 이탄이 주변에서 나무토막 몇 개를 구해서 그 위에 탈출용 부적을 붙였다.

"이걸로 적들의 이목을 돌릴 생각입니다. 그 다음 빈틈을 노려서 힘으로 돌파해보려고요."

"저 벽과 삼중의 보호막 전부를 힘으로 뚫겠다고요?"

선봉의 안색에 근심이 어렸다.

이탄이 선봉에게 손을 내밀었다.

"한번 뚫어볼 생각입니다. 혹시 선자님께서도 탈출용 부적을 가지고 계시면 전부 제게 주시죠."

"정말로 이 방법이 통할까요?"

선봉은 근심을 거두지 못하였으나, 딱히 다른 대안도 없기에 이탄에게 탈출용 부적 여섯 장을 내주었다. 물론 가장 좋은 부적 한 장은 품속에 몰래 간직했다.

잠시 후, 이탄과 선봉 앞에 부적이 붙은 나무토막 11개가 준비되었다. 이탄이 선봉에게 신신당부했다.

"억지로 보호막을 뚫는다고 해도 곧바로 다시 막이 형성될 겁니다. 제 뒤에 바짝 따라붙어야 함께 돌파할 수 있습니다. 아시겠죠?"

"저는 걱정 마세요."

선봉이 입술을 꽉 깨물어 각오를 다졌다.

Chapter 12

이탄이 숨을 훅 들이쉬었다.

"자, 그럼 갑니다."

말이 떨어지기 무섭게 이탄의 손가락이 타다닥 허공을 찍었다.

그 즉시 나무토막에 붙은 부적들이 순차적으로 발동했다. 부적은 나무토막들을 성벽 밖으로 순간이동 시켰다.

익히 예상했던 일이지만, 탈출용 부적의 효과는 피사노교의 벽을 넘지 못했다. 순간이동에 의해 이탄의 눈앞에서 획 사라진 나무토막들은 멀리 탈출하지 못했다. 거무튀튀한 벽에 막혀서 콰앙 폭음을 터뜨렸다.

성벽 위에서 배회 중이던 적장들이 손가락으로 허공을 가리켰다.

"침입자 놈들이 탈출하나 보다."

"모두 막아라."

피사노교의 병사들이 일제히 고개를 들어 성벽 상공을 올려다보았다. 흑마법사들은 나무토막을 향해 반사적으로 공격마법을 퍼부었다. 와이번을 탄 마기사들이 성벽 아래서 날아올라 나무토막을 향해 달려들었다.

이때까지도 피사노 교도들은 기운의 벽에 부딪친 것이 나무토막이라는 사실을 파악하지 못했다.

이탄은 적들의 시선이 분산된 틈을 노렸다. 와이번을 타고 허공으로 날아오른 피사노교의 마기사들이 산산이 박살 난 나무토막을 발견하고는 깜짝 놀랄 즈음, 이탄은 질풍처럼 저공 비행하여 순식간에 피사노교의 성벽으로 달려들었다.

파앙!

이탄이 지나가고 잠시 후, 바람이 터지는 소리가 뒤늦게 울렸다. 그때 이미 이탄은 성벽에 육탄돌격한 뒤였다.

꽝!

이탄과 충돌한 즉시 성벽이 폭발했다. 금속으로 만들어진 성벽은 강력한 폭발마법에 휘말리기라도 한 것처럼 분분히 터져 올랐다.

"으아악."

성벽 위의 적병들이 함께 몸이 폭발해서 한 줌의 피보라로 변했다.

성벽 상공에 드리워진 거무튀튀한 기운의 벽은 성벽 안쪽까지도 가로막고 있었다. 이탄은 온몸으로 부딪쳐 금속 벽돌들을 날려버린 다음, 거무튀튀한 벽을 어깨로 들이받았다.

후웅!

순간적으로 이탄의 몸 주변에 붉은 기운이 노을처럼 창연하게 일어났다. 거무튀튀한 벽은 감히 이탄의 돌격을 막아내지 못했다. 이탄과 충돌하는 순간 검은 기운은 마치 커다란 종이 찢어지는 듯한 굉음을 내면서 폭발했다.

"저, 저럴 수가!"

피사노교의 장수들이 깜짝 놀랐다. 지금까지 피사노교의 역사상 이렇게 무식하게 온몸으로 철벽을 들이받아 뚫어버리는 자는 없었다.

이탄이 온몸으로 길을 뚫어내자 선봉 선자가 그 뒤를 바짝 쫓았다.

"이이익."

선봉은 비행 법보를 최고 속도로 가동하여 이탄의 등에 바짝 달라붙었다. 선봉 선자는 이탄과 거의 한 몸처럼 비행했다.

'제법인데?'

선봉의 뛰어난 비행 솜씨에 이탄도 감탄했다.

단숨에 적의 성벽을 돌파한 뒤, 이탄은 뒤도 돌아보지 않고 가속에 가속을 더했다. 그 다음 피사노교의 첫 번째 보호막을 그대로 들이받았다.

쿠왕!

보호막으로부터 어마어마한 폭음이 터졌다. 주변에 흙먼지가 뿌옇게 피어올랐다.

거대한 반구 형태의 이 보호막들은 피사노교의 총단 전체를 3중으로 완전히 감싼 상태였다. 한데 이탄이 달려들어 들이받자 거대한 보호막 전체가 젤리처럼 와르르 출렁거렸다.

이탄은 보호막을 돌파하면서 살짝 저항감을 느꼈다.

아주 큰 저항감은 아니었다. 이탄은 몸에 힘을 꾹 주어 첫 번째 보호막을 그대로 찢어버렸다. 이어서 두 번째와 세 번째 보호막도 연달아 돌파했다.

고출력의 마도전함도 찢지 못하는 것이 바로 이 보호막들이었다. 보호막의 강도는 말도 못 하게 높았다.

그 단단하고 질긴 막을 사람(?)이 몸으로 부딪쳐서 뚫어내다니! 피사노 교도들은 이 황당한 장면에 입을 쩍 벌렸다.

"으어어, 저게 뭐야?"

"말도 안 돼."

피사노 교도들은 자신들의 눈으로 본 것을 도저히 믿을 수 없었다. 그래서 그들은 몇 번이고 손등으로 눈을 비빈 다음, 다시 보고, 또 쳐다보았다.

반복해서 보아도 결과는 마찬가지였다. 저 괴상망측한 자는 육탄돌격으로 보호막 3개를 연달아 돌파했다.

피사노 교도들과 달리 선봉은 마음속 깊숙이 이탄을 신뢰했다. 여기까지 날아오는 도중 선봉이 눈곱만큼도 속도를 줄이지 않고 이탄의 등에 바짝 달라붙은 것은, 이탄이 저 보호막들을 거뜬히 뚫어낼 것이라는 믿음이 있어서였다.

그 믿음 덕분에 선봉은 피사노교의 총단에서 무사히 탈출하는 데 성공했다.

이탄과 선봉이 빠져나간 뒤, 이 신비한 보호막은 구멍이 난 곳을 스르륵 메꿨다. 만약 선봉이 조금만 멈칫거렸더라면 다시 메꿔진 보호막에 몸에 끼어서 탈출에 실패했을 것이다. 선봉의 입장에서는 실로 아찔한 순간이었다.

"빨리 보호막을 열어라."

"저놈들을 추격해야 한다."

피사노교의 장수들이 악을 썼다.

꾸어어억.

마기사를 등에 태운 와이번 무리가 아가리를 쩍 벌려 포효했다. 와이번들은 기다란 목을 꾸불텅 움직여 이탄이 도망친 방향으로 머리를 향했다. 그런 다음 뱀의 그것처럼 세로로 갸름하게 갈라진 눈동자로 이탄의 모습을 포착했다.

"이랴."

마기사들이 박차를 가했다.

꾸어억—.

와이번들은 이탄과 선봉을 향해 쏜살같이 날아들었다. 3중의 보호막이 스르륵 구멍을 열어 와이번 무리를 보호막 밖으로 내보내 주었다.

그 사이 선봉은 앵무새 령을 오른손으로 붙잡고 주문을 외웠다.

선봉의 얼굴이 어두워졌다.

"치잇. 차원이동이 또 실패했어요. 마보의 영향력이 여기까지도 미치나 봐요."

"그럼 좀 더 날아간 다음에 다시 시도해 봅시다."

이탄이 턱으로 북서쪽 방향을 가리켰다. 그러면서 막상 이탄은 반대 방향으로 파앙! 날아가 온몸으로 마기사를 들이받았다.

제2화

수아룸 대산맥,
그리고 두 번째 언령의 벽

Chapter 1

피사노교를 보호하는 3중의 보호막도 거침없이 뚫어버리는 것이 이탄의 돌파력이었다. 와이번이나 마기사 따위가 그 무자비한 돌파력을 감당해낼 리 없었다. 이탄에게 들이받히는 즉시 와이번과 마기사가 동시에 피보라로 흩어졌다.

"안 돼."

"피햇."

주변의 다른 마기사들이 고삐를 확 잡아채서 와이번의 방향을 틀었다.

이탄도 허공에서 직각으로 방향을 틀어 두 번째 마기사

의 신체를 박살 냈다. 이어서 그 옆의 와이번의 턱을 손으로 꽉 잡고는 단숨에 잡아 뽑았다.

좌악!

이탄의 악력이 어찌나 거셌던지, 와이번의 턱과 두개골, 그 두개골에 연결된 척추뼈가 단숨에 살 속에서 뽑혀져 나왔다. 눈 깜짝할 사이에 뼈가 뽑힌 와이번은 비명도 지르지 못하고 지상으로 추락했다.

이탄은 와이번의 뼈로 또 다른 마기사를 내리쳤다.

이 마기사도 몸이 터져서 죽었다.

"으으으. 괴물 같은 놈."

"우리가 상대할 자가 아니야."

남은 마기사들이 황급히 상공으로 도망쳤다.

이탄은 서늘한 눈으로 적들을 훑어본 다음, 신발형 비행법보를 구동하여 선봉 선자의 곁으로 다시 돌아왔다.

"이제 가시죠."

"네? 네. 딸꾹, 끅끅. 죄송해요."

선봉은 이탄의 무자비한 괴력에 놀라서 심장이 벌렁거리던 참이었다. 그 타이밍에 이탄이 말을 걸자 딸꾹질이 절로 나왔다.

이탄이 북서쪽 방향으로 휘익 몸을 날렸다.

"아앗! 같이 가요."

선봉이 황급히 정신을 차리고는 이탄의 뒤에 바짝 따라 붙었다.

이탄과 선봉은 북서쪽으로 20킬로미터를 더 날아갔다. 이동 중에 선봉이 두 차례 더 앵무새 령을 불러내었다.

그때마다 선봉은 어두운 얼굴로 고개를 가로저었다.

그즈음 저 먼 남쪽 하늘이 벌겋게 달아올랐다. 구름 아래쪽은 온통 시뻘건 빛으로 번들거렸다. 아스라이 굉음도 들렸다. 지축이 우르르 흔들리는가 싶더니, 하늘이 쩍쩍 갈라졌다. 시커멓게 변한 하늘에서 무언가가 끊임없이 날아 내렸다.

동차원의 군단이 차원의 문을 열고 대규모로 쳐들어온 것이다. 동차원에서는 차원을 뛰어넘은 것과 동시에 곧바로 피사노교 총단의 남서쪽 외벽을 두드렸다. 이들이 이렇게 피사노교의 이목을 끌어줘야 특수부대원들이 살아날 확률이 높았다.

남서쪽에서 대규모 전투가 시작된 덕분인지 이탄과 선봉의 뒤를 쫓는 자들은 거의 없었다. 그저 소수의 마기사들이 와이번을 타고 멀리서 추적할 뿐이었다.

그마저도 이탄이 끊어내었다. 이탄은 중간에 두어 번 방향을 획 들어서 뒤로 날아가더니, 와이번의 척추를 뽑고 마기사들의 머리를 터뜨렸다.

이후로는 더 이상 추격대가 따라붙지 않았다. 이탄과 선봉은 한결 마음 편하게 북서쪽으로 날아갔다.

슈와악—, 슈와아악—.

이탄과 선봉은 빠르게 하늘을 가로질렀다.

30킬로미터, 40킬로미터, 50킬로미터.

이제 이탄과 선봉은 피사노교의 총단으로부터 충분히 멀어졌다. 그런데도 여전히 령은 차원이동에 실패했다.

60킬로미터를 넘어서 100킬로미터나 멀리 날아갔는데도 령의 권능은 쓸 수 없었다.

그 후로 이탄 일행은 다시 반나절 이상을 비행하여 피사노교의 총단으로부터 몇백 킬로미터나 떨어졌다.

여전히 상황은 마찬가지였다. 선봉은 눈앞이 캄캄했다.

"이제 어쩌죠?"

"잠시만 쉬었다가 갑시다."

이탄은 마음이 조급할수록 여유가 필요하다고 생각했다. 그래서 비행을 잠시 멈추고 지상에 내려섰다.

"휴우."

선봉은 한숨과 함께 이탄의 뒤를 따라 내렸다.

이탄은 매의 눈으로 주변을 꼼꼼히 둘러보았다.

이 일대는 침엽수가 빽빽했다. 인적은 전혀 보이지 않았다. 이탄도 난생 처음 와보는 곳이라 여기가 대체 어디쯤인지 감이 잡히지 않았다.

이탄이 품에서 강아지 령 몽몽을 꺼냈다.

[주인님.]

주머니 속에서 톡 튀어나온 몽몽은 이탄을 향해서 삼각형 귀를 반갑게 쫑긋거렸다.

"어머, 귀여워."

선봉이 손을 꼭 모았다.

이탄은 몽실몽실한 몽몽을 손으로 잡고 차원 이동을 시도해 보았다.

역시 불가능했다.

"이건 단순히 마보의 간섭 때문만은 아닌 것 같군요. 오염된 신의 자식들이 이렇게 먼 곳까지 마보를 설치해서 차원 이동을 막을 리는 없습니다."

"제 생각도 이탄 선인님과 같아요. 마보 때문이 아니라, 다른 이유 때문에 차원 이동이 방해를 받는 것 같네요. 이제 어쩌죠?"

"일단은 해가 지기 전까지 조금 더 날아가 보시죠. 그 다음 날이 어두워지면 잠시 휴식을 취하고요."

"알았어요. 저는 이탄 선인님의 지시에 따를게요."

어머니인 자한 선자와 달리 선봉은 고집이 세지 않았다. 무척 부드럽고 순종적인 성격이었다.

휘익—.

이탄이 침엽수림 위로 낮게 떠올랐다. 그 다음 주변을 세심히 살피며 비행했다.

그렇게 이탄 일행이 저공비행 하는 중에 해가 저물고 3개의 달이 떴다. 연달아 떠오른 달을 보자 이곳이 동차원이 아니라 언노운 월드라는 사실이 새삼 상기되었다.

밤이 되자 숲에서는 새 울음소리가 들렸다. 귓가를 스치는 바람 소리는 흡사 유령의 울음 같았다.

Chapter 2

"으으읏."

선봉은 낯선 환경에 몸이 살짝 움츠러들었다.

이탄의 예민한 감각이 선봉의 불안한 마음 상태를 포착했다. 이탄은 신발을 탁탁 차서 지상으로 다시 내려왔다.

"밤이 늦었으니 이곳에서 잠시 쉬는 것이 좋겠습니다. 법력을 충분히 회복해야 내일 다시 길을 떠날 수 있지요."

"여기 이 숲 한복판에서 휴식을 취하자고요?"

선봉이 떨떠름한 표정으로 주변을 둘러보았다. 특히 선봉은 뒤쪽에 신경을 많이 썼다. 혹시라도 피사노교의 추격대가 따라붙을까 봐 걱정되는 모양이었다.

'이렇게 마음이 요동칠 때는 일거리를 던져주는 편이 좋겠지?'

이탄은 모레툼의 신관 생활을 하면서 사람을 다루는 데 능숙했다. 이번에도 이탄의 능숙함이 빛을 발했다.

"선봉 선자님께서는 진법에 능숙하시지요?"

"진법이요? 그야…… 어머님께 몇 가지는 배웠죠."

이탄이 과장되게 감탄한 척했다.

"역시 그러셨군요! 그럼 선자님께서 이 일대에 진법을 좀 설치해주시겠습니까? 그동안 제가 쉼터를 한번 만들어보겠습니다."

"알겠어요. 제가 한번 해볼게요."

선봉은 눈을 반짝이며 진법 설치에 착수했다. 그녀는 적당한 크기의 돌과 나무, 풀을 채취한 다음, 어떤 종류의 진법을 설치하는 것이 좋을지 곰곰이 따져보았다.

선봉이 생각에 잠긴 동안, 이탄은 손날로 나무를 척척 베었다. 이탄이 손으로 툭툭 치자 단단한 나무가 쩌적 소리를 내며 쓰러졌다. 이탄은 적당한 굵기의 나무를 모아 원추형으로 세웠다.

그러자 추이타 대초원의 유목민들 움막과 비슷한 형태로 쉼터가 만들어졌다.

이탄은 움막 안쪽의 흙을 약간 파낸 다음, 그 안에 낙엽을 푹신하게 깔았다. 이어서 주변을 휙 살펴서 커다란 사슴도 서너 마리 잡았다. 사슴 가죽을 벗겨서 원추형 쉼터 위에 두르자 제법 그럴듯해 보였다.

이탄은 이런 임시 움막 2개를 뚝딱 만들었다.

이탄이 집을 짓는 동안 선봉은 그 주변에 진법을 3중으로 구축했다.

선봉이 설치한 첫 번째 진법은 적의 접근 여부를 알려주는 경계용 진이었다. 두 번째 진은 적의 접근을 차단하는 방어용 진이었다. 마지막은 이 일대에 안개를 응집하여 움막을 감추어주는 은신용 진법이었다.

물론 이 3개의 진 모두 위력은 그렇게 뛰어나지 않았다. 진법의 재료가 형편없기 때문이었다.

"그래도 없는 것보다는 나을 거예요."

선봉이 이마의 땀을 훔치며 말했다.

반짝거리는 선봉의 눈빛은 '저 잘했죠?'라는 칭찬을 원하는 듯했다. 이탄이 냉큼 맞장구를 쳐주었다.

"와아! 정말 놀랍습니다. 돌멩이와 풀, 나뭇가지만 가지고 이렇게 짙은 안개를 만들어내고 서로 다른 종류의 진을 3개나 겹쳐서 설치하다니. 도대체 이런 진은 어떻게 만드는 겁니까?"

"에이. 별거 아니에요. 솜씨가 부족해서 부끄러운걸요."

말은 이렇게 겸손하게 하였지만 선봉의 입꼬리가 씰룩씰룩 올라갔다. 이탄에게 칭찬을 받으니 내심 기분이 우쭐한 모양이었다.

이탄은 움막을 만들고 남은 나무로 모닥불을 피웠다.

이탄은 언데드이고 선봉은 선인인지라 따로 식사준비를 할 필요는 없었다.

대신 선봉이 말린 찻잎을 몇 장 꺼냈다. 그 다음 술법으로 지하수를 조금 끌어와 모닥불 위에 띄워놓았다.

놀랍게도 지하수는 냄비도 없는 상태에서 모닥불 위에 둥실 떠서 보글보글 끓었다. 극음 대선인의 핏줄답게 선봉은 얼음과 물을 다루는 일에 익숙하였다.

물이 끓자 선봉이 그 속에 말린 찻잎을 뿌렸다.

보글보글 끓는 물 속에서 차향이 그윽하게 풍겼다.

선봉이 배시시 웃었다.

"모닥불 덕분에 나무 향이 배어서 그런가요? 차향이 더욱 깊게 느껴지네요."

"흐음. 그 말씀이 맞는 것 같습니다. 정말 깊이가 있네요."

이탄은 차향에 대해서는 아는 바가 없지만 적당히 맞장구를 쳐주었다. 그러면서 이탄은 주먹 크기의 나무토막을 손에 쥐고 손가락으로 쓱쓱 쓰다듬었다.

나무 찻잔 2개가 이탄의 손끝에서 뚝딱 튀어나왔다.

　서로 대화를 나누지 않고서도 이탄과 선봉은 손발이 척척 맞았다. 선봉이 차를 끓이는 동안 이탄이 알아서 찻잔을 만들어내는 것만 보아도 둘이 얼마나 잘 맞는지 알 수 있었다.

　선봉도 새삼 그 점을 느꼈다.

　'하아, 왜 이렇게 덥지?'

　선봉은 약간 붉어진 볼을 두 손으로 감싸더니, 곧 정신을 차리고는 이탄이 만든 나무 찻잔을 손끝으로 가리켰다.

　선봉의 손짓에 따라 모닥불 위에서 끓던 찻물이 두 갈래로 갈라져 허공을 날아갔다. 연녹색의 찻물은 2개의 나무 찻잔 안에 쪼르륵 담겼다.

　이탄과 선봉은 서로를 마주 보며 그윽한 차향을 즐겼다. 둘의 머리 위로 유성 하나가 긴 꼬리를 만들며 떨어졌다.

　다음 날 아침.

　이탄은 움막을 해체했다. 선봉은 3중의 진법을 지웠다. 혹시라도 적의 추적을 우려하여 흔적을 감춘 것이다.

　휴식을 충분히 취한 덕분에 선봉의 몸속에서는 법력이 샘솟았다. 전날의 불안했던 감정도 착 가라앉았다.

　"이제 출발하시죠."

　이탄이 앞장서서 길을 열었다.

선봉도 비행 법보에 올라타 이탄을 뒤따랐다.

빠른 속도로 이틀을 꼬박 날아가자 광활하기 이를 데 없던 침엽수림도 거의 끝이 보였다. 숲이 끝나는 저 멀리, 하얀 눈에 뒤덮인 산맥이 벽처럼 우뚝 서서 앞을 가로막았다.

'대륙의 북서쪽에 위치한 산맥 이름이 뭐였더라?'

이탄이 기억을 더듬었다.

쿠퍼 가문의 가주로 있으면서 이탄은 언노운 월드의 상세 지도를 구해서 지형과 지리를 머릿속에 담아두었다.

그 기억을 더듬자 저 산맥의 이름이 벼락처럼 떠올랐다.

"수아룸 대산맥."

이것이 바로 저 웅대한 산맥의 명칭이었다.

Chapter 3

언노운 월드 북서쪽에는 2개의 커다란 산맥이 나란히 자리했다.

이 가운데 안쪽 산맥의 이름이 바룸 대산맥이었다. 피사노교의 북서부 총단은 바로 이 바룸 대산맥 안에 위치했다.

바룸의 바깥쪽에는 또 다른 산맥이 벽처럼 늘어섰는데, 이 산맥의 이름은 수아룸이었다. 수아룸은 1년 내내 빙하와 얼음, 눈에 뒤덮여 있다고 했다.

"수아룸이라고요? 이탄 선인님께서는 저곳으로 가보실 생각인가요?"

선봉이 물었다.

이탄은 선봉을 돌아보았다.

"선봉 선자님의 의견은 어떠십니까? 수아룸 산맥으로 방향을 잡는 것에 찬성하십니까?"

"저는 서차원에 처음 와봐서 판단이 잘 서지 않아요. 이탄 선인님의 말씀에 따를게요."

"그럼 일단 산 입구까지는 가보시죠. 그곳에서도 차원 이동이 불가능하면 다시 계획을 의논하시고요."

말이 떨어지기 무섭게 이탄이 비행 법보를 구동했다.

파앙!

이탄의 몸이 수아룸 대산맥을 향해 쏜살같이 튀어나갔다.

"같이 가요."

선봉이 어미 새를 따르는 새끼 새처럼 냉큼 몸을 날렸다.

눈으로 보기에는 수아룸 대산맥까지 거리가 가까워 보였

다. 실제로는 꽤 먼 거리였다. 이탄과 선봉은 꼬박 하루를 더 비행한 뒤에야 침엽수림을 벗어나서 수아룸 산맥 입구에 도착했다.

이탄은 이곳까지 날아오는 동안 절대 조급해하거나 무리하지 않았다. 밤이 되면 늘 임시 움막을 짓고 휴식을 취했다. 덕분에 선봉 선자의 몸에서는 지친 기색이 전혀 없고 활력이 넘쳤다.

하지만 그 활력은 오래 가지 않았다.

"하아, 여기도 차원 이동이 막혔네요. 이유가 뭘까요?"

선봉의 얼굴에 어두운 빛이 드리웠다.

선봉은 내심 '침엽수림을 벗어나서 눈 덮인 산맥에 도착하면 차원 이동이 될지 몰라.'라는 희망을 품었다.

한데 여기서도 령의 권능이 발휘되지 않는다. 선봉이 손으로 얼굴을 쓸어내렸다.

이탄이 새로운 의견을 내놓았다.

"아마도 시간에 제약이 있는지 모르겠습니다."

"시간 제약이라고요?"

"네. 오염된 신의 땅에 들어서면, 령들에게 어떤 시간 제약이 걸리는 것 아닐까요? 일정한 시간 안에는 차원 이동 권능에 제약이 걸리는 방식 말입니다."

이탄의 추측은 그럴듯했다. 선봉이 손뼉을 쳤다.

"이탄 선인님의 말씀이 맞는 것 같아요. 특정 공간 내에서 차원 이동이 금지되는 것이 아니라, 일정 시간 동안 차원 이동 권능이 막힐 수도 있겠네요. 그럼 그 시간 제약이 얼마나 오래 지속될까요?"

이탄이 고개를 절레절레 가로저었다.

"그건 저도 모르겠습니다. 하지만 이 제약이 영원히 계속될 리는 없습니다. 조금만 기다리시면 반드시 동차원으로 돌아갈 수 있으니 너무 걱정하지 마세요."

"네. 마음을 굳게 먹고 기다릴게요."

선봉이 힘차게 고개를 끄덕였다.

이탄이 수아룸 대산맥의 빙하 벽을 올려다보았다.

"그나저나 이 수아룸 대산맥은 정말 험하군요. 어떻게 하시겠습니까? 산맥 안으로 들어가시렵니까?"

선봉은 잠시 망설이다가 입을 열었다.

"이탄 선인님께서도 이미 짐작하셨겠지만, 사실 저는 얼음과 관련된 법술들을 주로 수련했거든요. 그래서 이왕 서차원에서 시간을 더 보내야 한다면 한번 이 수아룸 산맥 안쪽을 살펴보는 것도 좋을 듯해요."

선봉 선자의 입에서는 이탄이 예상했던 대답이 튀어나왔다. 이탄은 서슴없이 머리를 주억거렸다.

"알겠습니다. 하면 산맥 안쪽으로 들어가시죠."

잠시 후, 이탄과 선봉의 모습이 깎아지른 빙하의 벽 위로 사라졌다.

휘이이잉—.

살을 에는 듯한 삭풍이 주변에 몰아쳤다.

"여기서부터는 제가 앞장설게요."

모처럼 선봉이 이탄 앞에 나섰다.

지금까지 선봉은 낯선 세상에 겁이 나서 이탄의 뒤만 졸졸 따랐다. 하지만 냉풍이 몰아치고 얼음으로 뒤덮인 풍경을 보자 갑자기 자신감이 솟구쳤다.

사실 선봉이 연마한 '빙한십결'은 이렇게 혹한의 환경에 최적화된 법술이었다. 빙한십결은 원래 음양종의 초창기부터 전해져 내려오는 최상급의 법술 가운데 하나로, 초기에는 빙하팔결이었으나 극음 대선인이 2개를 더해서 빙한십결로 바뀌었다.

극음뿐 아니라 자한 선자도 이 빙한십결을 주력 법술로 삼았다.

자한의 딸인 선봉도 어려서부터 빙한십결을 연마했으며, 지금은 빙한십결 가운데 제3결까지 완벽하게 체득한 상태였다.

선봉이 이탄의 앞에 서서 빙하 제1결을 운용하자 갑자기 삭풍이 뚝 멎었다.

아니, 삭풍이 멈췄다기보다는 이 일대에 부는 혹한의 바람이 모조리 선봉 선자의 몸으로 빨려 들어와 흡수되었다.

덕분에 이탄의 주변에는 냉풍이 불지 않고 훈훈한 기운만 감돌았다.

'오올!'

이탄이 내심 감탄했다.

이탄은 마법이나 무기 등에는 별로 탐욕이 없으나, 법술에 대한 욕심은 넘쳐났다. 게다가 원래 남의 케이크가 더 커 보이는 법이었다.

'선봉 선자가 발휘하는 법술은 과연 어떤 것일까? 음양종의 비법 법술이겠지? 하아, 나도 알고 싶다. 저 법술도 한번 익히고 싶어.'

이탄은 열망에 가득한 눈으로 선봉의 뒷모습을 바라보았다.

그 이글거리는 눈길을 느꼈을까? 선봉이 힐끗 뒤를 돌아보았다. 그리곤 이탄의 눈빛을 발견하고는 새빨개진 얼굴로 다시 고개를 앞으로 돌렸다. 어느새 선봉은 목덜미까지 발갛게 달아올랐다.

'아이 참. 이탄 선인님이 왜 저렇게 불타는 눈빛으로 내 뒷모습을 보는 거야. 부끄러워 죽겠잖아.'

선봉이 오해를 했다.

사실 이탄은 선봉의 미끈한 뒤태 때문에 눈을 이글거리는 것이 아니라 법술에 대한 욕심 때문에 눈빛이 돌변한 것인데, 선봉은 그 점을 알지 못하였다.

'흥. 흥. 참. 역시 어머니 말씀이 맞았어. 남자들은 제아무리 법술의 경지가 높아져도 다 늑대라더니. 흥. 흥. 흥.'

연신 콧방귀를 뀌면서도 선봉은 기분이 아주 불쾌하지는 않았다. 은근히 가슴만 콩닥콩닥 뛰었다.

Chapter 4

잠시 잡념에 빠져 있는 와중에도 선봉의 몸에서는 빙한 십결의 제1결이 자연스럽게 운용되었다.

빙한십결 제1결, 한염적공(寒炎積功).

'차가운 불꽃을 몸 안에 쌓아서 공을 이룬다.' 는 의미의 이 법술은, 빙한십결의 기반이 되는 중요한 토대였다.

선봉 선자는 태아 때부터 이 법술을 통해 체내에 차가운 불꽃을 쌓아왔다. 갓 태어난 순간에는 극음 대선인이 손수 선봉의 몸속에 차가운 법력을 불어넣어 주어 한염적공의 위력을 확 높여주었다.

그 후로도 선봉은 온갖 차가운 성질의 법보와 단약을 통해 한염적공의 수준을 높였다.

지금 그 한염적공의 위력이 당당하게 발휘되었다. 수아룸 대산맥에서 몰아치는 삭풍은 결코 그 냉기가 만만치 않았으나, 선봉은 그 섬뜩한 냉기를 서슴없이 빨아들여 오롯하게 타오르는 한 줄기 차가운 불꽃으로 연성했다.

자신감이 차오른 덕분일까?

선봉은 서슴없이 길까지 제시했다.

"우리 저곳으로 한번 가보죠."

선봉이 가리킨 곳은 대산맥의 북쪽 방향이었다.

이탄이 고개를 갸웃했다.

"북쪽으로 말입니까?"

"네. 어차피 서차원에서 일정한 시간을 보내야 하잖아요. 그 사이에 저쪽을 한번 둘러보고 싶어요."

선봉이 수아룸 대산맥의 북쪽을 지목한 이유는 간단했다. 그 북쪽에서 몸서리쳐지게 차가운 냉기가 풍겨오기 때문이었다.

이렇게 차가운 기운은 음양종의 수련 동부에서도 쉽게 접할 수 없었다. 만약 선봉이 저 냉기 속에서 한염적공을 연마한다면, 그녀의 수준은 단기간에 급격히 상승할 것이 분명했다.

이탄이 선봉의 의견에 선선히 응했다.

"그러시죠. 선자께서 앞장서시면 뒤따라가겠습니다."

"네."

선봉은 기쁜 마음으로 비행 법보를 구동했다. 이윽고 선봉의 모습이 허공에 긴 꼬리를 남기며 북쪽으로 사라졌다.

파앙!

이탄도 뒤처지지 않게 몸을 날렸다.

수아룸 대산맥은 결코 호락호락한 크기가 아니었다. 게다가 북쪽으로 날아가면 갈수록 점점 더 차가운 기운이 흘렀다.

'이건 동차원에서도 찾아보기 힘든 기운인데? 이런 곳에서 수련을 하면 정말 금방 법력을 쌓을 수 있을 거야.'

선봉은 놀라움과 열기가 가득한 마음으로 비행 속도를 높였다.

그렇게 15시간 이상을 꼬박 비행하고 나면, 이탄이 선봉을 자제시켰다.

"선봉 선자님, 여기는 아직 적진 근처입니다. 언제 적들을 맞닥뜨릴지 모르니 항상 최상의 몸 상태를 유지해야죠."

이탄이 마음을 느긋하게 가질 것을 권했다.

선봉은 고집을 부리지 않고 이탄의 의견을 존중해주었다. 비록 선봉의 마음속에는 '한시라도 빨리 저 냉기의 근원을 찾아가고 싶다.'라는 욕망이 샘솟았으나, 이탄의 의견에 따라 15시간 비행 후에는 꼭 쉬는 시간을 가졌다.

이탄은 대충 쉬는 법이 없었다. 휴식 시간을 갖기 전 이탄은 손날로 커다란 얼음을 척척 쳐내어 네모반듯하게 만들었다. 그 다음 얼음벽돌을 아치 형태로 둥글게 쌓아서 조그만 얼음집을 만들었다.

이탄은 집을 꼭 2개씩 지었다.

밤이 찾아오면 이탄과 선봉은 각자의 이글루(얼음벽돌로 만든 둥그런 집) 안에서 푹 쉬었다. 법력도 보충했다.

새벽이 되고 동이 트면 둘은 북쪽 방향을 향해 빠르게 날아갔다. 이런 규칙적인 일들이 몇 날 며칠 동안 되풀이되었다.

시간이 흘러 열흘이 훌쩍 지났다.

이탄과 선봉이 처음 수아룸 대산맥에 발을 들인 것이 5월 27일이었다. 그로부터 열흘이 지나 6월 5일이 되었다.

6월 5일 정오 무렵, 이탄과 선봉은 수아룸 대산맥의 중심부에 자리한 어느 깊은 계곡에 도착했다.

슈우와아앙—.

깊은 계곡 틈새로부터 상상을 초월하는 냉기가 피어올랐다. 그 기운이 어찌나 강렬했던지 빙한십결을 연마한 선봉 선자의 눈썹과 코 밑에도 얼음 알갱이가 와르륵 달라붙었다. 선봉의 옷소매나 옷깃도 냉기를 견디지 못하고 푸스스 바스러졌다.

"으읏."

선봉 선자는 자신도 모르게 뒤로 한 발 물러섰다.

이탄의 옷깃도 냉기 때문에 바스러지기 시작했다. 하지만 막상 이탄은 눈곱만큼의 추위도 느끼지 못했다. 심지어 피부에 소름도 돋지 않았다.

"아아아, 이 정도라니! 대체 저 밑에 어떤 물체가 존재하기에 이렇게 극단적인 냉기를 쏟아낸단 말인가."

선봉이 놀라서 중얼거렸다. 선봉은 한편으로는 두렵기도 하고, 다른 한편으로는 기대도 컸다.

만약에 이 극한냉기의 원천이 얼음덩어리라면?

그 얼음덩어리로 법보를 만든다면 법보의 위력이 얼마나 강력할지 상상이 되지 않았다.

만약에 이 극한냉기의 원천이 어떤 동물이라면?

그 동물을 길들이거나 단약을 만들었을 때의 효과가 얼마나 지대할지 가슴이 벅찼다.

만약에 이 극한냉기의 원천이 어떤 식물이라면?

당연히 그 식물의 활용도는 무궁무진할 것이다. 선봉의 머릿속에 온갖 활용 방법이 떠올랐다가 다시 사라졌다.

그러던 한순간,

'헙!'

선봉이 흠칫 놀라 이탄을 경계했다.

선봉은 내심 이탄에게 좋은 감정을 품고 있었다. 그녀는 이탄과 함께 적진을 돌파하면서 동지애도 쌓였고, 이탄에게 의지하는 바도 컸다.

하지만 이런 미묘한 감정과 별개로, 지금은 선봉의 마음속에 위험 경고가 켜졌다.

Chapter 5

선봉이 생각했다.

'저 계곡 아래에 진귀한 보물이 있다면 어떻게 하지? 혹시 이탄 선인님이 보물을 욕심내어 나를 해치기라도 한다면?'

아직까지 선봉과 이탄은 아무런 사이도 아니었다. 둘 사이에는 그저 남명의 사대종파 구성원이라는 미약한 소속감만 있을 뿐이었다.

이런 상황에서 아주 진귀한 보물을 마주한다면?

선봉보다 훨씬 무력이 강한 이탄이 그 귀한 보물을 공평하게 둘로 나눌 것인가? 아니면 독한 마음을 먹고 독차지

할 것인가?

'이걸 어쩜 좋아.'

선봉은 떨리는 눈빛으로 이탄을 곁눈질했다.

이탄이 쓴웃음을 지었다. 이탄은 지금 선봉이 머릿속으로 무슨 생각을 하고 있는지 훤히 들여다보였다.

이 상황에서 이탄이 무슨 말을 하더라도 선봉은 믿지 못할 것이다.

'계곡 아래에서 무엇을 발견하든 정확하게 반으로 나누자고 해도 믿지 않겠지?'

실제로 이탄도 그런 약속을 할 마음은 없었다.

'만약 계곡 아래쪽에 내가 욕심 낼 만한 술법서라도 존재한다면? 굳이 선봉 선자에게 술법서의 반쪽을 나눠줄 이유는 없지.'

이럴 때는 방법이 하나뿐이었다.

"선봉 선자님."

"네? 네."

선봉이 움찔 놀라 이탄을 경계했다.

이탄은 거듭 쓴웃음을 지었다.

"여기서 잠시 길을 나누면 어떻겠습니까?"

"길을 나눈다고요?"

"그렇습니다. 한눈으로 보기에도 이 계곡은 무척 깊을

뿐 아니라 남북 방향으로 길쭉합니다. 이 넓은 지역을 언제
다 둘러보겠습니까? 그러니까 선자님께서 남쪽과 북쪽 입
구 가운데 한 곳을 먼저 선택하시지요. 저는 선자님과 반대
편에서 탐색해보겠습니다."

"아!"

선봉이 부끄러운 듯 얼굴을 붉혔다.

이탄의 제안대로 길을 둘로 나누면, 보물을 발견했을 때
다툼이 벌어지지는 않을 것이다. 반대로 위험에 빠졌을 때
도 혼자서 해결해야 한다. 자고로 보물이 있는 곳에는 항상
위험도 함께 도사리고 있는 법이 아니던가.

'내가 괜한 우려를 하는 바람에 이탄 선인님께 밉보였나
보구나. 그냥 이탄 선인님의 심성을 믿어 볼 것을 그랬나?'

선봉은 갑자기 후회가 밀려들었다.

이탄이 선봉을 재촉했다.

"어느 쪽 입구로 내려가 보시겠습니까? 이곳 남쪽 입구
입니까? 아니면 저 북쪽 입구를 선택하시겠습니까?"

이곳 계곡은 남북으로 길쭉했는데, 북쪽 입구는 이곳으
로부터 약 3킬로미터 전방에 위치했다.

선봉은 잠시 망설이다가 한숨을 포옥 내쉬었다.

"이탄 선인님께서 괜찮으시다면 저는 이곳 입구로 한번
가보겠습니다."

이탄을 바라보는 선봉의 표정이 복잡했다.

이탄은 망설이지 않고 남쪽 입구를 선봉에게 양보했다.

"알겠습니다. 그럼 저는 저 위쪽으로 가보도록 하지요."

말이 떨어지기 무섭게 이탄이 3킬로미터 북쪽으로 날아가 버렸다.

"하아아."

선봉의 입에서 한 번 더 무거운 한숨이 새어나왔다.

선봉 선자가 선택한 길은 땅속 깊은 곳을 향해 수직으로 내리꽂혔다. 선봉은 비행 법보에 올라탄 채 어두컴컴한 계곡 속으로 서서히 내려갔다.

선봉은 수직으로 하강을 하는 도중 힐끗힐끗 위를 살폈다. 혹시라도 이탄이 이곳으로 쫓아 들어오지 않나 걱정한 탓이었다.

선봉은 한참 동안 뒤를 살폈다.

아무리 살펴도 이탄이 몰래 뒤쫓는 기색은 없었다.

"냉기가 짙은 곳은 북쪽 입구가 아니라 이곳 남쪽이었어. 이탄 선인님도 그 사실을 충분히 느꼈을 텐데 기꺼이 나에게 이곳을 양보하고 다른 쪽으로 가셨구나. 내 의심 때문에 이탄 선인님의 마음이 상하셨겠지? 그분께서는 나를 무척 옹졸하고 속이 좁은 여인네로 보셨을 거야. 하아아아."

선봉이 절레절레 고개를 가로저었다. 그러는 와중에도 선봉의 비행 법보는 점점 더 깊이 하강했다.

아래로 내려갈수록 빛은 점점 사라졌다. 대신 냉기는 걷잡을 수 없이 짙어졌다. 급기야 선봉의 몸 전체에 서리가 두텁게 한 겹 끼었다.

"으으, 정말 지독하네."

선봉은 빙한십결의 제1결인 한염적공을 최대한 끌어올렸다. 주변의 냉기가 선봉의 몸속으로 폭발적으로 밀려들었다. 선봉의 배꼽 아래쪽에선 한 가닥의 차가운 불꽃이 오롯하게 피어올랐다.

그것만으로도 냉기는 다 가시지 않았다.

"안 되겠구나."

선봉은 견디다 못해 품에서 청동거울을 하나 꺼냈다.

이 수한경은 음양종에서도 보기 드문 최상급 법보였다. 원래 수한경은 극음 대선인이 즐겨 사용하던 법보였는데, 자한 선자의 손을 거쳐서 지금은 선봉에게 전해졌다.

수한경을 들자 선봉에 온몸에 몰아치던 혹한의 냉기가 조금 가셨다.

"휴우."

선봉은 그제야 한 시름 놓았다.

하지만 아직 안심할 때가 아니었다. 약 200미터를 더 하강하자 다시 선봉의 몸이 덜덜덜 떨리기 시작했다. 선봉에 몸 주변에는 서리가 좀 더 두껍게 내려앉았다.

한염적공만으로는 도저히 이 냉기를 견딜 수 없었다. 수한경까지 동원해도 피가 꽝꽝 얼어붙는 느낌이었다.

Chapter 6

"하아압."

선봉은 수한경을 손에 쥔 채 손가락을 휘저어 허공에 선을 몇 개 그었다.

푸확!

그 선으로부터 은색 광채가 폭발했다. 은색 실처럼 쭉쭉 뻗어나간 광채는 이내 선봉에 주변에 하나의 진법을 펼쳐주었다.

그제야 냉기가 조금 완화되었다.

"진법으로도 오래 버틸 수 없어. 빨리 서둘러야 해."

선봉은 좀 더 빠른 속도로 하강했다.

계곡은 정말 깊었다. 선봉이 비행 법보를 이용하여 무려 2시간이나 내려왔는데도 아직 바닥이 보이지 않았다.

"으으으으."

한도 끝도 없이 깊은 땅속으로 들어가면서 선봉은 온몸에 오한이 돌았다.

그래도 다행인 것이, 이제 계곡의 폭이 점점 좁아진다는 점이었다.

"계곡이 좁아진다는 것은, 그만큼 바닥이 가까워진다는 의미겠지?"

선봉은 두려운 마음을 애써 억눌렀다.

선봉이 3시간을 내리 하강했을 무렵이었다. 드디어 바닥이 보였다.

아니, 엄밀하게 말해서 바닥이 눈으로 보인 것은 아니었다. 이곳은 빛 한 점 없는 암흑천지라 선봉은 아무것도 볼 수 없었다. 그저 그녀의 예민한 감각에 바닥이 느껴졌을 뿐이었다.

다행히 이곳까지 내려오는 동안 아무런 사고도 발생하지 않았다. 선봉은 한결 가벼운 마음으로 계곡 바닥에 착지했다.

휘유우우우―.

이 밑바닥에서 몰아치는 냉기의 폭풍은 선봉이 감히 버티기 어려울 정도였다. 선봉의 몸은 저절로 와들와들 떨렸다. 선봉의 혈관 속 피는 딱딱하게 얼어갔다. 최상급 법보인 수한경마저 표면에 얼음이 달라붙었다. 선봉의 주변을 둘러싼 은빛 선들도 이 추위를 견디기 힘든 듯 바르르 진동했다.

"으드드드드. 정말 엄청나구나. 동차원을 다 뒤져도 이렇게 냉기가 강렬한 장소는 없을 거야. 으드드드. 여긴 정말 어마어마해."

선봉은 감각으로 주변을 훑었다.

계곡의 벽면과 바닥 전체에서 참을 수 없는 냉기가 뿜어졌다. 선봉은 그중에서도 좀 더 냉기가 강한 곳을 찾아서 조심스레 접근했다.

계곡 바닥을 따라 100미터쯤 걸어가자 냉기가 정점에 달했다.

여기까지 걸어오는 동안, 선봉이 느낀 추위는 말도 못 하게 강렬했다. 은색 진법도 이미 두 차례나 붕괴하여 다시 진을 구축해야만 했다.

그래도 선봉은 꾸역꾸역 목표지점에 도착했다.

이 끔찍한 냉기의 근원이 되는 곳.

선봉이 도착한 곳에서는 하얀 연기를 뿜어내는 샘이 하나 자리했다. 이 샘에서 뿜어지는 연기가 계곡 전체를 극한의 냉기로 뒤덮었다.

"크으으으."

선봉은 이제 입술을 뗄 수도 없었다. 그저 잇새로 가느다란 신음을 흘리는 것이 할 수 있는 일의 전부였다.

몸이 바스러질 듯한 고통에도 불구하고 선봉의 안색은 밝았다. 선봉은 눈앞에 드러난 샘이 엄청난 보물이라는 사실을 직감했다.

'어떻게든 이 샘물을 동차원으로 가져가야 해. 할아버님께서 이 샘물을 보시면 분명히 크게 기뻐하실 거야. 어쩌면 이 샘물 덕분에 할아버님의 부상이 완쾌될지도 몰라.'

극음 대선인은 최근 피사노교의 수뇌부들과 싸우다가 큰 부상을 입었다. 선8급이던 경지도 한 단계 떨어져 선7급으로 내려앉았다.

선봉은 '이 극한의 샘물이 할아버님의 경지를 다시 회복시켜드릴 수 있지 않을까?' 라는 희망을 품었다.

선봉이 이런 생각을 할 만큼 샘물에서 풍기는 냉기는 강력했다.

'문제는 어떻게 이 샘물을 운반하느냐, 이거지.'

처음에 선봉은 호리병처럼 생긴 법보를 꺼내서 그 안에 샘물을 담아보았다.

샘물에 닿자마자 상급 법보인 호리병이 쩌억 깨졌다. 또 다른 중급 법보는 샘물이 닿기도 전에 하얀 연기에만 노출된 것만으로도 그냥 와해되었다.

'이런. 샘물을 담을 수가 없네. 어떻게 하지? 어떻게?'

선봉은 답답함에 발을 동동 굴렀다.

그러다 아이디어가 하나 떠올랐다.

선봉은 최상급 법보인 수한경을 손에 꼭 쥐고는, 청동거울의 끝부터 손잡이 바로 앞까지 천천히 샘물에 담갔다.

수한경은 보기 드문 최상급 법보인지라 신비한 샘물에 닿고도 깨지지 않았다. 수한경이 샘물 속으로 들어가자 극한의 냉기가 수한경의 표면을 꽝꽝 얼렸다. 덕분에 수한경의 표면에는 얼어붙은 샘물이 쩍쩍 달라붙었다.

'이렇게 얼음 형태로 만들면 샘물을 가져갈 수 있지 않을까?'

샘물을 떠갈 수 없으면 얼려서라도 가져가겠다는 것이 선봉의 계획이었다. 지금 선봉의 능력으로는 이것이 최선이었다.

다행히 수한경은 꽝꽝 언 상태에서도 망가지지 않았다.

대신 선봉의 손이 문제였다. 그녀의 매끄러운 손은 수한경의 손잡이를 움켜잡은 채 그대로 함께 얼어버렸다.

선봉은 손이 저릿했다. 손가락은 물론이고 팔뚝 전체에서 아무런 감각도 느껴지지 않았다. 이 상태로 오래 지속되면 선봉은 손을 잘라야 할 지도 몰랐다.

'하아. 이 정도 희생은 불가피하겠지. 만약 할아버님께서 회복하실 수만 있다면 나는 손을 하나 잃어도 좋아.'

선봉은 결연히 각오를 다졌다.

샘물을 조금 얻어낸 뒤, 선봉은 다시 계곡을 따라 조금 남쪽으로 걸어 내려왔다.

'샘물 근처는 너무 추워서 그대로 얼음조각이 되어버릴 것 같구나. 지금 내 실력에 여기서 법력을 쌓는 것은 무리야.'

선봉은 가능하면 샘물 근처에서 법력을 쌓아보고 싶었다. 하지만 과욕을 부렸다가는 생명이 위험할 듯했다. 그래서 선봉은 극한의 샘물로부터 수백 미터 떨어진 곳으로 물러선 다음, 그 자리에 책상다리를 하고 앉았다.

'이이익.'

선봉이 전력을 다해 한염적공을 운용했다.

츠츠츠츠츳—.

주변의 냉기가 새하얀 실이 되어 선봉의 온몸으로 빨려들어갔다. 선봉은 물밀 듯이 밀려드는 냉기를 한염적공을 통해 법력으로 전환했다. 하얀 실이 점점 더 많아지면서 선봉은 마치 고치에 뒤덮인 듯한 모습이 되었다.

Chapter 7

선봉이 한창 법력을 쌓을 즈음, 이탄도 계곡 북쪽 지역의 밑바닥에 도착했다.

이탄이 선택한 곳은 선봉이 선택한 계곡보다 훨씬 더 깊었다. 대신 이탄은 선봉처럼 조심조심 하강하지 않았다. 벼락처럼 땅속으로 틀어박혔다.

그렇게 3시간 이상 낙하하자 비로소 계곡의 바닥이 보였다.

이곳도 빛 한 점 없기는 마찬가지였다. 하지만 이탄은 아무리 캄캄한 곳에서도 주변을 환히 볼 수 있었다.

이탄이 도착한 지역은 선봉이 선택한 곳과 달리 그리 춥지 않았다. 신비로운 샘물이 내뿜는 냉기는 계곡 전체를 뒤덮었으되, 이 북쪽 일대까지는 그 영향력을 미치지 못했다.

"어라? 이 느낌은!"

이탄이 발걸음을 재촉했다.

두근거리는 심정으로 몸을 날리자 절벽 사이로 틈이 하나 보였다. 아이 한 명이 겨우 지나다닐 만큼 좁은 틈이었다.

뿌드득.

이탄은 완력으로 그 틈을 넓혔다. 이탄의 손아귀 안에서 절벽이 뭉그러지고 길이 뚫렸다. 그렇게 강제로 틈 안에 들어서자 이탄의 육감이 더욱 세차가 요동쳤다.

"확실해. 이건 분명히 그때의 그 느낌이야. 동차원에서 마주했던 벽의 느낌이라고."

이탄이 탄성을 흘렸다.

동차원에 머물 당시, 이탄은 금강 종주의 추천을 받아 신비로운 벽을 마주할 기회를 가졌다. 당시에 엄홍 선인과 풍양 선인, 해원 선인, 엄수현 선자, 그리고 부공도 이탄과 함께 벽을 마주 보았다.

그 신비한 벽, 혹은 언령의 벽을 통해서 이탄은 정상 세계의 인과율을 지탱하는 몇 개의 언령을 수중에 넣었다.

가둠, 무한(시간), 고통, 연결, 차단, 풀림(해방).

이상이 바로 이탄이 벽을 통해 깨달은 언령들이었다.

한데 놀랍게도 서차원, 즉 언노운 월드에도 그와 유사한 벽이 존재했다. 동차원에서 이탄이 마주했던 언령의 벽과 유사한 신물이 이곳 수아룸 대산맥의 계곡 밑바닥에 떡하니 존재했던 것이다.

너비 40미터.

높이는 20미터.

언령의 벽이 이탄의 두 눈에 콱 틀어박혔다. 수수한 빛깔의 벽 표면에는 가느다란 실금들이 가득했다. 동차원에서 이탄이 마주했던 언령의 벽과 비슷한 모습이었다. 하지만 실금들의 각도나 분포는 사뭇 달랐다.

이 실금들은 워낙 가늘어서 일반 사람들의 눈에는 잘 보이지도 않았다. 그러나 이탄의 눈에는 또렷하게 인식되었다.

"아아아아."

이탄의 목구멍에서 괴상한 탄성이 새어나왔다. 언령의 벽을 마주하는 것만으로도 이탄의 가슴이 쿵닥쿵닥 뛰었다.

이탄은 벽 앞에 털썩 주저앉았다. 그 다음 벽에 새겨진 실금들의 형태를 머릿속에 담아두는 일에 집중했다.

원래 이런 단순한 암기만으로는 절대 언령을 얻을 수 없는 법이었다. 이탄도 그 점을 잘 알았다.

'언령은 욕심을 부린다고 해서 깨달을 수 있는 게 아니야. 인연이 닿으면 바로 깨우칠 수도 있지만, 인연이 닿지 않으면 아무리 시간을 들여도 언령을 잡을 수 없지.'

이것이 이탄의 판단이었다. 그래서 이탄은 깨달음에 집착하기보다는 일단 벽 전체를 머릿속에 담기로 마음먹었다.

동차원에서 한 번 해본 덕분일까? 이탄에게는 언령을 벽을 통째로 외우는 것이 그리 어색하지 않았다.

하루, 이틀, 사흘, 나흘……

이탄은 시간의 흐름을 완전히 잊었다.

다행히 선봉 선자도 이탄을 찾지 않았다. 이탄은 아무런 방해도 없이 벽을 외우는 일에 전심을 다했다.

불과 4일 만에 벽 전체를 머릿속에 욱여넣은 뒤, 이탄은 한결 편안한 심정으로 벽을 물끄러미 쳐다보았다.

그렇게 또다시 사흘이 지났다.

벽을 마주한 지 일주일째 되던 날 아침, 이탄의 멍한 눈동자 속에 어른거리는 그림 하나가 빠르게 스쳐 지나갔다. 헤아릴 수 없이 많은 실금들 가운데 일부가 모여서 하나의 그림을 이룬 것이다.

그 그림이 이탄의 마음속에 불도장처럼 콱 틀어박혔다.

'해부도?'

지금 이탄이 발견한 그림은 인체 해부도였다.

내장과 뼈가 상세하게 그려진 이 해부도는 의원들이나 관심 있게 살펴볼 법한 그림이었다. 한데 특이하게도 해부도의 뇌 부위가 이탄에게 깊은 인상을 남겼다. 인체의 뇌 주름 속에 새끼손톱 크기의 조그만 소인이 들어앉아서 기생하는 모습이 생생하게 그려져 있기 때문이었다.

'아!'

순간적으로 이탄의 뇌리에 분혼기생(分魂寄生)의 권능이 떠올랐다.

이탄은 분혼기생의 권능을 통해서 피사노교의 밍니야에게 분혼을 심었다. 간씨 세가의 권력자 간철호에게도 분혼을 하나 심은 뒤, 자유롭게 조종하며 제 몸처럼 다루었다.

'그 분혼기생의 개념을 그림으로 표현하면 딱 이런 모습일 거야.'

간철호의 뇌 속에 이탄의 분혼이 조그만 소인의 모습으로 파고들어 간 뒤, 숙주인 간철호를 자유롭게 조종하는 장면이 이탄의 뇌리에 떠올랐다.

여기까지 생각이 미치자 2개의 문자, 즉 2개의 언령이 동시에 나타나 이탄에게 빨려 들어왔다.

숙주.

기생.

이 가운데 첫 번째 언령은, '숙주를 지정하기 위한 문자'였다. 이 문자에 의해서 낙인이 찍힌 대상은 무조건 이탄의 숙주가 될 수밖에 없었다.

한편 두 번째 언령은 '숙주에게 조그만 의식을 들여보내 그 숙주를 조종할 때 사용하는 문자'였다.

지금까지 이탄이 획득한 다른 언령들과 달리, 숙주와 기생은 하나의 쌍을 이루는 독특한 언령이었다.

Chapter 8

'결국 분혼기생의 권능도 언령의 일종이었나?'

이탄은 얼핏 이런 의구심을 품었다.

곰곰이 따져보니 그건 아니었다.

언령은 어디까지나 이 세계 안에서만 권능을 발휘할 수 있었다. 제아무리 언령의 권능이 대단하다고 하여도 차원을 뛰어넘을 수는 없었다.

'그런데 나는 다른 차원의 존재, 즉 간철호에게 분혼기생을 성공시켰단 말이지. 그러니까 분혼기생의 권능이 언령보다 한 단계 더 상위의 개념일 거야.'

이탄은 이렇게 판단했다.

옳은 판단이었다.

비록 분혼기생보다는 하위이기는 하지만, 언령도 나름 뛰어난 장점을 지녔다. 우선 언령은 편의성이 뛰어났다.

예를 들어서 이탄이 분혼기생을 사용하려면 영혼의 일부를 쪼개서 상대방의 몸 속에 들여보내야만 했다.

이건 번거로울 뿐 아니라 꽤나 고통스러운 작업이었다.

반면 언령은 사용법이 아주 간편했다.

첫째, 숙주 언령을 사용하여 대상체를 숙주로 낙인찍는다.

둘째, 기생 언령을 사용하여 대상체의 뇌에 의식을 불어넣는다.

위 두 가지 절차만 따르면 이탄이 점찍은 상대는 반항할 엄두도 내지 못하고 그대로 이탄의 꼭두각시가 되기 마련이었다.

언령은 사용이 편리한 대신 단점도 존재했다. 이탄이 '숙주'라는 문자를 사용하려면 대상체를 직접 눈으로 봐야만 했다.

이건 분명히 제약이었다.

'분혼기생은 그렇지 않지. 그 권능은 내가 굳이 숙주를 눈으로 직접 볼 필요가 없거든. 아무리 멀리 떨어진 상대라도, 심지어 차원 너머의 존재에게도 얼마든지 내 분혼을 침투시킬 수 있어. 마치 간철호에게 했던 것처럼 말이야.'

이탄은 분혼기생과 언령의 장단점을 명확하게 꿰뚫어 보았다.

두 가지 언령을 얻어낸 이후에도 이탄은 벽을 계속해서 탐색했다.

한동안은 추가로 깨닫는 바가 없었다. 시간은 하염없이 흘렀다. 그러던 어느 한순간, 이탄은 문득 깨닫는 바가 있었다.

'가만. 이렇게 한번 해보면 어떨까?'

이탄이 두 눈을 지그시 감았다. 이탄의 뇌리 속에서 2개의 벽이 동시에 떠올랐다.

하나는 동차원의 벽.

다른 하나는 서차원의 벽.

서로 다른 차원에 나뉘어 존재하는 언령의 벽이 이탄의

머릿속에서 하나로 겹쳐졌다. 동차원과 서차원이 서로 포개어져서 존재하는 것처럼, 2개의 벽도 이탄의 뇌 속에서 하나가 되었다.

벽과 벽이 맞물렸다.

선과 선이 겹쳐졌다.

그림과 그림이 하나로 포개졌다.

두 벽의 선들이 합쳐지면서 좀 더 복잡한 모양을 만들었다. 선과 선이 복잡하게 얽히면서 똬리를 틀었다. 선들은 마치 교미 중인 뱀 떼처럼 자극적으로 꿈틀거렸다.

이탄은 선과 선이 교차하는 점들에 주목했다.

후왕! 후왕! 후왕!

이탄의 주목을 받은 점들은 영롱한 빛의 결정을 맺었다.

그 모습이 마치 밤하늘의 별들이 이탄의 머릿속으로 우르르 쏟아지는 듯했다. 그 별들이 서로 다른 밝기로 명멸하며 엄청난 분량의 정보를 쏟아내었다.

'흐어업?'

이탄은 쏟아지는 정보를 끊임없이 받아들였다. 과거에 음차원을 통째로 삼켰을 때처럼, 이탄은 물밀듯이 밀어닥치는 정보를 흡입하고 또 포용했다.

과거에 이탄이 흡입한 것은 하나의 차원이었다.

지금 이탄이 흡입하는 것은 어마어마한 분량의 정보였다.

'끄윽, 끅. 끅. 끅.'

이탄은 피조물이라면 감히 감당할 수조차 없는 것들을 흡입하면서 새로운 권능을 저절로 깨우쳤다.

흡입.

이 보기 드문 언령이 이탄에게로 와서 이탄의 것이 되었다.

정상세계를 지탱하는 언령은 무수히 많으며, 그 언령들 사이에는 엄연하게 격의 차이가 존재하였다.

예를 들어서 '무한'이라는 언령은 정상세계의 시간을 지탱하는 문자였다. 이탄이 획득한 다른 언령들, 동시구현, 가둠, 고통, 연결, 차단, 풀림은 감히 무한과 견줄 바가 못 되었다. 무한은 언령들 가운데 단연 몇 손가락 안에 꼽히는 최상격이었다.

이어서 풀림은 상격.

고통은 하격.

숙주도 하격.

나머지 언령들은 중격에 해당했다.

그런데 지금 막 이탄과 인연을 맺은 흡입은 놀랍게도 무한과 동급, 즉 최상급의 언령이었다.

이것은 흡입의 권능이 극한에 달했을 때, 능히 하나의 차원을 통째로 빨아들일 수 있을 정도로 막강하기 때문이었다. 또한 흡입의 권능이 극에 달하면, 시간과 공간도 흡입 안으로 빨려 들어가게 마련이었다.

동시구현에서 시작하여 흡입에 이르기까지.

이탄은 총 10개의 언령을 손에 넣었다.

이탄이 다시 눈을 떴을 때, 언령의 벽은 푸스스 가루로 흩어지는 중이었다. 조금 전 이탄이 흡입의 언령을 깨우치면서 자신도 모르게 그 권능의 일부가 미약하게 새어나왔다. 그렇게 살짝 권능이 노출된 것만으로도 주변의 모든 물질들이 원자 단위로 으스러져 이탄에게 흡수되기 시작했다.

언령의 벽도 예외는 아니었다. 이 신비로운 벽은 모서리부터 조금씩 부서지기 시작하더니, 급기야 벽면 전체가 한 꺼풀 벗겨져서 이탄의 몸속으로 흡입되었다.

"이런!"

이탄은 이 신비로운 벽이 훼손된 것이 안타까워 비명을 질렀다.

그나마 이탄이 언령의 벽에 그려진 선들을 몽땅 외워두었기에 망정이지, 하마터면 가치가 무한한 보물을 망가뜨릴 뻔했다.

표면이 모두 뜯겨나갔으니 이제 언령의 벽은 아무런 의미도 남지 않았다. 이탄은 미안한 심정으로 벽을 쓰다듬었다.

"미안하구나. 나 때문에 괜히 훼손이 되었어. 그래도 동차원에는 하나 남아 있으니 다행이다."

이때 이탄의 뇌리가 반짝 빛났다.

"가만! 아조브는 3개가 존재하잖아. 저쪽 간씨 세가에 하나, 아울 검탑에 하나, 그리고 금강수라종에 하나."

지금까지 발견된 아조브는 총 3개였다.

이 신비로운 큐브는 각 차원별로 하나씩 존재하였으며, 놀랍게도 지금은 몽땅 이탄의 소유가 되었다.

간씨 세가의 아조브, 아울 검탑에서 밀봉 중이던 아조브, 그리고 금강수라종의 아조브가 모두 이탄의 손에 들어온 것이다.

Chapter 9

"그렇다면 혹시 언령의 벽도 차원마다 하나씩 존재하는 것이 아닐까?"

문득 이런 생각이 이탄의 뇌리를 스치고 지나갔다.

가능성은 충분했다.

"간철호의 세상에도 언령의 벽이 존재할지 몰라. 아니, 분명히 있을 거야. 어쩐지 그런 느낌이 들어."

이탄이 손바닥을 슥슥 비볐다.

"만일 내 추측이 맞는다면, 그렇다면 그 언령의 벽은 무조건 내 거야. 어떤 대가를 치르더라도 언령의 벽은 반드시 내 손에 넣고야 말겠어."

만약 이탄이 언령의 벽을 손에 넣는 데 방해가 되는 세력이 있다면?

이탄은 그런 방해꾼들은 모조리 숨통을 끊어버리기로 마음먹었다.

"이번 전쟁을 마무리 지은 다음, 스승님께 돌아가서 백팔수라의 마지막 제6식을 얻어내야지. 그 다음엔 간씨 세가에 한번 가봐야겠어. 언령의 벽! 이걸 놓칠 순 없지."

마침 언령의 벽도 훼손된 참이었다. 이탄의 입장에서는 이 외진 계곡 밑바닥에서 더 이상 머물 이유가 없었다.

"이만 가볼까."

이탄이 발을 굴렀다.

타앙—.

이탄의 몸이 단숨에 위로 솟구쳤다.

이탄은 전력을 다해서 상승했다. 덕분에 계곡을 벗어나

기까지 걸린 시간이 제법 단축되었다.

일전에 이탄이 계곡 밑바닥으로 내려올 때는 꼬박 세 시간이 걸렸다. 지금은 불과 두 시간 만에 계곡 상공에 떠올랐다.

선봉 선자는 그때까지도 계곡 남쪽 밑바닥에 머물렀다. 선봉은 무려 아흐레 동안이나 꼼짝도 않고 앉아서 법력을 운용한 셈이었다. 계곡 밑바닥 신비한 샘물에서 뿜어지는 혹한의 냉기가 가느다란 실처럼 풀려서 선봉 선자의 체내로 흡수되었다. 선봉은 그 냉기를 차곡차곡 쌓아서 단숨에 하나의 경지를 뛰어넘었다.

특수부대에 투입되기 전, 선봉은 선2급의 선인이었다.

지금은 선2급을 돌파하여 선3급에 올라섰다. 목숨을 걸고 피사노 교도들과 맞서 싸웠던 경험, 그리고 신비로운 샘물의 기운이 합쳐지면서 선봉의 경지를 한 단계 위로 올려놓은 것이다.

계곡의 남쪽 입구.

이탄이 1시간 정도 비행하여 아래로 내려갔다.

그 다음 적당한 지점에서 비행을 멈추었다.

"선봉 선자님."

이탄이 목청을 높였다.

컴컴한 계곡 아래쪽에서 지극히 냉랭한 한기가 휘몰아쳤

다. 유령의 울음과도 같은 바람 소리 때문인지 선봉 선자의
답은 들리지 않았다.

이탄이 입가에 손을 모으고 좀 더 목청을 높였다.

"선봉 선자님."

계곡 벽면에서 이탄의 카랑카랑한 음성이 메아리쳤다.

여전히 선봉은 답이 없었다.

"할 수 없지."

이탄은 30분 정도를 더 하강했다. 휘몰아치는 한기가 한
결 증폭되었다.

물론 이탄은 추위를 느끼지 못했다. 이탄의 피부에는 얼
음조각 하나 달라붙지 않았다. 오히려 냉기가 이탄을 두려
워하는 듯 거리를 벌렸다.

"선봉 선자님, 아래에 계십니까? 무사하십니까?"

이탄이 거듭 소리를 질렀다.

선봉의 대답은 들리지 않았다.

이탄은 30분을 더 하강하여 계곡 밑바닥에 거의 근접했
다. 그 위치에서 이탄은 하강을 멈추고 선봉을 불렀다.

"선봉 선자님, 무사하십니까?"

그제야 답이 들려왔다.

"앗. 이탄 선인님."

"무사하십니까?"

"네. 저는 괜찮아요. 이탄 선인님, 지금 시간이 얼마나 흘렀나요?"

"9일 정도 지난 것 같습니다."

선봉이 깜짝 놀랐다.

"에헥? 9일이나 지났다고요. 아유. 죄송해요. 제가 시간을 너무 끌었네요."

여기까지 대화를 나눈 뒤, 선봉은 잠시 망설였다.

'이곳은 우리 음양종 사람들에게는 보물과도 같은 장소야. 그런데 이런 곳을 이탄 선인님께 공개해도 될까? 아니면 감추어야 할까?'

답은 곧 나왔다.

선봉이 판단하기에 이탄은 무척이나 배려심이 많은 선인이었다.

'만약에 이탄 선인님이 욕심이 많은 사람이라면 이 귀한 장소를 나에게 선뜻 양보해주실 리 없지. 게다가 조금 전에도 이탄 선인님은 이 아래까지 그냥 내려오지 않고 멀리서 내 이름을 부르셨잖아?'

이탄이 우격다짐으로 이곳에 들이닥친다면?

선봉의 힘으로는 이탄을 막을 수 없었다.

'그런데도 이탄 선인님을 무력으로 협박하지 않고 내게 양보를 해주셨어.'

선봉이 입술을 꼭 깨물었다. 마침내 결심이 섰다.

"이탄 선인님?"

"말씀하십시오."

까마득한 위쪽에서 이탄의 목소리가 들렸다.

"잠시 여기에 내려와 보시겠어요?"

선봉이 이탄에게 손짓을 보냈다.

이탄이 선봉에게 되물었다.

"지금 말입니까?"

"네. 이탄 선인님께 긴히 보여드릴 것이 있어요."

선봉이 고개를 끄덕였다.

"알겠습니다."

답이 들리고 몇 분 후, 이탄이 선봉의 옆에 내려섰다. 냉기가 폭발하듯이 휘몰아치는 계곡 밑바닥에 착지하고서도 이탄은 눈 하나 깜짝하지 않았다.

Chapter 10

'역시 이탄 선인님의 경지는 나보다 훨씬 위구나. 선3급에 올라선 나도 이 냉기에 저항하기 힘든데 이탄 선인님은 아무렇지도 않은 모양이야.'

선봉이 판단하기에 이탄의 경지는 최소한 선4급이었다. 어쩌면 선5급일지도 몰랐다.

이탄이 선봉에게 물었다.

"선봉 선자님, 저를 왜 부르셨습니까?"

"이리 와 보세요. 이탄 선인님께 보여드리고 싶은 것이 있어요."

선봉은 샘물이 있는 방향을 손가락으로 가리켰다.

이탄은 손가락이 아닌, 상대의 반대편 손을 힐끗 보았다. 지금 선봉의 손 하나는 수한경을 꼭 쥔 채 꽁꽁 얼어붙은 상태였다.

무려 아흐레 동안이나 얼어 있었으니 선봉은 꼼짝 없이 손을 잘라내야 할 처지였다.

한데 선2급에서 선3급으로 경지가 상승하면서 죽어버린 손의 세포가 되살아났다. 이제 후속 치료만 잘 하면 선봉은 손을 자르지 않아도 괜찮았다. 선봉의 입장에서는 참으로 다행스러운 일이었다.

선봉은 이탄을 샘물로 안내했다.

샘물에서는 새하얀 안개가 무럭무럭 피어올랐다.

"으으읏."

선봉이 감히 그 냉기를 견디지 못하고 몸서리를 쳤다.

반면 이탄은 꿈쩍도 하지 않았다.

"무척 차가운 샘물이네요."

"그렇죠. 제가 발견한 거예요. 저처럼 냉한 계열의 법술을 연마하는 수도자들에게는 정말 보물과도 같은 샘물이랍니다."

말을 하면서 선봉은 이탄의 눈치를 살폈다.

'이탄 선인님도 냉한 계열의 법술을 익히셨다면 이 샘물을 이용해 보세요. 제가 기꺼이 나눠드릴게요.'

선봉의 눈에는 이런 속마음이 쓰여 있었다.

이탄이 입꼬리를 살짝 끌어올렸다. 그 다음 천천히 고개를 가로저었다.

"아쉽게도 제가 익힌 금강수라종의 술법들은 냉기와는 거리가 멉답니다. 그래서 제게는 별로 도움이 되지 않을 것 같습니다. 더군다나 이 샘물을 처음 발견하신 분은 선봉 선자님이 아니십니까? 선자님께서 활용하시는 것이 맞지요."

"아아아!"

이탄의 통 큰 양보에 선봉이 탄성을 흘렸다. 선봉은 이곳을 차지하려고 욕심을 부렸던 것이 무척 부끄러워졌다.

"이탄 선인님, 정말 고맙습니다. 조금 전에도 말씀드렸지만, 이곳은 저와 같은 계열의 수도자들에게는 무척 중요하거든요. 이 귀한 장소를 선뜻 양보해주셔서 고맙습니다."

선봉은 이탄을 향해 머리를 꾸벅 숙였다. 그 다음 곰곰이 생각에 잠겼다가 다시 말문을 열었다.

"이탄 선인님."

"네?"

"선인님은 제 생명의 은인이셔요. 만약 이탄 선인님의 도움이 아니었다면 저는 무사히 살아서 적진을 빠져나오지 못했을 거예요."

이탄이 손사래를 쳤다.

"별 말씀을 다하십니다. 선봉 선자님의 실력이라면 능히 탈출에 성공하셨을 겁니다."

"아니에요. 진심으로 드리는 말씀이에요. 그리고 한 가지 더 있어요."

"그게 뭡니까?"

이탄이 고개를 갸웃했다.

선봉은 손가락으로 하늘을 가리켰다.

"만약에 이 샘물로 인하여 저희 할아버님이신 극음 대선인님께서 완쾌하시기만 한다면, 이탄 선인님은 제 생명의 은인일 뿐 아니라 우리 음양종 전체의 은인이셔요."

"오!"

이탄은 선봉이 샘물에 욕심을 부리는 것을 진작부터 알고 있었다. 하지만 그 욕심의 뒤에 효심이 있다는 점은 비로소 깨달았다.

이탄의 눈길이 문득 선봉의 손에 머물렀다.

'보아하니 저 청동거울에 달라붙은 얼음이 이 샘물인가 보구나. 선봉 선자는 극음 대선인을 위해서 자신의 손을 희생해서라도 샘물을 가져가려는 모양이야.'

이탄이 검지를 자신의 코밑에 대고 콧방울을 슥슥 문질렀다. 이탄의 마음속에서 선봉에 대한 평가가 한 단계 상향 조정 되었다.

계곡을 벗어난 뒤, 이탄과 선봉은 다시 북쪽으로 이동했다. 계곡에서 멀어진 덕분인지 추위는 한결 가라앉았다.

"그나저나 이탄 선인님께서 내려가셨던 곳에는 뭐가 있었나요?"

비행 중에 선봉이 물었다.

이탄은 태연하게 대답했다.

"돌과 얼음, 그리고 바람이 할퀴고 간 듯한 자국들이 있더군요."

거짓말은 아니었다. 언령의 벽이 있던 장소에는 분명 돌과 얼음, 그리고 그 돌에 새겨진 선들—마치 바람이 할퀴고 지나간 듯한 흔적들—만 존재했다.

선봉은 이탄의 말에 거짓이 없음을 곧바로 알아보았다. 선봉의 품에 있는 법보들 가운데는 거짓말을 알아차리는 법보도 있었다.

그 법보가 지금은 조용했다. 이탄의 말이 거짓이 아니라는 의미였다.

"이탄 선인님, 죄송해요."

선봉이 뺨을 발갛게 물들였다.

'내가 욕심을 부린 탓에 이탄 선인님은 9일 동안 허송세월만 하셨나 봐.'

선봉은 부끄럽고 미안해서 어쩔 줄을 몰랐다.

이탄이 그런 선봉을 보며 히죽 이빨을 드러내었다.

제3화

귀인의 보답

Chapter 1

9일 뒤.

이탄과 선봉은 계속해서 비행하고 또 비행했다. 이제 그들은 수아룸 대산맥의 북쪽 능선을 지나가는 중이었다.

계곡을 떠나 여기까지 오는 동안 이탄과 선봉은 수시로 령을 불러내어 차원 이동을 시도해 보았다.

안타깝게도 령들의 권능은 발휘되지 않았다. 선봉의 표정은 갈수록 어두워졌다. 하지만 그녀는 묵묵히 비행하는 이탄을 보며 초조한 마음을 애써 다잡았다.

마침내 9일이 지나 6월 23일이 되던 날.

"선봉 선자님, 잠시만요."

이탄이 비행을 멈추고 바위 위에 내려앉았다. 이탄의 품에서 삼각형 귀를 쫑긋 세운 강아지 령 몽몽이 튀어나왔다.

"여기서 시도해 보시게요?"

선봉이 물었다.

이탄은 고개를 주억거렸다.

"한번 해볼까 합니다. 오늘이 딱 한 달하고도 하루가 되는 날이거든요. 저희 특수부대가 이곳 서차원으로 넘어온 지 이제 한 달이 지났습니다."

"아! 그러네요."

선봉이 손뼉을 쳤다. 그녀가 지켜보는 가운데 이탄은 몽몽을 오른손으로 잡고 차원 이동을 시도했다.

순간, 콰르르르 먹장구름이 몰려들었다.

이탄의 주변 모든 사물들이 갑자기 우뚝 멈췄다. 구름도 멈추고, 바람도 멈추고, 휘날리던 눈꽃도 멈춰 섰다.

콰릉!

모두가 정지한 세상에 벼락 한 줄기가 내리꽂혔다. 까마득한 상공, 먹장구름 속의 산봉우리에서 떨어진 벼락이었다.

구름 속의 산봉우리는 하나가 아니었다. 여러 개의 산봉우리가 모여서 하나의 거대한 산맥을 이루었다.

산맥의 밑바닥에선 흙 부스러기가 우수수 떨어져 내렸다. 놀랍게도 그 부스러기들은 수아룸 산맥까지 낙하하지 않았다. 중간에 다시 증발하여 구름 속의 산맥 밑바닥으로 다시 흡수되었다.

이탄은 구름 위 산맥 밑바닥에서 출발하여 지상까지 내리꽂힌 벼락을 맨손으로 잡았다.

피웃!

벼락과 접촉한 순간, 이탄의 모습이 감쪽같이 사라졌다. 차원을 뛰어넘어 동차원으로 넘어간 것이다.

잠시 후.

"오오오옷. 드디어 제약이 풀렸구나. 오오오오오. 감사합니다. 감사합니다."

선봉 선자가 감격에 겨워 괴성을 질렀다. 선봉은 곧장 앵무새 령을 꺼내더니 손으로 꼭 움켜잡았다.

콰르르르르—.

수아룸 대산맥 상공에 다시 한 번 먹장구름이 모여들었다. 구름 위에 얼핏 거대한 산맥의 형상이 맺혔다.

콰쾅!

산맥 밑바닥에선 벼락이 내리쳤다.

선봉 선자는 기쁜 마음으로 그 벼락을 움켜잡았다.

피웃!

선봉의 모습도 이내 수아룸 대산맥에서 자취를 감추었
다.

피사노교의 북서부 총단이 위치한 곳은 언노운 월드 바
룸 대산맥의 중앙 분지였다.

한편 마르쿠제 술탑의 본거지는 동차원의 랑무 대산맥
한복판에 위치했다.

서로 앙숙 사이인 피사노교와 마르쿠제 술탑은 사실 무
척 가까이 붙어 있는 셈이었다. 왜냐하면 언노운 월드의 바
룸 대산맥과 동차원의 랑무 대산맥은 사실 동일한 산맥이
기 때문이었다. 동일한 산맥을 서차원(언노운 월드) 사람들
은 바룸이라고 부르고, 동차원에서는 랑무라고 명명할 따
름이었다.

랑무 대산맥 봉우리에 서서 이마에 손을 얹고 북서쪽 방
향을 살펴보면, 저 멀리 눈에 뒤덮인 산맥이 하나 더 보였다.

이 산맥의 이름은 쿤륭.

너무 추워서 인간은 살 수가 없는 쿤륭 대산맥이야말로
대륙의 북서쪽 끝자락을 지키는 수문장이었다.

이날 쿤륭 대산맥에 벼락이 두 줄기 내리쳤다. 그 벼락
속에서 두 선인이 차례로 튀어나왔다.

다름 아닌 이탄과 선봉이었다.

"아아아, 드디어!"

선봉이 그 자리에 털썩 무릎을 꿇었다. 선봉의 뺨을 타고 두 줄기의 눈물이 주르륵 흘러내렸다.

이탄도 새삼스러운 눈빛으로 쿤륭 대산맥의 풍경을 둘러보았다.

얼핏 보기에 서차원의 수아룸 대산맥과 동차원의 쿤륭 대산맥은 엇비슷해 보였다. 산세는 뾰족뾰족하고 험했다. 온 천지에는 눈발만 가득했다.

이렇게 외형적으로 비슷하다 보니, 이탄의 머릿속에는 얼핏 다음과 같은 생각이 들었다.

'이거 차원 이동이 실패한 거 아냐? 같은 자리로 다시 돌아온 것 같네.'

하지만 서차원과 동차원은 공기가 달랐다. 느낌이 딴판이었다.

'아니구나. 내가 제대로 왔구나. 여긴 분명 언노운 월드가 아니라 동차원이야.'

이탄이 히죽 이빨을 보였다.

"선봉 선자님, 서두르시죠. 제 계산대로라면 여기서 남동쪽으로 날아가면 랑무 대산맥이 나올 겁니다. 일단 마르쿠제 술탑까지만 가면, 이송법진을 타고 곧바로 남명으로 돌아갈 수 있습니다."

"알았어요. 어서 가시죠."

선봉이 벌떡 일어섰다.

이탄과 선봉은 쿤룽 대산맥의 남동쪽 방향으로 행선지를 잡았다. 그러다 선봉이 다른 의견을 하나 내놓았다.

"잠깐만 기다려 주세요. 이탄 선인님, 혹시 그 계곡에 잠시 들려 봐도 될까요?"

선봉은 동차원과 서차원이 서로 겹쳐 있다는 사실을 알고 있었다. 하여 신비한 샘물이 있는 장소에 한번 들려보기를 원했다.

이탄도 동의했다.

'혹시 거기에도 언령의 벽이 있을까?'

이탄은 이런 생각을 품었다.

둘은 쉬지 않고 비행하여 9일 만에 계곡이 있는 자리에 도착했다. 서차원에서 이탄과 선봉이 발견했던 계곡과 유사하게 생긴 계곡이 이곳 동차원에도 존재했다.

Chapter 2

"와아아. 진짜 여기도 계곡이 있었네요."

선봉은 외마디 탄성과 함께 계곡 아래로 뛰어내렸다.

"같이 가시죠, 선봉 선자님."

이탄이 그 뒤를 바짝 따랐다.

2시간 이상 꼬박 하강한 끝에 이탄과 선봉은 계곡 밑바닥에 도착했다.

아쉽게도 샘물은 존재하지 않았다. 혹한의 냉기도 이곳 동차원의 계곡에서는 찾아볼 수 없었다.

"다른 쪽 길로도 한번 내려가 볼까요?"

이탄이 제안했다.

선봉과 이탄은 '혹시나?' 하는 심정으로 북쪽 입구로 내려가 보았다.

이곳도 역시 허탕이었다. 언령의 벽은 눈을 씻고 찾아보아도 없었다.

선봉이 고개를 푹 숙이고 혀를 쏙 내밀었다.

"죄송해요. 괜히 저 때문에 시간만 허비했네요."

이탄은 소매를 탁탁 털었다.

"괜찮습니다. 어차피 동차원으로 돌아왔으니 이제 위험한 일은 없을 것이고, 시간도 불과 반나절만 지체되었을 뿐인걸요."

이탄과 선봉은 다시 비행 법보를 타고 계곡 위로 날아올랐다. 그리곤 저 멀리 희미하게 보이는 랑무 대산맥을 향해서 곧장 질주했다.

서차원에서 시간을 아무리 오래 보내도 동차원에서의 시간은 불과 몇 시간만 지났을 뿐이었다.

마찬가지로 동차원에서 꽤 오래 머물러도 서차원에서의 시간은 그다지 많이 흐르지 않았다.

이탄과 선봉은 특수부대에 자원하여 피사노교로 쳐들어갔다. 그 다음 북서쪽의 수아룸 대산맥으로 도주했다가 무려 한 달 만에 다시 동차원으로 복귀했다.

하지만 동차원에서 시간은 고작 1시간이 지났을 뿐이었다.

대신 이탄 일행이 쿤룽 대산맥에서 출발하여 랑무 대산맥까지 날아오는 데는 시간이 꽤 오래 걸렸다. 이탄과 선봉은 무려 열흘도 넘게 비행하여 마침내 마르쿠제 술탑이 위치한 랑무 성에 도착했다.

6월 4일 새벽의 일이었다.

이탄과 선봉이 피사노교 총단의 북서쪽 성벽을 넘어 수아룸 대산맥으로 도망칠 무렵, 피사노교의 총단 남서쪽 성벽에서는 치열한 전투가 시작되었다. 동차원에서 준비한 연합군이 단숨에 차원을 뛰어넘어 피사노교의 외곽 성벽을 두드린 것이다.

전투는 말도 못 하게 치열했다. 동차원에서는 여러 명의 대선인들이 손수 전투에 참전했다.

마르쿠제 술탑의 탑주인 마르쿠제.

헤르만의 종주인 헤르만.

혼명과 북명을 대표하는 대선인 2명이 차원을 넘어 그들의 숨겨진 역량을 드러내었다.

쿠어어어어—.

머리가 3개 달린 삼두 드래곤이 마르쿠제를 등에 태운 채 피사노교의 상공을 휘저었다. 헤르만 대선인은 거대한 멧돼지의 등에 앉아서 꽁지머리를 휘날리며 해머를 날렸다.

화르르르륵—.

헤르만의 각진 해머가 빙글빙글 허공을 가를 때마다 해머의 4면에서 시뻘건 화염이 방사되었다.

이게 끝이 아니었다.

천목종의 묵휘형 종주는 뿔 달린 거대 사자의 머리 위에서서 밤색 수염을 거칠게 휘날렸다. 산봉우리만 한 크기의 거대 사자가 적진을 향해 우렁찬 포효를 터뜨렸다. 묵휘형의 머리 위에는 커다란 눈이 하나 떠올라 광선을 뿜어댔다.

퍼엉! 펑! 펑! 펑!

그 광선에 직격을 당해 피사노교의 삼중 보호막이 찢어지기 시작했다.

제련종에서는 남광 대선인이 동참했다. 법보 제련에 뛰어난 제련종 출신답게 남광 대선인은 무려 30개의 법보를 동시에 쏟아내며 피사노교의 외각 성벽을 무너뜨렸다.

음양종을 대표하여 출전한 사람은 다름 아닌 자한 선자였다. 자한은 딸을 구하기 위한 일념으로 손수 언노운 월드까지 날아와 피사노교를 공략했다. 자한 선자가 손을 떨칠 때마다 피사노교의 외성벽이 꽝꽝 얼어붙었다. 하늘이 파랗게 질렸다.

하지만 뭐니 뭐니 해도 전력의 최고봉은 금강수라종의 금강 대선인이었다. 금강은 온몸에 금강체를 두른 채 우락부락한 얼굴을 더욱 무섭게 구기며 적진 한복판으로 돌격했다. 금강이 입고 있는 노란 법보 때문에 그의 모습이 더욱 두드러졌다.

피사노교의 교도들이 금강을 향해 우르르 달려들었다. 하나 그들이 제아무리 공격을 퍼부어도 금강의 단단한 방어막은 뚫을 수 없었다. 오늘 이 자리에서 선8급의 경지에 도달한 대선인은 금강이 유일했다.

자한 선자는 선7급.

남광 대선인도 선7급.

묵휘형 종주와 마르쿠제 탑주도 선7급.

마지막으로 헤르만은 선6급의 대선인이었다.

동차원의 대선인들이 대규모 병력을 이끌고 공격을 퍼붓자 피사노교의 외곽 보호막이 단숨에 찢어졌다. 외곽 성벽도 잇달아 허물어졌다.

외곽에서 소란이 일자 특수부대원들은 한결 도망치기 편했다. 비앙카와 사천왕은 곧장 남서쪽으로 내려와 동차원의 본진에 합류했다.

그 와중에 절반 정도는 피사노 교도들의 협공을 받아 일행과 떨어졌다. 비앙카는 그렇게 떨어져 나간 동료들을 챙기지 못했다.

"안 돼."

비앙카의 마음 같아서는 동료들 전부를 살리고 싶었다.

하지만 그건 욕심이었다. 만약 비앙카가 욕심을 부려서 시간을 지체한다면 오히려 마르쿠제 술탑의 특수부대원들이 전멸할 가능성이 높았다. 비앙카는 피눈물을 흘리며 희생자들을 포기했다.

시곤도 이 희생자 무리에 포함되었다.

시곤은 지난 남명의 전투에서 피사노 교도들과 싸우다가 선1급에서 완10급으로 경지가 추락했다. 법력도 크게 줄어들었다.

실력이 퇴보한 탓에 시곤은 얼마 지나지 않아 동료들의 곁에서 홀로 뒤처지게 되었다. 결국 피사노 교도들이 시곤을 둘러싸 포로로 붙잡았다.

"시곤 사형!"

비앙카가 악을 썼다.

"공주님, 이러실 때가 아닙니다."

"이곳은 위험합니다."

사천왕과 레베카가 비앙카를 강제로 끌고 도망쳤다.

Chapter 3

한편 검룡 일행은 북서쪽으로 처음 방향을 잡았다가 싸마니야의 공격을 받아 뿔뿔이 흩어졌다.

원래 검룡은 삼각 방어진을 끝까지 유지할 생각이었다. 하지만 적들의 공세에 방어진이 무너지고 일이 꼬였다.

도망치는 검룡의 앞에 싸마니야의 혈족들이 나타났다.

특히 혈족들 가운데 맏이인 소리샤의 활약이 두드러졌다. 소리샤가 특수부대원들의 도주로 앞쪽의 공기를 연쇄 폭발시켰다. 이어서 소리샤는 고스트 핸드로 특수부대원들의 후방을 교란했다. 동시에 악마종들도 소환하여 적의 퇴로를 막았다.

검룡과 붕룡, 엄홍 등은 또다시 흩어져서 각자 살 길을 찾을 수밖에 없었다.

피 튀기는 혈투의 와중에 해원 선인의 두 다리가 잘렸다.

부공은 오른팔을 잃었다.

엄홍은 이번에 하사받았던 귀중한 법보, 즉 붓과 벼루가 깨졌다. 법력도 크게 소모하여 경지가 선4급에서 선2급까지 두 단계나 하락했다.

"엄홍 선인님, 정신 차리십시오. 정신을 차리셔야 합니다."

피투성이가 되어 기절한 엄홍을 부공이 등에 업고 달렸다. 부공은 엄홍뿐 아니라 해원도 등에 함께 업었다.

음양종의 붕룡도 소리샤에 의해 크게 다쳤다. 쓰러진 붕룡 주변을 피사노교의 사도들이 빙 둘러쌌다.

제련종에서는 선4급의 실력자인 홍만해가 죽었다.

하지만 홍만해는 죽을 때 그냥 죽지 않았다. 그가 목숨을 던져 온몸을 폭발시킨 덕분에 소리샤도 제법 큰 타격을 입었다.

그 짧은 틈을 타서 검룡과 요조 선인 등은 가까스로 탈출했다. 둘은 다시 방향을 틀어서 동쪽으로 도망치지 않고 북서쪽으로 방향을 바꿨다.

무척 운이 좋은 선택이었다. 동쪽으로 도망쳤던 천목종 출신의 특수부대원들이 최악의 결과를 맞이한 것에 비해서 검룡과 요조는 정말 탁월한 선택 덕분에 목숨을 건졌다.

동쪽 방향에서는 피사노 싯다가 떡하니 나타났다. 죽룡을 포함한 천목종의 특수부대원 전원은 싯다의 손에 의해 죽음을 당하거나, 혹은 포로로 붙잡혔다. 안타깝게도 죽룡 역시 포로 명단에 포함되었다.

한편 남서쪽 성벽에서는 피사노 싸마니야와 동차원 대선인들의 혈투가 벌어지고 있었다.

쿠어어어어.

싸마니야가 소환한 유황의 거인, 즉 삭막의 악마종은 무시무시한 유황 연기를 동반한 채 성벽 앞을 온통 펄펄 끓는 용암으로 만들어 버렸다.

그 용암 속에서 길이가 무려 40킬로미터나 되는 초거대 용암악어가 튀어나와 동차원의 병력들을 떼몰살 시켰다.

싸마니야가 마력을 일으키자 찢어졌던 성벽의 보호막이 다시 우르르 복구되었다. 싸마니야는 거무튀튀한 보호막에 의지하여 여러 명의 대선인들을 혼자서 상대했다.

금강 대선인이 전신에 철벽을 두른 채 삭막의 악마종, 즉 거대한 유황거인에 맞서 싸웠다.

천목종의 묵휘형 종주가 금강 대선인을 엄호했다. 묵휘형은 시커먼 부채를 꺼내 휘둘렀는데, 이 부채는 다리가 셋 달린 까마귀의 깃털로 연성한 최상급 법보였다.

이름하여 흑풍선(黑風煽).

묵휘형의 부채로부터 쏟아진 시커먼 바람이 혼령을 불러 왔다. 수만 개의 혼령은 더 큰 검은 폭풍이 되어 삭막의 악마종에게 달려들었다.

악마종의 전신에 둘린 유황 연기가 흑풍선의 바람에 날려 흩어졌다.

쿠어어어어.

악마종이 끔찍하게 울부짖으며 두 주먹을 휘둘렀다.

묵휘형을 노린 주먹질이었다.

"네 상대는 나다."

금강 대선인이 어느새 그 앞에 나타나 유황 거인의 주먹을 대신 막았다. 악마종의 주먹과 금강 대선인의 주먹이 맞부딪치면서 금속 터지는 굉음이 울려댔다.

한편 자한 선자와 남광 대선인은 짝을 이루어 용암악어를 상대했다. 남광이 법보를 계속 뿌려서 용암악어의 시선을 빼앗으면, 자한이 빙한십결로 냉기를 내뿜어 용암을 굳히는 식이었다.

빙한십결 제6결 빙옥수(氷玉手).

이 무서운 술법이 용암악어를 집요하게 괴롭혔다. 무섭게 확장 중이던 용암이 잠잠해지면서 동차원의 수도자들은 겨우 한숨 돌렸다.

한편 마르쿠제는 머리 셋 달린 드래곤을 몰고 직접 싸마니야에게 달려들었다.

"크흐흐. 이놈이 겁도 없구나."

싸마니야가 블러드 쉴드로 몸을 감싼 채 마르쿠제와 맞서 싸웠다.

싸마니야가 무시무시한 흑마법으로 상대의 생기를 빼앗았다. 마르쿠제는 놀라운 법술로 빼앗긴 생기를 회복하고 반격을 퍼부었다. 싸마니야는 마르쿠제의 반격을 블러드 쉴드로 막고, 다시 손을 썼다.

꽈릉! 꽈릉! 꽈릉!

귀청을 찢는 굉음이 온 하늘을 뒤덮었다.

두 거물의 전투는 하늘에서 이루어졌는데, 전투의 여파가 지상까지 널리 미쳤다. 넋을 놓고 전투를 지켜보던 수도자들과 피사노교의 교도들이 하늘에서 떨어지는 벼락과 흑마법에 맞아 어이없이 목숨을 잃었다.

마르쿠제가 싸마니야를 상대하는 동안, 헤르만은 거대한 멧돼지를 타고 돌격하여 옆쪽 성벽을 완전히 허물어뜨렸다.

성벽이 무너질 때 거무튀튀한 보호막도 함께 붕괴했다.

그 틈을 타서 비앙카와 사천왕, 레베카가 탈출했다. 마르쿠제 술탑의 수도자들도 절반 정도 생환했다.

비앙카가 성벽을 넘어오자 헤르만이 재빨리 망토를 펼쳤다.

"어서 이리로 들어오너라."

헤르만의 붉은 망토는 무섭게 커지더니, 눈 깜짝할 사이에 허공에 수백 미터에 달하는 방어막을 쳐주었다.

비앙카 등은 헤르만의 방어막 안쪽으로 피신했다.

피사노 싸마니야가 뒤늦게 그 모습을 보았다.

"이것들이 감히 어딜 도망치려고."

분노한 싸마니야가 손을 확 뻗었다.

꿈틀~.

순간적으로 헤르만 주변의 공기가 들끓었다. 공간이 화악 일그러졌다.

그렇게 왜곡된 공간을 찢고 새로운 악마종이 등장했다.

이 악마종은 투명하여 눈에 보이지 않았다. 대신 투명한 악마종이 힘을 발휘할 때마다 희미하게 신체 일부가 드러났다.

얼핏 드러난 모습은 커다란 빨판을 연상시켰다. 꿈틀거리는 다리에 매달린 빨판들이 헤르만의 망토를 휘어잡아 둘둘 말았다. 그렇게 말린 망토 사이로 투명하게 꿈틀거리는 다리 하나가 파고들었다.

Chapter 4

"우아아악—."

"아악, 살려주세요."

마르쿠제 술탑의 수도자 열댓 명이 눈 깜짝할 사이에 투명한 다리에 휘감겨 망토 밖으로 이탈했다. 수도자들은 허공 100미터 높이까지 솟구쳤다가 한 줌의 피보라가 되어 산화했다.

이것은 속박의 악마종.

거대하고 투명한 문어를 연상시키는 사악한 악마종 가운데 하나였다.

사천왕이 우르르 몸을 날려 비앙카를 감쌌다.

"공주님, 어서 피하십시오."

"여기는 위험합니다."

아잔데가 비앙카의 앞을 막아서더니, 꿈틀거리며 달려드는 투명한 빨판을 향해 독을 뿌렸다.

브란자르는 커다란 흑표범을 소환하여 빨판이 달린 다리를 물어뜯게 시켰다.

크왕!

흑표범이 신속하게 몸을 날려 적을 공격했다.

테케는 부적을 뿌렸다. 그 부적이 병사로 변해 투명한 다리에게 달려들었다. 동시에 테케는 검을 휘둘러 다리 몇 개를 튕겨내었다.

오고우는 커다란 솥으로 비앙카를 보호했다.

사천왕이 애를 쓰는 동안, 헤르만 대선인이 해머를 날렸다. 불을 뿜으며 날아간 해머가 투명한 악마종과 맞부딪쳤다.

꿰에에에—, 꿰에에—.

허공에서 끔찍한 괴성이 울렸다. 이글거리는 불길 속에서 문어를 닮은 거대 생명체가 꿈틀거리는 모습이 보였다.

속박의 악마종은 헤르만의 해머에 얻어맞아 괴로워하는 듯했으나, 결코 호락호락 물러서지 않았다.

오히려 헤르만이 황급히 후퇴했다. 그는 자신의 망토로 비앙카 등을 보호한 채 성벽에서 멀리 떨어졌다.

"으드득, 이놈들. 감히 도망칠 수 있을 것 같으냐?"

싸마니야가 헤르만 등을 향해 다시 한 번 흑마법을 뿌리려고 했다.

"오염된 자여, 네 상대는 나다."

마르쿠제 대선인이 머리 셋 달린 드래곤을 몰고 달려들어 싸마니야를 방해했다. 두 거물은 다시 한 번 허공에서 격렬하게 맞부딪쳤다. 충돌의 여파가 온 사방을 뒤흔들었다.

현재 전반적인 전력은 피사노교보다 동차원 연합군이 더 우세했다. 때문에 싸마니야는 성벽과 보호막에 의지하여 적들의 공격을 막아내는 데만 집중했다. 마르쿠제와 맞붙어 싸우면서도 싸마니야는 수비에 좀 더 치중했다.

그렇게 싸마니야가 시간을 버는 사이, 피사노교의 증원 병력이 속속 도착했다. 여기서 조금만 더 시간이 지체되면 결국 전력의 판도가 바뀔 것이다.

마르쿠제가 그 점을 눈치챘다.

"후퇴합시다. 모두 물러나야 합니다. 여기서 더 싸우다 가는 아군의 피해가 걷잡을 수 없이 커질 것이외다."

마르쿠제의 입에서 후퇴라는 단어가 튀어나왔다.

당장 자한 선자가 발끈했다.

"하! 후퇴는 무슨 후퇴. 내 딸이 아직 돌아오지 않았어요. 후퇴는 어림도 없어욧."

자한의 두 눈에 핏발이 곤두섰다.

천목종의 묵휘형이 두 눈을 꽉 감았다가 번쩍 떴다.

"검룡이 탈출하는 모습을 보았소. 선봉 선자도 무사히 빠져나갔구려. 그런데 죽룡은 왜 보이지 않지?"

천목종은 점괘와 미래 예지에 특화된 종파였다. 그리고 묵휘형은 그 천목종의 종주였다.

"오오오, 다행이로다."

검룡이 탈출했다는 말에 남광 대선인이 환호했다.

자한 선자도 가슴을 쓸어내렸다.

"그게 정말이죠? 정말 우리 선봉이 탈출한 것 맞죠?"

자한이 거듭 확인했다.

묵휘형이 굵은 눈썹을 꿈틀거렸다.

"자한 선자께서는 이 묵휘형을 믿지 못하는 게요? 그나저나 이번에는 내가 후퇴할 수 없겠소이다. 아직 죽룡의 탈출 여부를 확인하지 못하였소."

묵휘형이 강짜를 부렸다.

자한은 마음이 조급했다. 그녀는 한시라도 빨리 후방으로 물러난 다음, 선봉을 찾길 원했다.

"종주님, 제가 잘못했어요. 죽룡 선인도 뛰어난 실력자이니 무사히 탈출했을 거예요. 여기서 이러고 있지 말고 어서 병력을 뒤로 물려야 해요. 그 다음 우리 아이들을 찾아야죠. 지금 무사 생환이 확인된 사람은 저 빌어먹을 마르쿠제의 혈육들뿐이란 말이에옷."

마르쿠제를 노려보는 자한 선자의 눈에서 불똥이 튀었다.

마르쿠제가 머리 셋 달린 드래곤을 타고 아군의 머리 위를 선회하면서 다시 한 번 크게 외쳤다.

"이러다 적의 본진이 몰려오면 퇴각이 어렵소. 그럼 우

리의 특수부대원들도 더 위험해질 게요. 아군이 저들의 이
목을 집중시키면서 천천히 후퇴해야 하오. 최소한 삼중 보
호막 뒤까지는 물러나야 아군이 유리하외다."

마르쿠제의 말이 옳았다.

금강 대선인이 삭막의 악마종과의 전투를 멈추고 후퇴했
다. 중간지대까지 몸을 빼낸 뒤, 금강이 묵휘형에게 물었
다.

"엄홍은? 이탄은? 풍양과 부공은? 해원은? 묵휘형 종
주, 혹시 그들의 모습을 보았소?"

"금강 대선인님, 그중 몇 명은 큰 부상을 입은 것 같습니
다. 하지만 목숨은 부지한 채 탈출 중입니다."

묵휘형이 빠르게 답했다.

"허어. 목숨이라도 건졌으니 다행이로다."

금강 대선인은 안타까워하면서도 일단 후방으로 완전히
몸을 뺐다.

금강이 물러서자 묵휘형도 그 뒤를 따라 후퇴했다. 전력
을 다해 성벽을 두드리던 동차원의 수도자들도 슬금슬금
물러났다.

피사노교의 반격은 의외로 매섭지 않았다. 그저 교도들
가운데 일부가 성문 밖으로 쫓아 나와 추격하는 시늉만 했
을 뿐이었다.

어쩌면 이것은 당연한 일이었다. 피사노교의 수뇌부들 가운데 셋째인 쌀라싸와 다섯째인 캄사는 남명으로 쳐들어 갔다가 심각한 부상을 입고 돌아왔다.

피사노교의 넷째인 아르비아와 아홉째인 티스아는 거신 강림대진과 이탄에 의해서 크게 패퇴했다.

피사노 싯다도 겁이 덜컥 나서 직접 나서지 않았다. 싯다 는 그저 동쪽 길목을 막고 있다가 죽룡 등을 포로로 붙잡았 을 따름이었다.

피사노교에서 가장 강력한 두 존재, 피사노교의 교주인 와힛과 교의 둘째인 이쓰낸은 오래 전부터 부정 차원에 머 무르고 있어 연락이 끊긴 지 오래였다.

그러니까 지금 피사노교에서 제대로 힘을 쓸 수 있는 사 람은 여덟째인 싸마니야뿐이었다.

Chapter 5

물론 피사노 싸마니야는 충분히 무서운 인물이었다. 비 록 성벽의 보호막에 의지했다고 하지만, 싸마니야는 단신 으로 동차원의 여러 대선인들을 동시에 상대했다. 그러고 도 결코 밀리지 않았다.

하지만 싸마니야도 보호막이 없는 지역까지 홀로 추격해 나오지는 못하였다. 지금 싸마니야가 할 수 있는 최선은, 더 이상 피사노교가 피해를 입지 않도록 철저하게 방어하는 것이었다. 동차원 무리들을 추격하는 일은 이미 싸마니야의 선택지 위에 놓여 있지 않았다.

동차원의 대선인들은 그 사실을 알지 못했다. 대선인들은 금방이라도 피사노교의 다른 수뇌부들이 등장해서 그들의 퇴로를 끊을까 봐 두려워했다.

천목종의 묵휘형은 퇴각하는 도중에 끊임없이 점을 쳤다.

묵휘형의 점괘에 따르면, 제련종의 검룡은 아직 무사했다. 금강수라종의 선인들, 즉 엄홍과 부공, 해원, 풍양, 이탄도 목숨이 끊어지지는 않았다.

천목종의 죽룡도 죽지는 않았다. 단지 점괘 속에 드러난 죽룡의 모습이 무척 어두워 보였다.

'죽룡아, 대체 어떻게 된 게냐?'

묵휘형이 입술을 꽉 깨물었다.

음양종의 붕룡도 모습이 어둡기는 마찬가지였다. 하지만 선봉은 무사하다는 점괘였다. 자한 선자는 일단 그것만으로도 만족했다.

동차원의 연합군은 일단 삼중 보호막 밖으로 물러난 다음, 피사노교의 성채 바깥쪽으로 크게 한 바퀴 돌았다.

그러다 중간에 엄홍과 부공, 해원을 만나 그들의 목숨을 구했다.

"이게 대체 무슨 꼴이란 말이냐. 크으윽."

두 다리가 잘리고 팔을 잃은 제자들을 보면서 금강 대선인은 속으로 피눈물을 흘렸다.

연합군은 주변 지역도 빠르게 수색했다.

안타깝게도 이탄과 죽룡, 선봉, 붕룡 등은 모습이 보이지 않았다. 대신 연합군은 피투성이가 된 검룡과 요조 선인 등을 구출했다.

다행히 검룡과 요조 모두 큰 부상은 없었다. 제련종 홍만해 선인의 희생 덕분이었다. 홍만해가 온몸을 폭발시켜 소리샤를 막지 않았더라면 두 사람 모두 피사노교의 포로가 되거나 죽었을 뻔했다.

얼마 뒤에는 풍양 선인도 발견했다. 풍양도 비교적 멀쩡한 상태였다. 금강 대선인은 아무 말 없이 풍양의 어깨를 두드려주었다.

그 무렵 묵휘형이 다시 한 번 점을 쳤다.

묵휘형이 신통한 점술을 통해 예지한 바에 따르면, 실종자들 가운데 선봉과 이탄은 확실히 무사하다고 했다.

이제 연합군은 더 이상 이 전쟁을 지속할 이유가 없었다. 여기서 시간을 더 끌다가 피사노교의 증원군이 모이면 더 큰 피해를 입게 마련이었다. 각 종파의 대선인들은 가능하면 빨리 동차원으로 복귀하기로 결정했다.

연합군이 언노운 월드로 넘어온 지도 어느새 한 달이 지났다. 령에게 걸린 차원 이동의 제약이 드디어 풀렸다. 연합군 소속 수도자들은 각자의 령을 이용하여 단숨에 차원을 뛰어넘었다.

파스스슥!

서차원에서 자취를 감춘 연합군 수도자들의 모습이 동차원의 랑무 대산맥 한복판에 환상처럼 나타났다.

그즈음 이탄과 선봉은 랑무 대산맥에서 멀리 떨어진 쿤륭 대산맥에서 빠르게 비행하는 중이었다.

다시 며칠 뒤.

이탄과 선봉이 드디어 랑무 성에 나타났다.

"선봉아, 오오오오. 내 아가야. 흐흐흑, 이 불쌍한 것."

자한 선자가 단숨에 구름을 타고 날아와 선봉을 와락 끌어안았다.

"어디 보자. 내 딸 맞지? 흐흐흑. 내 딸이 맞아."

자한은 펑펑 울면서 선봉을 꼭 안았다가, 이어서 딸의 초췌한 얼굴을 손가락으로 더듬었다. 그리곤 더욱 서럽게 흐느끼면서 선봉의 등을 토닥였다.

"선봉아 그동안 고생 많았지? 흐흐흑. 엄마가 미안해. 으흐흐흐흑. 정말 미안해."

자한 선자는 체면이고 뭐고 다 내팽개쳤다. 여러 사람들이 보는 앞에서 눈물을 멈추지 못했다.

"어머니, 저는 괜찮아요. 보세요. 이렇게 멀쩡히 돌아왔잖아요. 그러니까 그만 우세요."

오히려 선봉이 의젓하게 모친을 다독여 주었다.

그날 저녁, 자한 선자는 선봉과 많은 이야기를 나누었다. 선봉은 이탄에게 도움을 받았던 일들을 자한에게 상세하게 말해주었다. 이어서 언노운 월드의 수아룸 대산맥에서 발견했던 신비로운 샘물에 대해서도 털어놓았다.

자한은 선봉의 꽝꽝 얼어붙은 손을 해동한 다음, 수한경에 달라붙은 얼음 결정들을 조심스럽게 분리해내었다.

"네 말대로 정말 냉기가 보통이 아니구나. 노조님께 정말 큰 도움이 될 것 같아. 선봉아, 정말 장하다."

"장하긴요. 운이 좋았을 뿐인걸요."

선봉이 저릿한 손을 쥐락펴락하면서 웃었다.

자한이 딸을 와락 안고 등을 토닥였다. 자한 선자에게는 세상에서 선봉이 가장 중요하고, 그 다음은 극음 대선인이었다. 그런데 사랑스러운 딸이 외할아버지를 위해서 이 귀한 냉기의 결정체를 가져왔다고 하자 가슴이 벅차올랐다.

선봉이 조심스레 모친의 눈치를 보았다.

"어머니. 아까도 말씀드렸다시피 제가 샘물을 여기까지 가져올 수 있었던 것은 모두 이탄 선인님의 도움 덕분이었어요."

"안다. 알아. 네 말대로 이탄 선인은 너의 목숨을 구해준 은인이지. 게다가 만약 이 냉기의 결정체로 인하여 노조님께서 부상을 회복하신다면 그는 우리 음양종 전체의 은인인 셈이다. 마땅히 내가 나서서 이탄 선인에게 충분한 보답할 것이야."

이렇게 말을 하면서 자한은 딸의 표정을 세심히 살피었다.

"고맙습니다."

선봉이 활짝 웃었다. 환한 웃음과 함께 선봉의 뺨과 목덜미가 발그레 물들었다.

'설마 이 아이가 이탄이라는 녀석에게 마음을 준 겐가?'

자한의 눈동자 속에 한 줄이 이채가 스쳐 지나갔다.

사실 선봉이 피사노교에서 탈출을 할 때 이탄에게 찰싹 달라붙은 것은 모두 자한 선자의 당부 때문이었다. 자한은 일찍이 이탄의 뛰어남을 알아차리고는 딸에게 신신당부했다.

"만약에 거신강림대진이 와해되고 특수부대원들이 뿔뿔이 흩어질 순간이 닥치면, 너는 검룡 선인이나 죽룡 선인, 아니면 이탄 선인에게 꼭 달라붙어 있거라. 다른 사람보다 우선적으로 이 3명을 붙잡아야 해."

"검룡 선인님과 죽룡 선인님은 당연히 이해가 되어요. 하지만 붕룡 사형보다도 이탄 선인이 위인가요?"

당시에 선봉이 자한에게 되물었다.

자한이 단호하게 답했다.

"물론 붕룡도 나쁘지 않은 선택이지. 하지만 붕룡보다는 이탄 선인에게 의지하는 편이 더 낫겠구나."

Chapter 6

선봉은 눈을 동그랗게 떴다.

"붕룡 사형보다 이탄 선인이 더 낫다고요? 그게 정말이세요?"

"나도 이유는 딱히 말하기 어렵구나. 하지만 어미의 육감이 그렇게 말하고 있느니라. 선봉아, 부디 나의 당부를 명심하여라. 검룡, 죽룡, 이탄. 이 3명에게 의지해야 비로소 네가 무사히 살아 돌아올 확률이 높아질 게야."

자한은 단순히 딸에게 당부하는 것으로 그치지 않았다. 그녀는 이탄을 선봉 옆에 꼭 붙여주었다.

거신강림대진을 구성할 때 이탄이 거신의 무력이 아닌 거신의 삼중핵에 배치된 이유는 바로 자한의 사심 때문이었다. 딸을 위하는 사적인 마음 말이다.

다음 날 아침.

사대종파의 대선인들은 각 종파의 제자들을 이끌고 마르쿠제 술탑을 떠나기 시작했다.

"저희는 먼저 가보겠습니다."

제련종의 남광 대선인이 보라색 배를 하늘에 띄운 다음, 가장 먼저 출발했다.

종파의 차석종주인 검룡이 무사한 것은 다행이었으나, 선 4급의 선인인 홍만해를 비롯하여 제련종의 많은 제자들이 이번 전쟁을 통해 희생을 당했다. 때문에 남광 대선인의 표정은 어두웠다.

물론 이번 특수부대의 작전은 대성공이었다. 조만간 이 사실이 공표되고 나면, 특수부대원들과 사대종파, 그리고 마르쿠제 술탑의 명성은 하늘을 찌를 듯이 높아질 수밖에 없었다.

'그 큰 성공에 비하면 이 정도 희생쯤은 감내할 수밖에

없겠지. 후우우.'

남광 대선인은 이런 중얼거림으로 안타까운 마음을 달랬다.

이어서 음양종의 자한 선자가 흰색 배를 허공에 띄웠다.

"가자."

자한 선자의 한 마디에 음양종의 제자들이 재빨리 배에 올라탔다.

이번에 큰 공을 세운 요조 선인은 배의 갑판에 오를 때 자한의 오른편에 섰다. 선봉은 자한의 왼편에 자리했다.

배가 출발하기 전, 자한과 선봉 모녀의 눈길이 이탄에게 꽂혔다. 선봉이 반짝거리는 눈빛으로 이탄에게 목례를 했다. 자한도 이탄을 뚫어져라 관찰했다.

'왜 저런 묘한 눈빛으로 나를 보지?'

이탄은 떨떠름한 기분이 들었으나, 딱히 내색하지는 않았다. 그저 선봉 선자를 향해 마주 인사했을 뿐이었다.

자한이 딸을 힐끗 돌아보았다. 그리고는 아무 소리 없이 배를 출발시켰다.

음양종도 붕룡이 실종되었을 뿐 아니라 다수의 제자가 죽은 상황이었다. 자한 선자 입장에서는 하루 빨리 종파로 돌아가고 싶었으리라. 음양종의 수도자들도 굳은 표정으로 멀어지는 마르쿠제 술탑을 바라보았다.

다음은 금강수라종의 차례였다. 금강 대선인이 허공을 향해 손을 휘저었다.

"나오너라."

금강의 소매에서 황금색 배가 한 척 튀어나오더니, 갑자기 수만 배로 부풀어 허공에 둥실 떠올랐다.

금강수라종의 제자들이 비행 법보를 타고 튀어 올라 배의 갑판에 내려섰다. 부공이 엄홍 선인을 부축했다. 이탄은 해원 선인을 등에 업었다. 풍양은 아무도 부축하지 않은 채 홀로 검 위에 올라타서 배의 돛대 앞쪽에 날아 내렸다.

"금강 대선인님, 조심해서 가십시오."

마르쿠제가 금강을 향해 고개를 숙였다.

금강은 말없이 머리를 주억거렸다.

천목종은 나머지 삼대종파가 모두 떠날 때까지도 자리를 지켰다. 묵휘형 종주는 마르쿠제와 무언가 의논할 것이 있는 듯했다.

두 시간 뒤.

이탄을 실은 배는 빠르게 하늘을 날아 이송법진 앞에 도착했다.

제련종과 음양종의 수도자들이 법진 앞에 줄을 서서 자신의 이송 차례를 기다리고 있었다. 금강수라종의 수도자들은 앞의 두 종파가 모두 떠나기를 기다렸다가 이송법진을 사용했다.

장거리 이송법진 덕분에 이탄은 단숨에 대륙 북서쪽에서 남명 지역까지 날아왔다.

'이야. 역시 이송법진은 보면 볼수록 신통하단 말이야. 언노운 월드에도 이런 법진을 설치하면 참으로 편리할 텐데. 점퍼의 도움을 받지 않고도 자유롭게 다닐 수 있고 말이야. 어떻게 설치할 방법이 없을까?'

이탄은 내심 이런 궁리를 했다.

남명으로 돌아온 뒤, 이탄은 우선 멸정동부로 가서 스승 님께 안부 인사를 올렸다.

멸정 대선인은 수련의 중요한 고비를 맞이한 중이라 이탄의 얼굴도 보지 못했다. 그저 이탄만이 동굴 앞에서 절을 했을 뿐이었다.

대신 멸정의 령이 이탄을 격하게 반겨주었다.

[공자, 무사히 돌아왔네요. 흥. 흥. 내가 뭐 꼭 공자를 기다린 것은 아니지만요, 그래도 이렇게 무사한 모습을 보니 좋네요. 흥. 흥.]

"그런가요? 하하하. 저도 기분이 좋네요."

이탄도 환한 웃음으로 응대했다.

멸정의 령은 도도한 척하면서도 이탄의 대답에 반가움을

감추지 못했다.

그날 저녁, 이탄은 모처럼 자신의 침대에 앉아서 지난 45여 일간 벌어졌던 일들을 회상했다.

실제로 그동안 이탄이 겪은 시간은 한 달하고도 절반이 넘었다. 다만 이곳 동차원의 시간으로는 고작 열흘 정도만 흘렀을 뿐이었다.

이 열흘도 대부분 이탄이 쿤룽 대산맥에서 랑무 대산맥까지 날아오는데 걸린 시간이었다. 이탄이 언노운 월드에서 피사노교와 전투를 벌이고, 또 수아룸 대산맥에서 언령의 벽을 발견한 기간은 차원 이동을 하면서 압축되어 사라졌다.

"바쁜 일은 한낱 꿈처럼 지나가 버렸고, 이제 다시 평소로 돌아왔네. 으하하함."

이탄은 침대 위에서 길게 기지개를 켰다. 그 다음 40,001중첩의 (진)마력순환로를 몸속에 돌렸다. 머릿속으로는 언령의 벽을 떠올렸다.

밤이 바쁘게 지나고 다시 아침이 되었다. 앙상하게 테두리만 남은 태양이 하늘을 가로질러 서쪽 지평선 아래로 가라앉았다. 다시 밤이 찾아오고 또 아침이 왔다.

이탄은 꼬박 3일 동안 침대 위를 떠나지 않았다.

이 기간 동안 이탄은 새로 획득한 언령의 권능을 완전히 자신의 것으로 소화해내었다. 마력과 법력도 열심히 증진시켰다.

Chapter 7

복리증식의 권능 덕분에 이탄의 마력은 매 1초 1초마다 무섭게 부풀어갔다. 그렇게 불어난 음차원의 마력이 이탄의 배를 조금 더 볼록하게 만들었다.

이탄은 불어난 마력을 뇌로 뽑아 올려 법력으로 전환시켰다. 볼록해진 아랫배가 다시 원래 상태로 줄어들었다.

이러한 일들이 무의식중에 계속 반복되었다.

3일째 되던 날, 이탄에게 손님이 찾아왔다. 음양종에서 보낸 손님이었다.

"드디어 왔구나."

동차원으로 돌아온 뒤, 이탄은 마르쿠제가 아니라 선봉선자가 귀인일 것이라고 확신했다. 마르쿠제로부터 별로 받은 것이 없는 탓이었다.

"전쟁이 끝나면 마르쿠제 대선인님도 뭔가 내게 선물을 준다고 했는데? 설마 잊어버리셨나?"

이탄은 언짢은 듯 이마를 찌푸렸다.

그렇다고 마르쿠제를 찾아가서 선물을 달라고 말하기도 뭐했다.

"그래도 음양종은 양심이 있네. 은혜를 잊지 않고 이렇게 나를 부르는 것을 보면 말이야."

이탄이 음양종의 수도자를 따라서 멸정동부를 나설 때였다. 멸정의 령이 동굴 입구까지 냉큼 쫓아 나왔다.

[이탄 공자.]

"네?"

[지금 공자께서는 주인님을 대신하여 타 종파를 방문하는 것 아닙니까?]

"뭐, 그렇게 볼 수도 있겠네요. 음양종에서 정식으로 초대를 한 것이고, 저는 이곳 멸정동부를 대표해서 그 초대에 응한 것이니까요."

이탄이 곰곰이 생각해보다가 령의 의견에 동의했다.

멸정의 령은 냉큼 이탄 앞에 자세를 낮추었다.

[쯧쯧쯧. 내 이럴 줄 알았지. 그렇다면 비행 법보 따위를 타고 날아갈 일이 아닙니다. 멸정동부를 대표해서 가는 일이니 마땅히 이탄 공자는 그에 걸맞은 위세를 드러내야지요. 내 등에 타세요. 내가 공자를 음양종까지 데려다 주겠습니다.]

"오! 진짜요?"

이탄이 반색했다.

[흥. 흥. 진짜고말고요. 내가 비록 바쁜 몸이지만 어쩌겠
어요. 멸정동부와 주인님의 체면을 위해서 공자에게 시간
을 내어줄 수밖에요. 흥흥흥.]

말은 이렇게 시크하게 하였으나, 사실 멸정의 령은 이탄
을 꼭 따라가고 싶은 눈치였다.

'후훗.'

이탄은 희미한 웃음과 함께 령의 등에 올라탔다.

멸정의 령이 허공으로 휘익 날아오르더니 거대하게 몸을
부풀렸다. 날개도 활짝 펼쳐 창공을 뒤덮었다.

이것이 멸정의 령이 지닌 본래 모습이었다.

우르릉, 우르릉, 우르릉.

멸정의 령 주변에서 우레성이 연신 울렸다. 구름 사이로
푸른 번개가 번쩍번쩍 뛰놀았다.

"허억?"

용의 머리에 사자의 몸통이 합쳐진 령의 풍모에 음양종
의 수도자가 화들짝 놀랐다.

[어서 가시지요.]

멸정의 령은 거만한 표정으로 음양종의 수도자를 재촉했
다.

"네넵."

음양종의 수도자는 부랴부랴 앞장서서 날아갔다.

　멸정의 령이 이탄을 등에 태운 채 유유히 그 뒤를 따랐다.

　다시 찾은 음양종은 고요했다.

　"이쪽으로 따라오십시오."

　음양종의 수도자는 이탄을 88층 탑으로 데려가지 않고 산봉우리 너머의 깊은 계곡으로 안내하였다.

　계곡에서는 뼛속까지 파고드는 서늘한 기운이 발휘되었다.

　"여기가 어딥니까?"

　이탄이 수도자에게 물었다.

　수도자가 바짝 긴장하여 답했다.

　"이곳은 본 종파의 극음 대선인님께서 머무시는 장소입니다."

　"헛? 극음 대선인님 말씀이십니까? 그분께서 저를 찾으신 겁니까?"

　원래 이탄은 이곳에서 자한 선자나 선봉 선자를 만날 것으로 기대했다. 그런데 이탄을 초청한 사람이 저 유명한 극음 대선인인 듯했다. 이탄의 입장에서는 놀라고 당황스러울 수밖에 없었다.

음양종의 수도자가 재빨리 고개를 가로저었다.

"그건 아닙니다. 이탄 선인님을 초대하신 분은 자한 대선인님이십니다. 단지 그분께서 이탄 선인님을 이곳 극음계곡으로 모셔오라고 명하셨을 뿐입니다."

극음계곡, 혹은 극음곡.

이 계곡이야말로 음양종의 극음 대선인이 평생을 머물면서 수련한 장소였다. 음양종 내에서 이곳 극음곡과 태양곡은 종파의 종주라고 해도 함부로 들어올 수 없는 양대 출입금지지역으로 통했다.

음양종의 수도자는 이탄을 극음곡의 입구까지만 안내했다. 대신 극음곡의 여제자 4명이 계곡 입구에서 미리 기다리고 있다가 이탄을 정중하게 맞았다.

"이탄 선인님, 여기서부터는 저희가 모시겠습니다."

"자한 선자님께서 안에서 기다리고 계십니다."

극음곡의 여제자들은 멸정의 령을 보고도 놀라거나 두려워하는 기색이 없었다.

이탄이 멸정의 령의 등에서 풀쩍 뛰어내렸다. 극음곡 내부에서 함부로 령을 타고 돌아다닐 수는 없었기 때문이다.

"그럼 안내를 부탁드리겠습니다."

이탄도 여제자들을 정중하게 대했다.

여제자들이 앞장서고, 이탄이 그 뒤를 따랐다. 멸정의 령은 송아지 정도의 크기로 몸을 축소한 다음, 이탄의 뒤를 졸졸 쫓았다.

이탄이 도착한 곳은 계곡 안쪽의 아름다운 호수가였다. 호수 인근엔 함박눈이 소리 없이 내리는 중이었다. 살얼음이 낀 호수 위에도 함박눈은 소복하게 내려앉았다. 호수의 중앙엔 새하얀 정자가 그림처럼 아름답게 세워져 있었는데, 호수 가장자리로부터 아치 형태의 다리가 정자까지 연결된 모습이었다.

4명의 여제자들은 아치형 다리 앞에서 발걸음을 멈추었다.

"저희가 안내할 수 있는 곳은 여기까지입니다."

"정자 안으로 들어가시면 자한 선자님을 뵐 수 있을 것입니다."

이탄은 검지로 관자놀이를 긁적였다.

"흐음. 그렇군요."

이탄이 다리에 발을 내디딘 순간, 여제자 한 명이 말을 덧붙였다.

"송구하오나 여기서부터는 이탄 선인님께서만 가시는 것이 좋겠습니다."

"그것이 극음곡의 규칙입니다."

이탄은 대답 대신 멸정의 령을 돌아보았다.

[흥. 핏. 할 수 없죠.]

멸정의 령은 내심 불쾌한 듯했으나 꾹 참고 다리 앞에 주저앉았다.

Chapter 8

제아무리 멸정의 령이 도도하다지만, 감히 극음곡의 규칙을 어길 수는 없었다. 그만큼 극음 대선인의 명성은 대단했다.

이탄은 홀로 다리를 건너 하얀 정자로 들어갔다.

정자의 입구에선 선봉 선자가 이탄을 맞았다. 이탄이 그녀를 처음 보았을 때와 마찬가지로, 선봉은 오늘도 산뜻한 하늘색 법복 차림이었다.

"어서 오세요."

이탄을 향한 선봉의 눈빛은 부드러웠다.

이탄도 온화하게 선봉을 대했다.

"선봉 선자님, 손은 좀 어떠십니까?"

"아아, 이 손이요? 호호호. 이제 괜찮아졌답니다. 걱정해주셔서 고맙습니다, 이탄 선인님."

선봉이 꽝꽝 얼었던 손을 이탄에게 내보이며 생긋 웃었

다. 이탄이 자신에게 신경을 써준 것이 기쁜 듯 선봉의 입꼬리가 샐쭉샐쭉 위로 올라갔다.

그때였다.

"이탄 선인님, 어서 위로 올라오시지요."

정자의 위쪽에서 자한 선자의 목소리가 들렸다.

온통 하얀색으로 치장된 정자는 2층 구조물이었다. 이탄은 선봉의 안내를 받아 정자 2층으로 올라갔다.

그곳에는 자한 선자가 새하얀 법복을 입고 머리카락을 화려하게 위로 틀어 올린 모습으로 상석에 앉아서 이탄을 기다리고 있었다.

이탄은 자한을 보자마자 예법에 따라 인사부터 올렸다.

"금강수라종의 이탄, 음양종의 대선인님을 뵙습니다."

"어서 오세요. 이탄 선인. 거기 앉으시지요."

자한이 이탄에게 자리를 권했다.

이탄은 자한의 맞은편에 착석했다.

자한은 묘한 눈빛으로 이탄을 훑어본 다음, 매끄러운 손가락을 수평으로 뻗었다.

하얀색 다기가 둥실 떠올라 이탄의 앞에 차를 한 잔 따라주었다. 옅은 선홍빛의 차에서는 쌉싸름하면서도 은은한 향기가 풍겼다.

"목을 축일 겸 차부터 한 잔 드시겠어요?"

"감사합니다. 향이 무척 그윽하군요."

이탄은 찻잔을 들어 향을 먼저 흡입한 다음, 예법에 따라 차향을 칭찬했다. 그 다음 찻잔 끝에 입을 살짝 대고 찻물로 입술을 적셨다.

"제가 경험이 미천하여 차에 대해서 아는 바가 별로 없습니다. 하지만 이 차가 참으로 귀하다는 점은 느낄 수 있겠습니다."

"그런가요?"

이탄의 말에 자한이 빙그레 입꼬리를 끌어올렸다.

자한은 특수부대를 피사노교에 파병하기 전부터 이탄을 유심히 눈여겨보았다. 거신강림대진에 대한 이탄의 이해도가 발군이기에 저절로 눈길이 갈 수밖에 없었다. 자한이 선봉에게 "위험한 순간이 닥치면 이탄 선인의 옆에 꼭 붙어 있어라."라고 충고한 것도 그 때문이었다.

당시 자한은 이탄의 무력과 지혜만 보았다.

오늘 이탄을 다시 마주하니 다른 점들이 자한의 눈에 들어오기 시작했다.

'선봉에게 들은 바에 따르면, 이탄 선인은 두 가지 서로 상반된 성품을 지녔다고 하였다. 적을 대할 때는 수라처럼 무시무시하고 단호하되, 아군을 보살필 때는 마음이 한없이 너그럽고 담대하다지?'

선봉을 데리고 탈출로를 뚫을 때, 이탄은 피사노교의 교도들을 무참하게 짓뭉개 버렸다.

수아룸 대산맥에서 신비로운 샘물을 발견했을 때, 이탄은 담대하게도 그 귀한 보물을 선봉에게 양보했다.

'이런 성품은 쉽게 찾아볼 수 없지.'

자한은 이탄의 성격이 마음에 들었다.

이탄의 외모도 제법 괜찮았다. 비록 이탄이 서차원 출신이기는 하지만, 미소년에 가까운 외모 때문인지 별로 거부감이 들지 않았다.

'다만 배가 볼록 나온 체형은 좀 그렇지. 쯧쯧쯧.'

자한의 눈빛은 이탄의 얼굴에 머무를 때는 부드러웠다가 이탄의 볼록한 배 부분에 도달하자 요상하게 변했다.

자한이 자신을 위아래로 훑어보자 이탄이 고개를 갸웃했다.

"대선인님, 왜 그러시는지요?"

"아니. 아무것도 아니에요. 그냥 우리 선봉이 이탄 선인께 여러모로 도움을 많이 받았다고 하여 어떤 분이신지 좀 살펴보고 있었답니다. 이런 행동은 참 무례한 짓인데, 내가 그만 귀한 손님을 앞에 두고 실례를 했네요."

자한이 이탄에게 사과를 했다.

실로 드문 일이었다. 자한은 극음 대선인의 외동딸답게

자존심이 하늘을 찌르는 여인이었다. 비록 그녀가 잘못을 했다고 하여도 다른 사람에게 사과를 하는 경우는 거의 없었다. 물론 다른 선인들도 자한에게 사과를 받을 생각을 하지 않았다.

이탄이 점잖게 손사래를 쳤다.

"선봉 선자님께서 제게 도움을 많이 받으셨다고요? 그렇지 않습니다. 위기의 상황에서 서로가 서로를 도왔을 뿐입니다."

그 말에 선봉이 얼굴을 사르르 붉혔다.

자한이 손으로 입을 가리고 웃었다.

"호호호호. 그런가요? 제가 선봉에게 들은 이야기는 다른데요. 호호호."

모처럼 소리 내어 웃은 다음, 자한이 본론을 꺼냈다.

"내 이탄 선인에게 솔직히 말할게요. 우선 어미의 입장에서 나는 이탄 선인에게 진심으로 감사를 표하고 싶어요. 이탄 선인이 아니었다면 나는 우리 선봉을 다시는 보지 못했을지도 몰라요."

"앞서도 말씀드렸다시피 그건 아닙니다."

이탄의 겸양 어린 말에도 불구하고 자한은 고개를 설레설레 저었다.

"아니에요. 당시 상황은 나도 짐작이 가요. 이탄 선인의 겸손한 성품은 내가 잘 알겠으니 굳이 그렇게 뒤로 물러설 필요는 없어요. 그리고 또 한 가지. 이번엔 어미가 아니라 한 사람의 딸의 입장에서 이탄 선인께 진심으로 감사함을 느끼고 있어요."

"네?"

이탄은 짐짓 영문을 모르겠다는 시늉을 했다.

자한이 허리를 접고 이탄에게 깊숙이 머리를 숙였다. 참 당황스러운 일이었다.

"아니, 대선인님. 갑자기 왜 이러십니까?"

이탄이 벌떡 일어나 마주 절을 했다.

자한은 머리를 숙인 채 말을 이었다.

"이탄 선인께서 너그러이 양보해주신 덕분에 선봉이 극음의 결정을 가져올 수 있었어요. 그리고 그 결정이 우리 음양종의 극음 노조님께 큰 도움이 되고 있답니다."

"아!"

Chapter 9

자한 선자가 솔직하게 상황을 밝혔다.

"원래는 오늘 이 자리에 극음 노조님께서 직접 나오실

요량이셨어요. 한데 극음의 결정을 체내에 흡입하시면서 급하게 폐관수련을 하시게 되셨지요. 아마도 수련이 끝나고 나면 노조님께서 입으신 상처가 모두 아물고 떨어졌던 경지도 다시 회복되실 것 같아요."

"아아아. 그렇습니까?"

이탄은 짐짓 놀라는 척했다.

사실은 이미 짐작했던 일이었다. 신비로운 샘물에서 풍기는 냉기는 무척이나 깊고 진했다. 그 정도의 냉기라면 부상을 당한 극음 대선인에게 분명히 큰 효과가 있을 것이라고 이탄은 생각했다.

"노조님께 도움이 되었다니 다행입니다. 그리고 당시의 상황을 바로잡자면, 그 샘물을 발견한 사람은 제가 아니라 선봉 선자셨습니다. 그러니 제가 한 일은 별로 없습니다."

단아하고 순수해 보이는 외모와 달리 이탄은 입에 발린 말을 잘했다. 자고로 모레툼 교단의 신관치고 말발이 달리는 자는 없었다. 말발이 달리면 모레툼의 신도들을 모집할 수 없기 때문이다.

그리고 이탄은 신관들 중에서도 단연 발군이었다. 오늘 이 자리에서도 이탄의 능수능란한 말솜씨가 여지없이 발휘되었다.

자한 선자는 진심으로 이탄에게 감탄했다.

"호호호호. 이탄 선인은 정말 특별한 분이시군요."

자한의 웃는 목소리가 모처럼 짜랑짜랑하게 울렸다.

"누구나 이탄 선인처럼 말을 할 수는 있겠지요. 하지만 극음의 결정처럼 감히 가치를 매길 수 없는 보물을 눈앞에 두고도 선뜻 양보를 할 수 있는 사람은 거의 없답니다. 대부분은 그 보물이 본인에게 직접적으로 소용이 없다고 하더라도 일단 우격다짐으로 손에 넣고 보지요. 그 다음 우리 음양종을 찾아와서 흥정을 하려 들 겁니다. 하지만 이탄 선인은 그런 행동을 하지 않았지요. 호호호호."

여기서 말을 잠시 끊은 뒤, 자한이 이탄에게 강렬한 눈빛을 던졌다.

"이탄 선인님."

"네?"

이탄이 동그란 눈으로 자한을 바라보았다.

자한이 허리를 곧게 펴고 손바닥을 위로 들었다. 청명한 하늘로부터 새하얀 빛이 혹 떨어지더니 자한의 손바닥 위에 안착했다.

후우오옹!

이 신비로운 빛은 자한의 손바닥에 도착한 이후에도 여덟 갈래로 빛줄기를 뿜어내며 요동쳤다.

자한은 이탄을 향해 부드럽게 손바닥을 내밀었다. 그녀

의 손 위에 머물던 빛이 둥실 떠올라서 천천히 이탄에게 날아왔다.

이탄은 눈매를 가늘게 좁혔다. 새하얀 광휘 속, 약 10센티미터 길이의 도장이 이탄이 눈에 들어왔다.

'이건 도장이잖아?'

도장 아래쪽엔 '선(仙)'이라는 문자가 고풍스럽게 새겨져 있었다. 도장의 손잡이 쪽에는 동물이 조각되어 있었는데, 그 형태가 흡사 간씨 세가의 해태(물을 상징하는 전설 속의 동물)를 연상시켰다.

이탄은 두 손을 앞으로 내밀었다. 광휘에 휩싸인 신비로운 도장이 이탄의 손바닥 위에 날아 내렸다.

자한 선자가 담담하게 설명했다.

"그것은 제가 주는 게 아니에요. 극음 노조님께서 이탄 선인께 꼭 전해주라고 당부한 물건이죠. 그러니까 거절하지 말고 품에 넣어두세요."

"이게 무엇입니까?"

이탄이 도장의 용도를 물었다.

자한이 고개를 가로저었다.

"나도 정확하게는 모른답니다. 다만 극음 노조님께서 신신당부하신 것으로 보아 무척 귀한 법보일 겝니다. 최상급, 혹은 그 이상의 법보."

"아!"

이탄의 머릿속에 깨달음이 찾아왔다.

'역시 선봉 선자와 자한 선자가 귀인이었구나. 스승님께서 말씀하신 귀인이 바로 이 두 사람이었어. 그리고 스승님께서 또 당부하셨지. 귀인에게 받은 물건을 가져다 달라고. 그렇다면 이 도장을 스승님께 드리면 되겠구나.'

이탄은 도장에 욕심을 내지 않았다. 수아룸 대산맥에서 신비로운 샘물에 욕심을 부리지 않았던 것과 마찬가지였다.

이탄에게 있어서 샘물은 그저 조금 차가운 물에 불과했다. 이 도장도 풍기는 기운이 심상치는 않았으나, 그래 봤자 법보 따위에 불과했다. 이탄의 손가락 사이에 끼우고 아주 살짝, 그러니까 벼룩의 눈물만큼의 힘만 주어도 가루로 부스러질 정도로 하찮은 법보 말이다. 이탄은 법보에 대한 욕심이 전혀 없는 사람, 아니 언데드였다.

'물론 언데드라는 정체를 감추어줄 혈적 등은 예외지만.'

이탄은 광휘에 휩싸인 도장을 품에 넣었다. 그 다음 자한을 향해 정중하게 머리를 숙였다.

"이렇게 귀한 물건을 주셔서 고맙습니다. 극음 대선인님께도 저의 감사 인사를 대신 전해주십시오."

"호호호."

그 말에 자한이 손으로 입을 가리고 웃었다.

Chapter 10

자한의 보답은 여기서 끝나지 않았다. 자한은 탁자 밑에 준비해 두었던 나무상자 3개를 꺼냈다.

이탄의 눈이 휘둥그레졌다.

"이게 무엇입니까?"

자한이 미소와 함께 대답했다.

"오른쪽 상자는 우리 음양종에서 이탄 선인께 드리는 답례예요."

"답례품은 이미 주시지 않았습니까?"

이탄의 말에 자한의 웃음이 더욱 짙어졌다.

"호호호. 아니죠. 조금 전 이탄 선인이 품에 넣은 법보는 음양종이 아니라 극음 노조님께서 손수 내리신 답례품이랍니다. 그리고 이 오른쪽 상자는 음양종에서 주는 답례품이고요."

"아, 네."

이탄이 고개를 끄덕이는 동안, 오른쪽의 상자가 휘릭 날아와 이탄의 무릎 앞에 안착했다.

자한이 턱을 살짝 치켜들었다.

"열어보세요."

"알겠습니다."

이탄은 신중한 동작으로 나무상자를 개봉했다.

상자 안에 들어 있는 것은 정중앙에 태극 모양이 새겨진 팔각형의 옥패였다.

"이게 무엇입니까?"

이탄의 물음에 자한이 대답했다.

"그 태극패는 우리 음양종의 큰 은인들에게만 드리는 선물이지요. 나중에 이탄 선인이 태극패를 내밀면서 우리 음양종에게 무언가를 요구한다면, 우리 음양종은 반드시 전력을 다해 이탄 선인의 요청을 들어드릴 거예요."

다시 말해서 이 태극패만 있으면 앞으로 이탄은 음양종 전체를 한 번 동원할 수 있다는 의미였다.

이탄의 마음에 쏙 드는 선물은 아니었다. 하지만 이탄은 실망한 내색을 보이지 않았다.

"오오! 이런 귀한 것을 주신단 말씀이십니까?"

"호호호. 덧붙여서 말하자면, 지금까지 수천 년이 넘는 세월 동안 태극패가 외부인에게 주어진 적은 단 스무 번도 되지 않아요. 그리고 지금 현재 회수되지 않은 태극패는 딱 2개뿐이죠."

"호오. 그렇군요."

이탄이 고개를 주억거렸다.

'다시 생각해보니 이 태극패는 나름 쓸모가 있을 것 같구나. 음양종이 은밀하게 보관 중인 술법서를 한 번 익히게 해달라거나, 이런 용도로 써먹을 수 있겠어.'

이탄은 법보나 단약에 대한 욕심은 제로였다. 반면 귀한 술법서에 대한 욕심은 하늘을 찔렀다.

자한 선자가 두 번째 상자를 이탄에게 날려 보냈다.

"이건 내가 개인적으로 이탄 선인께 주는 답례품이에요. 이탄 선인도 이미 알고 있겠지만, 극음 노조님은 종파의 웃어른이신 동시에 개인적으로는 내 아버님이 되시죠. 이탄 선인 덕분에 아버님이 치료가 빨라졌으니 딸 입장에서 어찌 가만히 있겠어요. 부디 거절하지 말고 답례품을 받아두세요."

"자한 대선인님, 굳이 이러시지 않으셔도 됩니다."

이탄이 손사래를 쳤다.

자한은 듣지 않았다.

"이탄 선인, 부디 저를 천하의 불효녀로 만들지 말아주세요."

"하아아. 알겠습니다. 그럼 감사히 받겠습니다."

결국 이탄은 자한과 선봉이 보는 앞에서 두 번째 상자를 개봉했다. 상자 속에 들어 있는 것은 한 권의 책이었다.

'엇? 술법서잖아?'

순간 이탄의 눈이 번쩍 빛을 토했다.

'아싸! 바로 이거야. 별로 쓰잘데기 없는 것들을 주지 말고 이런 걸 내놓으란 말이야.'

비록 상자를 향해 고개를 숙이고 있어서 자한의 눈에는 보이지 않았지만, 지금 이탄의 얼굴은 강한 욕망으로 얼룩져 있었다.

<<천주부동(天柱不動)>>

이것이 술법서의 제목이었다.

굳이 그 뜻을 풀어 쓰자면, '하늘의 기둥은 결코 흔들거나 움직일 수 없다.' 정도로 해석하는 게 맞을 듯했다.

자한 선자가 희미하게 쓴웃음을 지었다.

"이탄 선인, 미안해요."

"네에? 그게 무슨 말씀이십니까?"

이탄이 어리둥절해서 되물었다.

자한이 손가락으로 술법서를 가리켰다.

"원래 이탄 선인에게 입은 은혜를 생각하면 그런 책을 선물하는 것은 너무 미약한 것 같네요. 하지만 내가 가진 술법서들은 모두 내 것이 아니라 우리 음양종의 소유랍니다. 하여 내 마음대로 이탄 선인에게 내줄 수가 없어요."

"아! 그런 이유라면 저도 충분히 이해합니다."

이탄은 선뜻 고개를 주억거렸다.

Chapter 11

자한이 천주부동 술법서에 대한 설명을 덧붙였다.

"대신 그 책은 내가 우연히 발굴한 술법서라 내 마음대로 처분해도 되지요. 보다시피 술법서의 제목은 천주부동인데, 책의 내용이 너무 난해하여 지금까지 나는 단 일 푼의 해석도 하지 못했어요."

"흐음, 그렇습니까?"

이탄은 술법서를 손에 들고 좌라락 넘겨보았다.

천주부동에 적힌 문자들은 모두 고대어로, 지금 동차원에서는 사용하지 않는 것들이었다. 자한이 약간 민망한 얼굴로 말을 이었다.

"우선 고대어의 해독부터가 쉽지 않고, 해독을 한다고 해도 내용이 무척 난해하죠. 하지만 그렇다고 해서 내가 아무런 쓸모가 없는 고서를 이탄 선인에게 넘기는 것은 아니에요. 이탄 선인이 그 술법서를 읽다 보면 느끼겠지만, 책안에 담겨 있는 현묘한 기운은 분명 범상치 않답니다. 만약 이탄 선인이 그 술법서의 진체를 꿰뚫어 이해할 수만 있다면 앞으로 수련을 하는 데 큰 도움이 될지도 몰라요."

"으으음."

이탄은 아무 말 없이 책만 들여다보았다.

사실 이탄은 책의 첫 장을 펼친 바로 그 순간부터 호흡이 가빴다. 이 책에 적인 고대의 문자들이 이탄의 뇌에 틀어박히듯 흡수되어서였다.

'보통의 술법서가 아니다. 이건 정말 귀한 술법서야. 내가 꼭 찾고 싶었던 보물이라고. 이야아호!'

이탄의 마음속에서는 이미 환호성이 터졌다.

하나 차마 자한 선자 앞에서 기쁜 내색을 할 수는 없었다. 이탄은 최대한 덤덤한 표정으로 술법서를 챙겼다.

"자한 대선인님, 고맙습니다. 귀한 선물을 잘 받겠습니다."

"호호호. 그 술법서가 귀한 선물인지 아닌지 나도 판단이 잘 서지 않네요. 그래도 이탄 선인이 기쁘게 받아주니 기분은 좋군요. 그리고 이건 마지막 답례품이에요."

자한이 손가락을 튕겼다.

그 즉시 세 번째 나무상자가 날아와 이탄의 무릎 앞에 살포시 내려섰다. 이탄은 기대 어린 눈빛으로 세 번째 상자의 뚜껑을 열었다.

이탄의 귀에 자한 선자의 설명이 들렸다.

"이 마지막 답례품도 내가 이탄 선인에게 드리는 것이에요. 다만 이것은 극음 노조님의 딸이 주는 선물이 아니라, 선봉의 어미 입장에서 드리는 답례품이죠. 이탄 선인, 내 딸을 구해주어서 정말 고마워요."

자한이 한 번 더 이탄에게 머리를 숙였다.

자한 선자는 남명에서 한 손가락 안에 꼽힐 정도로 오만하고 고고하기로 유명했다. 그런 자한이 오늘 벌써 두 번이나 이탄 앞에 머리를 숙였다. 수도 세계에서 까마득한 후배인 이탄에게 말이다.

"아이고. 대선인님, 자꾸 이러시지 마십시오."

이탄도 마주 절을 하며 민망해했다. 그러면서도 이탄은 나무 뚜껑을 완전히 열고 그 안에 담긴 답례품을 눈여겨보았다.

'설마 또 술법서일까? 제발 그래라. 제발 술법서. 아 이런, 썅!'

나무상자 안에 담긴 물건이 술법서이기를, 이탄은 정말이지 간절하게 빌었다.

그 기대가 물거품이 되었다. 상자 안에 덩그러니 담긴 물건은 금박으로 곱게 포장된 단약 한 알이었다. 이탄이 나무상자를 열자마자 단약의 그윽한 향이 풍겨 나왔다. 한눈에 보기에도 보통 단약은 아닌 듯했다.

'그러면 뭐해. 언데드인 내가 단약을 먹어서 뭐하겠어? 빌어먹을.'

이탄이 속으로 욕을 퍼부었다. 물론 겉으로는 활짝 웃으면서 자한 선자를 향해 연신 감사 인사를 올렸다.

"배움이 짧은 제가 느끼기에도 보통 단약이 아닌 듯싶습니다. 대선인님, 정말 감사합니다. 제가 별로 한 일도 없는 것 같은데 이렇게 과분한 답례품들을 받아도 될지 모르겠습니다."

"이탄 선인. 부담 갖지 말고 편하게 넣어두세요. 이탄 선인은 충분히 답례품들을 받을 자격이 있답니다."

자한이 웃는 낯으로 이렇게 권했다.

이탄은 못 이기는 척 답례품들을 챙겼다.

'새하얀 도장과 태극패, 그리고 단약은 스승님께 드려야지. 나는 천주부동만 있으면 돼. 히히히히.'

이탄의 기분이 날아갈 듯 기쁜 이유는 다름 아닌 술법서 때문이었다. 나머지 3개의 답례품들은 이탄의 눈에 들어오지도 않았다.

자한은 답례품 4개를 모두 전달한 뒤에도 이탄을 놓아주지 않았다. 계속해서 차를 권하며 이탄에게 이것저것을 질문했다.

부모님은 잘 계시냐? 혹시 서차원에 머물고 계신 것이냐? 아니면 동차원으로 모셔왔느냐?

　이런 질문은 시작에 불과했다.

　자한은 언노운 월드에 대해서 많은 것을 물었다. 특히 언노운 월드에 구축된 이탄의 가문과 세력에 대해서 관심을 보였다.

　이어서 이탄의 가치관과 철학에 대한 물음들이 이어졌다. 심지어 자한은 이탄에게 "이탄 선인은 나중에 서차원에서 살고 싶은가요, 아니면 동차원이 더 좋은가요?"라는 별 쓸 데 없는 내용—이탄의 관점에서는—까지 꼬치꼬치 캐냈다.

　자한이 질문할 때마다 옆에서 선봉이 눈을 반짝이며 들었다.

　이탄은 어찌어찌 답변을 한 뒤, 겨우 자한 선자의 앞에서 물러나올 수 있었다. 이탄이 극음곡에 들어간 지 무려 4시간 만의 일이었다.

백팔수라 제6식

Chapter 1

멸정의 령을 타고 돌아오는 중간에 이탄은 목을 좌우로 뚜둑 뚜둑 꺾었다.

'어휴. 오늘따라 왜 이렇게 피곤한 것 같지? 언데드가 된 이후로 피곤함을 느껴보기는 또 처음이네.'

멸정동부에 도착한 뒤, 이탄은 곧장 스승의 수련실로 찾아갔다. 그런 다음 수련실 앞에 무릎을 꿇었다.

"스승님, 이탄입니다."

수련실 안에서는 대답이 없었다.

이탄이 한 번 더 공손히 아뢰었다.

"스승님, 이탄입니다. 제가 미욱하여 스승님께서 말씀하신 귀인을 제대로 만났는지는 알 수 없사오나, 제 생각에는 음양종의 극음 대선인님과 자한 선자님이 귀인이 아닌가 싶습니다. 그분들로부터 몇 가지 물건을 받아왔으니 스승님께서 한 번 봐주십시오."

이탄은 새하얀 빛에 휩싸인 도장과 태극패, 그리고 금박으로 포장된 단약을 차례로 꺼냈다. 이어서 잠시 망설이다가 천주부동이라는 술법서도 스승 앞에 내어놓았다.

"......"

멸정 대선인은 여전히 묵묵부답이었다.

이탄은 머리를 약간 숙인 채 답을 기다렸다.

한참 만에 수련실 안에서 멸정의 목소리가 들렸다. 그 소리는 귀가 아니라 이탄의 뇌로 직접 파고들었다.

[이탄아, 내가 중요한 고비를 맞고 있어 네 얼굴을 직접 마주 볼 수가 없구나. 심지어 입을 열어 목소리를 낼 수도 없지.]

"스승님."

[하나 네가 나의 뜻을 받드느라 고생했다는 점은 익히 알 수 있도다.]

"고생이라니요? 당치도 않습니다. 제자인 제가 당연히 해야 할 일을 했을 뿐입니다."

스승의 칭찬에 이탄이 겸손하게 대답했다.

멸정이 기쁜 듯 웃었다.

[허허허. 그리 생각해주니 고맙구나. 어디 보자.]

이탄이 꺼내놓은 물건들이 허공으로 둥실 떠오르더니 멸정의 수련실 안으로 빨려 들어갔다.

'천주부동은 다시 돌려주시겠지?'

이탄은 나머지 3개의 물건에는 신경도 쓰지 않았다. 오로지 술법책에만 신경을 곤두세웠다.

잠시 후, 멸정의 음성이 다시 이탄의 뇌리에 울렸다.

[이 술법서는 얼핏 보기에도 현묘한 기운이 느껴지는구나. 이것은 네가 노력해서 받은 것이니 네가 직접 보관하는 것이 좋겠다. 나중에 나의 수련이 완료되고 나면, 이 술법서를 해독하는 데 도움을 주마.]

이런 말과 함께 천주부동 술법서가 휘리릭 다시 날아와 이탄의 손에 떨어졌다.

'휴우우. 다행이다.'

이탄은 비로소 안도의 한숨을 내쉬었다. 그는 이 술법서를 스승이 가져갈까 봐 내심 마음을 졸였다.

멸정의 말이 계속되었다.

[태극패는 음양종을 움직일 수 있는 중요한 신물이지. 이것 또한 네가 보관하는 것이 좋겠구나. 앞으로 중요한 순간에 그 태극패를 적절히 사용하면 너의 앞날에 무궁한 도움이 될 게다.]

팔각형의 태극패가 부드럽게 되돌아와 이탄의 손에 안착했다.

"그렇게 귀한 신물이라면 스승님께서 가지고 계시는 편이 낫지 않겠습니까?"

이탄이 공손히 여쭸다.

멸정이 한 번 더 껄껄 웃었다.

[허허허. 내게는 그다지 필요가 없구나. 아마도 철룡에게는 필요할지도 모르지. 철룡은 장차 우리 금강수라종을 이끌어야 할 사람이 아니더냐. 그러다 보면 정치적으로 음양종의 도움이 필요할 때가 있을 게야. 그때 네가 태극패를 사용하여 철룡을 도와주도록 하여라.]

"명심하겠습니다."

이탄은 두 번 거절하지 않고 태극패를 품에 넣어두었다.

멸정이 잠시 침묵했다. 아마도 나머지 2개의 물건을 살펴보는데 시간이 걸리는 모양이었다. 이탄은 묵묵히 기다렸다.

약 30분쯤 뒤에 멸정의 음성이 다시 들렸다.

[혹시 자한 선자로부터 이 단약에 대해서 들었느냐?]

"듣지 못하였습니다."

[그렇구나. 이 단약은 현양단이라는 극품의 물건이니라. 선8급의 선인들에게는 사실 단약이 별로 소용이 없는데,

지극히 구하기 힘든 몇 가지 약제들만은 예외로 통하지. 네가 나에게 준 현양단도 그중 하나이니라.]

"아!"

[내가 지금 수련의 고비를 넘기는 데 이 현양단이 제법 큰 도움이 될 것 같구나. 허허허. 그리고 보면 내가 뽑은 점괘가 정확했어. 점괘에서 언급된 물건이 현양단일 줄은 나도 몰랐다만, 어쨌거나 이 스승이 네게 큰 도움을 받는구나. 허허허.]

멸정의 목소리에는 기쁨이 가득했다.

이탄은 더욱 깊게 머리를 조아렸다.

"저의 미약한 힘이 스승님께 조금이나마 도움이 되었다니 정말 다행입니다."

[이탄아, 고맙구나. 내가 너를 제자로 거둔 이후에도 수련이 바빠 제대로 가르침을 주지도 못하였는데, 너는 이 스승을 위해 목숨을 걸고 서차원에 다녀오지 않았더냐. 또한 이렇게 귀한 단약까지 구해오다니 내가 정말 고맙고 미안한 마음이로다.]

"아닙니다. 절대 그렇게 생각하지 마십시오. 저는 제자 된 도리로 마땅히 해야 할 일을 했을 뿐입니다."

이탄이 겸손하게 아뢰었다.

멸정은 그런 제자가 정말 마음에 들었다.

[어허허. 그리 말해주니 더더욱 고맙구나. 또한 이 법보도 내가 수련의 고비를 넘기는 데 도움이 될 법하다. 도장에 담긴 힘을 이용하면 고비의 순간에 나의 법력이 폭주하는 것을 미리 예방할 수 있을 게야.]

"스승님께 도움이 된다니 다행입니다."

이탄은 끝까지 공손함을 유지했다.

마지막으로 멸정이 이탄에게 몇 가지 당부를 남겼다.

[이제부터 나는 다시 수련에 매진해야 하느니라. 이번에 맞이한 고비를 넘길 때까지 나는 오로지 수련실에만 머무를 것이니 너는 그리 알고 이곳에 아무도 들이지 말거라.]

"명심하겠습니다, 스승님."

[혹시라도 금강 종주나 철룡이 나를 찾아오거든 그들에게도 내 뜻을 전해주고.]

"그 또한 스승님의 말씀대로 따를 것입니다."

이탄은 고분고분 대답을 반복했다.

그러다 이어지는 스승의 말에 이탄의 귀가 번쩍 뜨였다.

Chapter 2

[이탄아, 내 너를 위해 나의 령에게 명을 내려놓았다. 령

이 너에게 특수서고와 특수창고를 개방해줄 것이니, 그곳을 잘 활용해 보아라.]

이것이 멸정의 말이었다. 이 가운데 특수서고라는 단어가 이탄의 귀에 쏙 틀어박혔다.

"특수서고 말씀이십니까?"

이탄의 눈이 갑자기 생기를 띄었다.

멸정의 말이 이어졌다.

[그러하다. 이곳의 다른 서고들은 이미 네게 개방하지 않았더냐. 그런 곳들 말고, 아주 귀한 서적들을 보관하는 장소가 따로 있느니라. 이 특수서고 안에는 나와 내 선조님들께서 평생을 연구한 결과물들과 술법서들이 보관되어 있지.]

스승의 말을 듣자마자 이탄은 자신도 모르게 침을 꿀꺽 삼켰다. 듀라한이라 침도 거의 나오지 않건만, 그래도 군침이 감돌만큼 이탄의 감정은 북받쳐 올랐다.

멸정이 특수서고에 대한 설명을 이었다.

[예를 들어서 특수서고에는 백팔수라 제6식에 대해서 나와 내 선조님들이 해석한 해설서가 보관되어 있느니라. 또한 금강체의 연골법에 대한 몇 가지 서로 다른 이론도 책으로 엮여져 있지. 아! 또 있구나. 남명 몇몇 종파의 대표적인 법술도 대응법을 마련해 놓았단다.]

"헙!"

멸정의 말을 듣는 순간, 이탄의 뇌리에서는 오색창연한 폭죽이 터지는 것 같았다.

백팔수라 제6식에 대한 자세한 해설서.

금강체 연골법에 대한 이론서.

남명 여러 종파들의 대표적 법술 및 그에 대한 대응법 정리본.

이런 것들이야말로 이탄이 진심으로 읽어보기를 원하던 책들이었다. 특히 이탄은 백팔수라 제6식에 대한 해설서를 당장에라도 읽고 싶었다. 이탄의 엉덩이가 절로 들썩거렸다.

그 다급함을 아는지 모르는지 멸정의 말이 길게 이어졌다.

[특수서고뿐 아니라 특수창고 안에도 여러 가지 법보들이 있느니라. 비록 너의 수준에서 지금 당장 최상급 법보들을 활용하기는 어려울 테지. 하지만 그곳을 한 번 둘러보는 것만으로도 안목을 키우는 데 도움이 될 게다.]

"감사합니다, 스승님."

이탄이 냉큼 아뢰었다. 이탄은 한시라도 빨리 이런 불필요한(?) 대화를 끝내고 특수서고로 달려가고 싶었다.

그 속도 모르고 멸정이 대화를 더 끌었다.

[마찬가지로 특수서고의 최상급 술법서들도 당장 네 것으로 소화하기는 어려울 게다. 그곳에 보관된 책들은 정말로 난해하니까. 하지만 시간이 날 때마다 틈틈이 읽어는 두어라. 그러면 나중에 내가 너를 지도할 때 도움이 될 테니까.]

"스승님. 명심, 또 명심하겠습니다."

이탄이 좀 더 목청을 키웠다.

이탄은 솔직히 '스승님. 명심, 또 명심하겠습니다. 그러니 이만 저를 놓아주세요. 저는 빨리 특수서고에 가보고 싶습니다.' 라고 말하고 싶었다. 하지만 뒷말은 차마 입 밖으로 내뱉지 못하였다.

[이탄아. 마음 같아서는 너와 좀 더 길게 이야기를 나누고 싶구나. 하나 안타깝게도 이 스승은 다시 수련에 매진해야 하느니라.]

"저는 괜찮습니다. 스승님께 방해가 되고 싶지 않으니 이만 물러갈까 합니다."

이탄은 아예 엉거주춤 몸을 일으켰다.

[그래. 그러거라.]

멸정은 비로소 이탄을 놓아주었다.

'급하다. 급해.'

이탄은 후다닥 위로 뛰어올라 ,왔다. 그리곤 멸정의 령을 다그쳐서 당장 스승님의 특수서고에 들어갔다.

특수서고는 생각보다 아담하였다.

어쩌면 당연한 일이었다. 정말로 귀한 책이 그리 많을 리 없었다.

"서고의 규모가 문제가 아니지. 이 안에 담긴 내용이 중요하지."

이탄은 우선 책의 제목부터 쭉 훑어보았다.

"여기 있구나. 백팔수라 제6식의 해설서 말이야."

백팔수라는 금강수라종을 지탱하는 2개의 축 가운데 하나였다. 수라의 길을 선택한 모든 수도자들은 한결같이 백팔수라의 끝을 보기를 원했다.

하지만 실제로 백팔수라의 끝을 본 수도자들은 거의 없었다. 백팔수라 제6식에서 꽉 막히기 때문이었다.

백팔수라 제6식은 그만큼 난해했다.

게다가 제6식에 대한 해석 방법도 천차만별이었다. 역대 금강수라종의 선인들 가운데 제6식에 대한 풀이법을 남긴 사람은 여럿이었으나, 그 누구도 정통한 해석으로 인정받지는 못하였다.

멸정도 그런 선인들 가운데 하나였다. 멸정은 백팔수라 제6식을 상당히 오랫동안 연구하였으되, 아직까지 완성된 결론을 내지는 못했다. 멸정은 그저 선조들의 풀이를 바탕으로 미완성의 해설서를 계속 보완하는 중이었다.

이탄이 그 미완성 해설서를 손에 잡았다.

기본적으로 백팔수라 제6식은 인간을 위한 법술이 아니었다, 머리가 3개고 팔다리가 각각 6개인 수라를 위한 법술이었다.

멸정과 그의 선조들은 이 문제를 해결하기 위해서는 우선 수도자가 수라가 되어야 한다고 주장했다. 인간의 틀을 뛰어넘어 진정으로 수라가 되어야 비로소 백팔수라 제6식에 입문할 수 있다는 것이 그들의 추론이었다.

"흐음. 그럴듯하군."

이탄은 곧바로 수련에 착수했다.

붉은 금속을 주변에 둘러 밀실을 만든 다음, 이탄은 그 안에 들어가 '동시구현'의 권능을 펼쳤다.

"우선 괴물수라가 아닌 일반 수라부터 시작해 보자."

이탄은 백팔수라 제1식으로부터 3개의 기본 동작을 뽑아내었다. 이어서 그 3개의 동작을 동시에 구현했다.

3개의 시간대가 하나로 겹쳐졌다. 그 즉시 이탄은 머리가 3개에 팔다리가 각각 6개인 수라로 변했다.

이탄은 그 상태에서 체내에 흐르는 법력의 흐름을 지켜보았다.

수라는 인간과 법력의 흐름이 다를 수밖에 없었다. 이탄은 수라의 법력 흐름을 염두에 둔 상태에서 미완성의 해설서를 머릿속에 떠올렸다.

한데 잘되지 않았다. 인간이 아니라 수라가 된 상태에서도 백팔수라 제6식은 길이 보이지 않았다.

기초 동작을 바꿔서 다시 시도해 보아도 결과는 마찬가지였다.

"하아아. 법력의 흐름을 종잡을 수가 없네. 흐름이 제대로 이어지지 않고 엉키기만 한다고."

이탄이 눈살을 찌푸렸다.

Chapter 3

결국 이탄은 방법을 바꿨다. 우선 이탄은 백팔수라 제6식의 18개 동작을 하나하나 발라내었다.

이 18개는 인간이 아니라 수라를 위한 동작들이었다. 따라서 18개의 동작을 동시에 구현하면, 머리는 54개에 팔다리는 각각 108개가 만들어질 수밖에 없었다.

"여기까지는 좋아. 내게는 동시구현의 언령이 있으니 얼마든지 54개의 머리와 108개의 팔다리를 만들어낼 수 있다고."

문제는 법력의 흐름이었다.

이탄이 이미 익힌 백팔수라 제1식부터 제5식까지는 법력의 흐름이 엉키지 않았다. 이탄은 각 식마다 독자적인 흐름을 찾아내어 적용했다. 그러면 아무런 문제 없이 괴물수라가 등장했다.

"한데 마지막 제6식은 흐름이 서로 엉키고 충돌한단 말이지."

여기서 꽉 막혔다.

이탄은 며칠 동안 꼼짝도 않고서 이 문제에 집착했다.

한 번은 법력을 전혀 끌어올리지 않고서 백팔수라 제6식의 동작만 펼쳐보았다.

고오오옹!

머리가 54개에 팔다리가 각각 108개의 괴물수라가 이탄의 머리 위에 흐릿하게 떠올랐다.

하지만 법력이 뒷받침이 되지 않았기에 괴물수라의 실체화에 실패했다. 제6식으로 만들어진 괴물수라는 유령처럼 흐릿하게 흔들리기만 할 뿐, 실제로 거력을 발휘하지는 못했다.

이탄은 다음 단계로 넘어갔다. 몸속에서 법력이 뒤엉키고 충돌할 것을 각오한 채 백팔수라 제6식에 맞는 법력을 운용해본 것이다.

아니나 다를까?

꽈앙!

어마어마한 굉음이 이탄의 체내에서 터졌다. 이탄의 몸이 크게 들썩였다. 이탄의 입과 귀, 콧구멍에서 하얀 연기가 피어올랐다.

이 충돌이 어찌나 강렬했던지, 이탄이 연마한 금강체가 뒤흔들릴 정도였다. 붉은 금속, 즉 적양갑주가 재빨리 일어나 이탄의 혈관과 근육을 보호하지 않았더라면 이탄은 제법 큰 상처를 입었을 뻔했다.

"크우우. 지독한데?"

이탄이 고개를 절레절레 내저었다.

하지만 이탄은 여기서 포기하지 않았다. 이빨을 악물고 또 다른 법력분포를 운용해 보았다.

꽈앙!

또 실패.

이탄의 입과 귀, 콧구멍에서 하얀 연기가 또 치솟았다. 이탄의 뼈마디가 욱신욱신 쑤셨다.

꽈앙!

세 번째 도전도 실패.

이어서 네 번째 도전도 또 실패.

한 번 실패를 할 때마다 이탄은 온몸이 넝마로 변하는 듯한 느낌을 받았다.

"젠장. 만약 적양갑주가 아니었다면 여러 날 몸져누울 뻔했네."

그래도 이탄은 포기하지 않았다. 오히려 오기가 생겨서 더더욱 여러 가지 조합으로 법력을 운용해 보았다.

다 실패였다. 이탄이 원하는 답은 나오지 않았다.

"혹시 일반 수라로는 되지 않는 것일까? 그러면 괴물수라로 도전해볼까?"

이탄은 18개의 동작을 동시에 구현하여 괴물수라로 변했다. 그 상태에서 다시 제6식의 18개 동작을 겹쳐서 펼쳐 보았다.

그러자 머리는 324개에 팔다리는 각각 648개나 되는, 아주 괴상망측한 형상이 이탄의 머리 위로 아스라이 떠올랐다.

이탄은 이 상태에서 법력을 운용해 보았다.

꽈아앙!

더 큰 폭발이 이탄의 체내에서 일어났다.

"어이쿠, 쌍."

이탄은 고꾸라질 듯 크게 휘청거렸다.

"안 되겠다. 다른 수를 찾아야겠어."

이탄은 금강수라종 선조들의 해설서를 다시 한 번 꼼꼼히 읽었다. 한 번만 쓱 훑어본 것이 아니라 몇 번이고 되풀이하여 정독했다.

그 결과 이탄은 몇 가지 단서를 찾아내었다.

첫 번째 단서.

금강수라종의 선조들 가운데 한 명이 '진법' 이론을 내놓았다.

"인간이 어찌 수라일 수 있겠는가. 하여 나는 3인 1조로 진법을 만들고, 이를 통해 수라를 진법으로 구현한 다음, 마지막 제6식에 도전해 볼까 한다."

이것이 선조의 계획이었다. 실제로 이 선조는 다양한 방법으로 진법을 실험했고, 그 결과들을 세세하게 기록으로 남겼다.

안타깝게도 이 선조는 제6식의 구현에 성공하지는 못했다. 대신 이 방법이 이탄에게 영감을 주었다.

"가만! 내게는 동시구현의 권능이 있잖아. 이 권능을 동일한 공간상에서 겹쳐서 사용하면 나 스스로를 팔다리가 여럿인 괴물수라로 바꿀 수 있지. 그런데 만약 동시구현의 권능을 겹쳐서 사용하지 않고 따로 떨어뜨려서 펼치면 어떨까? 그러면 마치 분신술처럼 되지 않을까? 내가 여러 명으로 늘어난 것처럼 말이야."

이탄은 동시구현의 언령을 가진 권능자였다.

또한 이탄은 모레툼의 여러 가호들 가운데 분신의 가호도 얻었다.

"어디 한번 해보자."

이탄은 우선 동시구현의 권능으로 3개의 분신을 만들었다. 이어서 그는 금강수라종의 선조가 남긴 조언에 따라 진법을 만들었다.

이탄과 그의 두 분신이 진법의 축이 되었다.

한 달 뒤.

백팔수라 제6식은 여전히 성공하지 못했다.

대신 조금은 진전이 있었다. 진법으로 제6식을 구현하자 이탄의 체내에서 법력이 충돌하는 횟수가 현격하게 줄어들었다. 법력의 엉킴도 눈에 띄게 좋아졌다.

고오오옹!

이탄의 머리 위에 떠오른 수라가 은은하게 빛을 뿌리기 시작했다. 이전까지 수라는 투명한 유령과 같았다면, 이제 비로소 조금씩 실체가 드러난 것이다.

"좋아. 가능성이 보여."

이탄이 두 주먹을 불끈 쥐었다.

이탄은 진법을 다양하게 바꿔가며 계속해서 실험했다. 법력이 충돌하지 않도록 고민하면서 조금씩, 아주 조금씩 자신만의 술법을 만들어 갔다.

이 술법은 금강수라종의 역대 선조들이 생각한 제6식과

는 사뭇 달랐다. 이탄 스스로 진법을 고민하고, 동작도 조금씩 바꿔가면서 백팔수라 제6식 전체를 새로 만들어내다시피 했다.

Chapter 4

이러한 노력에 또 다른 단서가 더해졌다. 이탄은 금강수라종의 역대 선조들이 남긴 해설서를 살펴보다가 두 번째 단서를 포착했다.

오래 전에 읽었던 옛 문서를 보면 다음과 같은 표현이 있다.

진정한 백팔수라는 한적한 새벽녘에 잔잔한 호수면을 밟고 떠올라 단숨에 우주를 치받을 듯이 커지면서 태양과 달과 별을 머리로 들이받는다고 하였다. 또한 백팔수라는 1천 개의 손을 뻗어 1천 번의 세월을 동시에 터뜨린다고도 하였다.

나는 백팔수라 제6식의 비밀이 여기에 있지 않을까 생각한다.

역대 선조들 가운데 어느 누군가가 이런 글귀를 낙서처럼 남겼다. 이탄은 예전에 이 낙서에 그다지 신경을 기울이지 않았다. 허무맹랑한 소리였기 때문이다.

그런데 다시 읽어보니 이건 허투루 넘길 내용이 아니었다.

"잔잔한 호수면? 그렇게 거울과 같은 호수면 위에 서 있으면 당연히 반사된 모습이 물에 비추겠지?"

무슨 생각을 했는지 이탄이 허공으로 휙 날아올랐다. 그 다음 이탄은 5개의 분신을 좌라락 만들었다.

이탄과 2개의 분신이 3인1조가 되어 진법을 하나 구현했다.

이어서 나머지 3개의 분신이 180도 몸을 휙 뒤집어 머리를 땅바닥으로 향하고 발을 천장으로 들었다.

그 상태에서 3개의 분신은 이탄의 아래쪽에 똑같은 진법을 하나 더 형성했다.

아래쪽의 분신들이 허공에 거꾸로 뜬 상태에서 스르륵 이동했다. 그들은 자신들의 발바닥을 위쪽 분신들의 발바닥에 딱 맞춰 붙였다. 분신 중 한 명은 이탄의 발바닥에 자신의 발바닥을 밀착했다.

이 모습을 멀리서 보면, 3명의 선인이 잔잔한 호수면 위에 늘어서서 하나의 진법을 구현했는데, 그 모습이 물에 비쳐서 물속에도 3명이 선인이 존재하는 것 같았다.

이탄은 이 상태에서 백팔수라 제6식을 구현해 보았다.

수면 위쪽.

수면 아래쪽.

이렇게 한 쌍을 이루는 진법이 18개로 늘어났다.

18개의 진법은 서로 다른 수라가 되어 하나로 합쳐졌다.
이번에도 동시구현의 권능이 발휘되었다.

꽈릉! 꽈릉! 꽈릉!

이탄과 그의 분신들의 체내에서 몇 차례 법력의 충돌이
일어났다. 이탄은 충돌이 발생한 곳들을 잘 기억해 두었다
가, 서로 부딪친 법력 중 한 가닥씩을 수면 아래쪽으로 옮
겼다.

이렇게 법력을 수면 위쪽과 수면 아래쪽으로 분리하자
충돌이 싹 사라졌다.

그렇다고 법력의 흐름이 둘로 분리된 것은 아니었다. 수
면 위쪽과 수면 아래쪽의 법력은 발바닥을 통해 하나로 이
어졌다.

충돌은 없애고.

법력의 흐름은 하나로 유지하고.

두 가지 상반된 목표가 완벽하게 달성되었다.

고오오오옹!

이탄이 만들어낸 진법 위로 수라가 거창하게 떠올랐다.

이 수라는 유령처럼 흐릿하지 않았다. 단순히 빛만 내뿜는 수준도 뛰어넘었다. 수라의 피부에는 고풍스러운 청동빛이 강하게 흘렀다. 수라의 팔다리도 딱딱하게 만져졌다. 드디어! 이탄은 수라의 실체화에 성공했다.

이게 끝이 아니었다. 이탄은 여기서 한 발 더 나갔다.

"3인 1조로 수라를 만들면 그냥 일반 수라일 뿐이잖아. 그래선 안 돼. 머리가 18개에 팔다리가 36개인 괴물수라가 정답이었어. 그래야 1천 개의 팔을 가진 백팔수라가 만들어진다고."

이탄은 선조의 낙서에서 힌트를 얻었다. 그가 발견한 힌트에 따르면, 18개의 동작을 하나로 합쳐서 괴물수라를 만드는 것이 정답이었다. 그리고 이 괴물수라들이 쌍을 이뤄서 백팔수라의 제6식을 펼치도록 해야만 했다.

그래야 1천 번의 세월을 터뜨릴 수 있는 1천 개의 팔이 만들어졌다.

"내 생각이 맞는지 어디 한번 시험해보자."

좌좌라라라락—.

이탄은 우선 17개의 분신을 만들어 몸을 18개로 늘렸다. 이탄과 그의 분신들이 진법을 통해 합쳐져서 한 명의 괴물수라가 되었다.

이 상태에서 이탄은 18개의 분신을 추가로 만들었다.

그 분신들이 휘릭 몸을 뒤집더니, 거꾸로 서서 수면 아래쪽의 진법을 구축했다. 수면 위쪽 진법과 수면 아래쪽의 진법이 하나로 합쳐지면서 드디어 백팔수라 제6식의 첫 번째 동작을 구현했다.

이탄은 이와 같은 일들을 반복했다.

제6식의 두 번째 동작 완성.

제6식의 세 번째 동작 완성.

제6식의 네 번째 동작 완성 등등.

매 동작마다 한 쌍의 괴물수라가 등장했다. 이렇게 차례로 만들어진 괴물수라들이 드디어 18쌍, 즉 36명으로 늘어났다.

마지막 18번째 동작까지 완성한 다음, 이탄은 이 동작들을 하나로 합쳤다.

이때까지도 법력은 단 한 차례도 충돌하지 않았다. 엉킴도 전혀 없었다.

청동빛으로 번들거리는 괴물수라 18쌍, 즉 36명이 하나로 합쳐지면서 드디어 백팔수라 제6식을 이루었다.

고오오오옹!

648개의 머리와 1,296개의 팔뚝, 그리고 1,296개의 다리를 가진 초괴물수라가 이탄의 머리 위로 오롯하게 떠올랐다.

1천 개가 넘는 팔을 부챗살처럼 촘촘하게 펼친 초괴물수라의 모습은, 간씨 세가의 세상에서 언급되는 천수관음상을 연상시켰다. 1,296개의 눈동자로 온 사방을 노려보는 초괴물수라의 모습은 보는 것만으로도 끔찍한 위압감을 선사했다.

그 초괴물수라가 청동빛으로 번들거리는 몸체를 움직였다.

백팔수라의 마지막 제6식 수라천세(修羅千歲) 작렬!

지금까지 동차원에 존재해온 이래, 단 한 번도 온전하게 구현된 적이 없었던 금강수라종 최후최강의 법술이 드디어 그 형태를 세상에 드러내었다.

콰콰콰콰콰!

초괴물수라는 1,296개의 눈동자로 온 사방을 노려보면서 1,296개의 팔과 1,296개의 발을 내뻗어 1천 번이 넘는 세월을 단숨에 으스러뜨렸다.

이 초괴물수라야말로 음양종의 양극합벽을 훌쩍 뛰어넘는 거력을 품고 있었다.

Chapter 5

1천 번의 세월이 무너지면서 이탄의 주변은 완전 황폐해졌다.

지금까지 그 어떤 괴력에도 끄떡하지 않았던 붉은 금속, 즉 적양갑주가 초괴물수라의 수라천세의 영향을 받아 처음으로 우르릉 흔들렸다.

하지만 결국 백팔수라 제6식 수라천세도 적양갑주를 깨뜨리거나 흠집을 내지는 못하였다.

이탄은 적양갑주를 뒤흔든 정도만으로도 충분히 만족했다. 적양갑주는 하나의 차원을 꾹꾹 찌부러뜨려서 하나의 공 크기로 욱여넣을 때도 전혀 흔들리지 않았던 존재였다. 그런 적양갑주에게 흔들림을 만들 정도라면, 수라천세의 위력이 얼마나 막강한 것인지 능히 짐작이 갔다.

"하하하하하."

적양갑주로 둘러싸인 공간 안에서 이탄이 호탕하게 웃었다.

이탄 이전에 동차원의 그 누구도 백팔수라 제6식 수라천세를 온전하게 구현하지 못했다. 몇몇 대선인들이 수라천세를 구현했다고 전해지는 바는 있으나, 그것은 결코 온전한 형태는 아니었다.

위력도 이탄의 수라천세에 비할 수 없이 약했다. 그러니 오직 이탄만이 스스로의 힘으로 백팔수라의 마지막 식을 완성한 셈이었다.

물론 이탄이 수라천세의 구현에 성공한 데는 금강수라종

역대 선조들의 해설서가 큰 도움이 되었다.

다만 이 성취는 이탄이 아니었다면 불가능했을 것이다. 이탄 특유의 집요함에 뛰어난 상상력이 더해지면서 수라천세가 결실을 맺은 것이다.

이탄은 여기서 멈추지 않았다.

"곰곰이 생각해 보니까 결국 나 혼자서 다수의 분신을 만들어서 수라천세를 구현해냈잖아? 그렇다면 거신강림대진이라고 불가능할까?"

거신강림대진!

음양종에서 비전으로 전해져 내려오는 이 진법을 구현하려면 최소한 800명 이상, 줄잡아 1천 명의 수도자가 힘을 하나로 합쳐야 한다.

놀랍게도 이탄은 혼자서 거신강림대진을 펼칠 궁리를 하고 있었다.

"못하라는 법이 어디 있겠어? 내가 좀 더 노력해서 분신을 1천 개까지 늘릴 수만 있다면, 그 1천 개의 분신으로 거신강림대진을 구현해낼 수도 있는 것 아냐?"

물론 이 일은 하루아침에 될 것은 아니었다. 이탄이 제아무리 동시구현의 권능을 지녔다고 하더라도, 1천 개의 분신을 동시에 만들어내고, 그 1천 개의 분신을 독립적으로 움직여서 거신강림대진을 구현하는 것은 결코 만만하지 않앞다. 이탄은 거신강림대진에 도전하기 전, 좀 더 쉬운 목표를 설정했다.

"그 전에 입가심으로 칠채공작진이라면 어떨까?"

피사노 쌀라싸가 동차원으로 쳐들어 왔을 당시, 이탄의 사형인 철룡은 금강수라종의 비전 진법인 칠채공작진을 펼쳐서 적들에게 큰 타격을 주었다.

"당시에 약 500명의 수도자가 모여서 이 진법을 구현했었지? 그러니까 칠채공작진이 거신강림대진보다 쉬울 거야."

결심이 서면 곧 행동에 나서는 사람이 이탄이었다. 이탄은 우선 특수서고를 뒤져서 칠채공작진에 대한 진법서가 존재하는지부터 확인했다.

"아! 여기에 있구나."

계획이 척척 맞아떨어졌다. 멸정 대선인의 특수서고 안에는 이 귀한 진법서가 있었던 것이다.

이탄은 당장 그 자리에 앉아서 진법서를 탐독하기 시작했다. 이탄의 머릿속에서 과거 철룡이 진두지휘했던 칠채공작진의 모습이 떠올랐다. 이탄은 눈으로 진법서를 읽으면서 머리로는 과거의 장면들을 회상했다.

거신강림대진에 대해서 미리 익혀둔 덕분일까?

이탄은 진법의 난해한 부분들을 수월하게 넘겼다. 칠채

공작진의 핵심 요체도 곧바로 습득했다.

이탄의 머릿속에서 7개의 꼬리 깃털을 지닌 공작진이 선명하게 실체화되었다. 이탄은 상상을 통해 500개의 분신들을 만들고, 그 분신들을 동원하여 칠채공작진을 구성해 보았다. 실제로 칠채공작진을 구현하기 전에 상상을 통해 미리 테스트해보는 셈이었다.

당연한 말이지만, 이탄이 만들어낸 500명의 분신들은 이탄의 본체보다 법력이 형편없이 낮을 수밖에 없었다.

각각의 분신들이 지닌 법력은, 이탄이 본래 보유한 법력의 500분의 1에도 채 미치지 못했다. 예를 들어서 이탄의 법력이 총 500이라면, 500명의 분신들 개개인의 법력은 1 미만이라는 뜻이었다.

좀 더 정확하게는, 분신 개개인의 법력은 약 0.9 정도였다.

칠채공작진의 경우, 꼬리 깃털 하나당 분신 50명씩이 배치된다. 이 50개의 분신이 법력관을 통해 법력을 하나로 모으는 것이다.

이때 칠채공작진의 법력관은 단순히 49개 분신의 법력을 모아주는 것에만 그치지 않았다. 모은 법력을 증폭해주는 역할도 맡았다. 이렇게 집중된 법력이 칠채공작진을 통해 강력하게 뿜어져 나오는 셈이었다.

이탄의 상상 속에서 이러한 일이 이루어졌다.

퍼어엉! 퍼어엉! 퍼엉! 펑! 펑! 펑!

이탄의 뇌리 속, 일곱 빛깔의 불꽃이 강렬하게 명멸했다.

"흐으음."

이탄이 손으로 턱을 괴고 생각에 잠겼다.

이탄의 머릿속에서 구현된 칠채공작진은 완벽해 보였다. 그럼에도 불구하고 이탄은 뭔가 미흡한 느낌을 받았다.

"분신을 통해 내 법력을 500분의 1로 쪼겠다가 다시 합친단 말이지. 그렇게 분신을 쪼개다 보니 법력에 손실이 발생할 수밖에 없어. 분신들이 가진 법력을 다시 합쳐도 10퍼센트 가량의 손해가 난다고. 비록 칠채공작진이 법력을 증폭시켜주기 때문에 결과적으로는 손해를 만회하기는 하지만, 그래도 일단 손해를 본 것은 사실이잖아? 이게 도통 마음에 들지 않네. 휴우우."

이탄이 긴 한숨을 내쉬었다.

이탄은 뼛속까지 모레툼의 신관이었다. 그리고 모레툼을 섬기는 이들이 가장 싫어하는 일이 바로 손해를 보는 것이었다.

게다가 단순히 분신에 의한 손실만 있는 것이 아니었다.

칠채공작진은 7개의 꼬리 깃털이 주 공격 기관이었다. 각 깃털마다 50명의 분신을 배치시키면 총 350개의 분신이 적을 공격하는 셈이었다.

"500명의 분신들 가운데 겨우 350명만 공격을 하잖아. 나머지 150명은 칠채공작진을 안정화시키는 데 필요하고."

이탄의 머릿속에 공식이 하나 그려졌다.

칠채공작진의 공격력 = 1개 분신의 공격력 X 분신 50명 X 꼬리깃털 7개 X 진법의 증폭률

이 공식에 의해서 계산된 칠채공작진의 공격력은, 이탄의 본래 공격력과 동일하거나 아주 약간만 증가한 수준이었다.

분신을 쪼개느라 손실이 발생할 수밖에 없고, 500명의 분신들 가운데 단 350명만 공격에 가담하다 보니 전체적인 공격력은 낮아질 수밖에 없었다. 그리고 이 떨어진 손실분을 칠채공작진이 다시 증폭시켜주었다.

Chapter 6

이탄이 입술을 삐쭉 내밀었다.

"결과적으로는 쌤쌤인 셈이네. 이러면 힘들게 칠채공작 진을 펼치는 의미가 없잖아. 그냥 내가 직접 공격하고 말 지. 쳇! 괜히 시간만 낭비했나?"

이탄은 결국 칠채공작진을 접었다.

"하지만 거신강림대진이라면 어떨까?"

아직까지 이탄은 1천 개의 분신을 만들어낼 수 없었다. 물론 500명의 분신도 불가능했다.

그래서 이탄은 이번에도 머릿속으로만 거신강림대진을 구현했다.

상상 속에서 이탄은 1천 개의 분신을 만들었다. 법력을 무려 1천 분의 1로 쪼개다 보니, 각각의 분신들은 무척 허 약해 보였다.

이탄은 이 가운데 300명의 분신을 거신의 삼중핵에 배치 했다.

거신의 육체에도 300명의 분신을 투입할 수밖에 없었다.

이제 남은 분신은 400명이었다.

이탄은 방어에는 전혀 신경 쓰지 않았다. 하여 남은 분신 400명을 모조리 거신의 무력, 즉 거신의 머리 부위에 투입 했다.

앞서 칠채공작진의 경우는 각 위치 별로 투입 인력이 딱 정해져 있었다.

반면 거신강림대진은 공격과 방어에 배치하는 인력을 자유롭게 변동 가능했다. 다시 말해서 이탄이 공격에 몰빵을 할 수 있다는 의미였다.

이탄의 머릿속에 또다시 하나의 공식이 떠올렸다.

거신강림대진의 공격력 = 1개 분신의 공격력 X 분신 400명 X 진법의 증폭률

이 공식만 얼핏 보면, 거신강림대진이 칠채공작진만 못해 보였다. 진법의 증폭률을 염두에 두지 않을 경우, 칠채공작진의 효율은 (0.9 X 50 X 7 X 100)/500이니까 약 63퍼센트로 계산되었다. 반면 거신강림대진의 효율은 (0.9 X 400 X 100)/1,000이니까 고작 36퍼센트에 불과했다.

이탄이 분신을 만들지 않고 그냥 공격했을 경우의 공격력이 100퍼센트라고 가정했을 때, 고생고생 끝에 분신을 1천 개나 만들고 그 분신들을 투입하여 거신강림대진을 구현하고 나면 공격력이 36퍼센트로 대폭 줄어든다는 소리였다.

이것은 누가 봐도 엄청난 손해였다.

한데 진법의 증폭률이 곱해지면, 이야기가 달라졌다.

"물론 내 셈법이 정확한 것은 아니야. 단순히 머리로 계산해본 것과, 실제로 진법을 펼쳐보면 분명히 차이가 나겠

지. 하지만 내가 이해한 바에 따르면, 칠채공작진의 증폭률
은 약 1.6 수준에 불과해. 칠채공작진의 효율에 이 증폭률
을 곱해봤자 100퍼센트를 약간 상회하는 정도지."

이탄의 셈에 따르면, 그냥 본체로 공격했을 경우와 칠채
공작진으로 공격했을 경우를 비교해보면 공격력에 별로 차
이가 없었다.

이러면 굳이 힘들게 칠채공작진을 사용할 이유가 없는
셈이었다.

거신강림대진은 달랐다.

"거신강림대진이란, 말 그대로 고대의 거신을 현재 세상에
강림시켜서 그 거신의 힘을 불러오는 진법이거든. 따라서 증
폭률을 정확하게 계산하기는 어렵지만, 피사노교와 싸울 때
경험에 의하면 증폭률이 못해도 다섯 배는 넘는 것 같아."

만약 이 계산이 정확하다면, 거신강림대진의 증폭률은 5
이상. 따라서 거신강림대진의 공격력은 약 180퍼센트가 넘
는다는 소리였다.

"내가 그냥 공격했을 때보다 거신강림대진을 펼쳤을 때
두 배가량 더 강해진다는 뜻이잖아?"

또 한 가지.

거신강림대진은 공격과 방어의 배분이 자유로운 진법이
었다.

만약 이탄이 방어용으로 거신강림대진을 펼칠 경우 방어력이 1.8배 이상 늘어날 것이다. 또한 공격용으로 진법을 펼치면 공격력이 1.8배 증폭되리라.

이탄의 수준에서 공격력이나 방어력이 두 배 가까이 늘어난다는 것은 정말 엄청난 일이었다.

"오오오! 괜찮아. 이건 괜찮아. 내 상상대로만 구현이 된다면 정말 쓸 만할 것 같아."

이탄은 흡족한 표정으로 손바닥을 슥슥 비볐다.

다시 한 달이 지났다.

지난 한 달 동안 이탄은 별다른 소득을 얻지 못했다. 멸정 대선인은 금강체 연골법을 무척 귀한 술법서로 여겼으나, 이미 이탄은 자신만의 독특한 금강체를 구축한 터라 이 연골법이 눈에 차지 않았다.

남명 다른 종파들의 술법서들도 그다지 쓸모가 있지는 않았다.

이탄이 소속된 금강수라종은 무력 분야에서 남명 최고봉에 올라선 종파였다. 단순히 무력만 따지면 금강수라종과 어깨를 견줄 만한 곳은 오로지 음양종밖에 없었다.

이탄은 이미 금강수라종의 두 가지 줄기, 즉 '금강(방어)'과 '수라(공격)'를 모두 독파한 상태였다.

이탄이 몸으로 구축한 금강체는 금강수라종의 역대 그 어떤 대선인도 감히 상상하지 못하던 수준으로 단단했다.

이탄이 깨우친 백팔수라 제1식부터 제6식은 여타 수도자들의 백팔수라와는 완전히 결을 달리했다.

그런 이탄에게 어쭙잖은 술법서들이 눈에 찰 리 없었다.

백팔수라 제6식 수라천세를 완성하고, 이어서 거신강림대진에 대한 아이디어를 정립한 이후로, 이탄의 눈은 한 층 더 높아졌다. 그 까마득한 눈높이에서 바라보면 타 종파의 술법들은 먼지처럼 하찮았다.

이탄이 고개를 갸웃했다.

"이상하네? 뭐 이렇게 볼 만한 술법서가 없지? 이곳은 분명 스승님께서 아끼시는 특수서고인데 말이야. 타 종파의 것들이라 귀한 술법서들을 가져다 놓지 못하셨나? 그래서 대충 수준 낮은 술법서들만 모아놓으신 것일까?"

아무래도 그런 것 같았다. 이탄이 혀를 찼다.

"체엣. 할 수 없지. 그렇다면 이제 이 책이나 읽어볼까?"

이탄은 품에서 책 한 권을 꺼냈다.

<<천주부동>>

책 제목이 우선 이탄의 눈에 밟혔다.

이 서적은 자한 선자가 이탄에게 선물한 고대의 술법서였다. 책 자체가 읽기 어려운 고대 문자로 기술되었을 뿐 아니라 내용이 난해하기 이를 데 없어서 자한 선자도 그동안 전혀 진도를 나가지 못했다.

이탄은 이 어려운 술법서를 펼쳐들고 차근차근 읽기 시작했다.

제5화
다시 언노운 월드로

Chapter 1

하루, 이틀, 사흘, 나흘······.

시간이 쏘아진 화살처럼 지나갔다. 이탄은 시간의 흐름도 잊고서 천주부동에 완전히 빠져들었다.

일주일이 지나고 다시 보름을 넘어섰다.

그때까지도 이탄은 천주부동을 끝까지 다 읽지 못했다. 이탄은 책에 푹 파묻혀 지냈다.

3주째가 거의 끝날 무렵, 이탄이 드디어 천주부동의 마지막 페이지를 덮었다.

"하아아."

이탄의 입에서 깊은 숨소리가 새어나왔다.

천주부동은 결국 '시간'에 대한 술법이었다. 수도자가 주변의 시간을 자유롭게 통제하는 방법이 이 술법서 안에 기술되어 있었다.

말이 쉽지 사실 인간이 시간을 통제한다는 것은 불가능했다. 이것은 감히 인간에게는 허락되지 않은 영역이었다.

선6급 이상의 대선인들도 시간을 자유롭게 통제할 엄두를 내지 못했다. 그저 일부 대선인들이 불과 몇 초간의 시간을 조종해 본 것이 전부였다. 그리고 이 몇 초의 컨트롤 정도로 시간을 자유롭게 통제한다고 말할 수는 없었다.

당연히 이탄에게도 시간 통제는 어려운 일이었다.

다만 이탄은 '무한'이라는 언령을 지녔다. 이 문자는 정상세계에서 시간의 인과율을 담당하는 언령이었다.

무한의 언령 덕분에 이탄은 천주부동을 심도 깊게 이해하는 데 성공했다.

"하아아. 겨우 이해는 했으나 아직도 깊이가 부족해. 이 술법서는 한 번 이해한 것으로 끝날 책이 아니야. 몇 번이고 반복해서 곱씹으면서 내 것으로 소화해야 할 것 같아."

이탄은 천주부동을 조심스럽게 손으로 쓰다듬은 뒤, 다시 품에 넣었다.

몇 달 전, 이탄이 특수부대에 기꺼이 참전한 이유는 두 가지였다.

첫째는 스승님을 돕는 것.

둘째는 스승님으로부터 백팔수라 제6식에 대한 힌트를 받아서 백팔수라 제6식을 완성하는 것.

이탄은 이 두 가지 목표를 모두 달성했다.

"그동안 너무 동차원에만 매달렸어. 이제는 언노운 월드로 돌아가서 쿠퍼 가문과 모레툼 교단의 상황도 한번 살펴봐야지. 그 일을 마친 다음엔 간씨 세가로 넘어가서 세 번째 언령의 벽을 찾아봐야겠다."

이탄의 머릿속에 순차적인 계획이 떠올랐다.

오늘이 동차원 시간으로 8월 27일이었다. 이탄은 멸정의 령을 만나서 "수련을 위해 잠시 다녀올 곳이 있다."고 전했다.

[흥. 흥. 칫. 뭐 다녀오든가 말든가요. 어차피 공자는 특수부대에 다녀온 이후에도 서고에만 틀어박혀서 코빼기도 보이지 않았잖아요. 흥. 흥. 흥.]

멸정의 령은 심각하게 삐친 듯했다. 이탄이 몇 번이나 사과를 하고 나서야 비로소 멸정의 령도 토라진 마음이 조금 풀렸다.

멸정동부를 떠난 뒤, 이탄은 빠르게 비행하여 가장 가까운 이송법진을 찾았다.

"어서 오십시오."

법진을 지키는 수도자가 이탄을 깍듯하게 맞았다. 이탄의 비행 법보가 보통 물건이 아님을 알아본 덕분이었다.

지금 이탄이 서 있는 장소는 대륙의 남동쪽 해안가였다. 이 일대가 남명이 본거지였다.

한편 마르쿠제 술탑은 남명 지역으로부터 대륙을 대각선으로 가로질러 북서쪽 끝자락에 위치했다.

이탄은 마르쿠제 술탑이 아니라 대륙 북동쪽으로 곧장 올라가기를 원했다.

피유웃!

이송법진 안에서 이탄의 몸이 신비하게 사라졌다. 그 다음 대륙 북동쪽의 이송법진 안에 그 모습이 다시 나타났다.

"이송법진은 겪으면 겪을수록 신기하네."

이탄이 혀를 내둘렀다.

간씨 세가의 세상에 비해서 이곳 동차원이나 언노운 월드는 엄청나게 넓었다. 이탄은 그 먼 거리를 이렇게 빨리 이동할 수 있다는 사실에 대해서 거듭 감탄했다.

이송법진에서 벗어난 뒤, 이탄은 다시 비행하여 혼명의 한 도시에 도착했다.

이 도시는 이탄이 처음 동차원으로 건너왔을 때 발을 디뎠던 곳이었다. 여기서 이탄은 처음으로 수도자의 길을 걷기 시작했다.

"비록 이곳에서 머문 기간이 길지는 않았으나, 내게는 고향과도 같은 장소지."

이탄은 푸근한 마음으로 거리를 걸었다.

잠시 후 3층 목조탑이 이탄의 눈에 들어왔다. 이탄이 강아지 령 몽몽에게 이끌려서 처음 도착했던 찻집이었다.

이탄은 찻집 안으로 들어가 차를 한 잔 시켰다.

그 다음 차를 마시지도 않고 곧바로 주머니에서 몽몽을 꺼냈다.

[주인님!]

몽몽이 등장과 동시에 반갑게 외쳤다.

몽몽은 삼각형의 귀를 뒤로 접고 아련한 눈으로 이탄을 올려다보았다. 북슬북슬한 몽몽의 털 감촉이 이탄의 입가에 미소를 짓게 만들었다.

"가자."

이 말과 함께 이탄이 오른손으로 몽몽을 잡았다.

피웃!

이탄의 몸이 동차원을 떠나 언노운 월드로 차원이동했다.

언노운 월드와 동차원은 시간이 서로 다르게 흘렀다.

언노운 월드 시간으로 3월 18일, 이탄은 은화 반 닢 기사단으로부터 천둥새 퀘스트를 받고 동차원으로 넘어왔다.

천둥새 퀘스트란, 마르쿠제 술탑과 피사노교가 서로 맞부딪치기 시작했으니 이참에 이탄이 마르쿠제 술탑과 연합하여 피사노교에 맞서 싸우면서 양측의 정보를 캐내오겠다는 작전이었다.

이탄에게 천둥새 퀘스트를 내린 뒤, 모레툼 총단에서는 '49호가 언제 피사노교와 마르쿠제 술탑의 고급 정보를 빼내오려나?' 목이 빠지게 기다렸다.

당연한 말이지만, 이탄은 은화 반 닢 기사단이나 모레툼 총단의 의도대로 움직이지 않았다. 당시 이탄은 마르쿠제 술탑이나 피사노교와 접촉하지 않았다. 대신 멸정동부로 돌아와서 술법을 익히는 데 전념했다.

그러다 피사노교의 쌀라싸와 캄사가 차원의 문을 열고 동차원으로 쳐들어왔다. 이 전쟁으로 인하여 남명의 수도자들은 큰 피해를 입었다.

그 후 이탄은 언령의 벽으로 가서 언령들을 손에 넣었고, 멸정 대선인의 점괘에 따라 특수부대에 참전했다.

Chapter 2

이탄이 이런저런 일들을 겪는 동안, 동차원에서 시간은

꽤 많이 흘렀다.

하지만 동차원과 서차원의 시간은 각기 개별적으로 흐르기에 막상 서차원에서 시간은 그리 많이 지나지 않았다.

이탄이 마도전함을 타고 서차원으로 다시 넘어온 때가 언노운 월드의 시간으로 5월 23일이었다.

이날 이탄은 동차원의 수도자들과 함께 거신강림대진을 펼쳤다. 그 결과 피사노교의 북서부 총단에 괴멸적 타격을 입힐 수 있었다.

그 후 이탄은 선봉 선자와 함께 피사노교를 탈출하여 수아룸 산맥으로 도망쳤다. 그곳에서 선봉은 신비로운 샘물을 얻었다. 이탄은 두 번째 언령의 벽을 만났다.

언노운 월드의 시간으로 6월 23일.

마침내 차원이동의 제약이 풀렸다. 이탄과 선봉은 령을 이용하여 다시 동차원으로 돌아갔다.

이후 이탄은 약 100일 동안 멸정동부에 머물면서 백팔수라 제6식을 완성했다. 이어서 거신강림대진을 혼자서 펼칠 방법을 고안해냈다. 그러고도 시간이 남아 고대의 술법서인 천주부동도 완독했다.

이 100일이라는 시간은 결코 짧다고 할 수 없었다. 이기간 동안 이탄이 깨달은 바도 상당히 많았다.

하지만 이탄이 다시 차원을 뛰어넘어 언노운 월드로 복

귀했을 때, 이 100일은 불과 하루에 불과했다.

초여름의 날씨가 한창인 6월 24일.

마침내 이탄이 쿠퍼 가문에 복귀하였다. 이탄이 대륙 북서쪽 피사노교의 총단에서 탈출하여 수아룸 대산맥을 떠난 날짜가 6월 23일인데, 바로 다음 날 이탄이 대륙 북동쪽 쿠퍼 가문에 나타난 것이다.

"한 달 만에 돌아오셨군요."

은화 반 닢 기사단의 389호, 즉 쿠퍼 가문의 집사장 세실이 이탄의 집무실로 찾아와 이렇게 속삭였다.

실제로 그동안 이탄이 겪은 시간은 훨씬 더 길었으나, 언노운 월드 기준으로 보면 고작 한 달이 흐른 셈이었다.

"벌써 한 달이 지났나? 하긴, 가문의 바깥 사업장들을 둘러보니 시간이 잘도 가더군. 게다가 앞으로 해야 할 일들도 많아 보이고."

이탄은 대충 이렇게 둘러대었다.

세실이 은근하게 물었다.

"가주님, 가셨던 일은 잘 풀리셨습니까?"

세실의 물음은 결국 "천둥새 작전은 성공입니까?"라고 묻는 것과 다름없었다.

이탄이 고개를 주억거렸다.

"잘 풀리지 않을 이유가 있나? 그동안 제법 보고 들은 것들이 많으니 글로 정리를 해야겠어."

이탄의 대답은 "천둥새 작전에 대해서 보고할 것이 많아 구두로 보고하는 대신 보고서를 작성하겠다."라는 의미였다.

세실이 입가에 부드러운 미소를 걸었다.

"가주님께서 그리 판단하신다면 그게 맞겠지요. 하면 글로 정리하시는 동안 방해가 되지 않도록 시녀들에게 주의를 주겠습니다."

세실은 이탄을 향해 정중하게 허리를 숙인 다음, 뒷걸음질로 물러났다.

이탄은 종이뭉치를 탁자에 놓고 펜을 들었다.

천 둥 새

이탄이 종이 첫 페이지에 적은 것은 딱 이 세 글자였다.

이탄은 거침없이 페이지를 넘겼다. 두 번째 페이지부터 시작해서 이탄의 펜 끝에 달린 공작새 깃털이 바쁘게 까딱거렸다. 글자들이 종이뭉치 안에 빽빽하게 담기기 시작했다.

다음 날 아침.

이탄의 보고서는 세실의 손을 통해 전담보조팀의 333호에게 넘겨졌다. 333호는 이탄의 복귀가 반가운 듯 얼굴 표정이 밝았다.

그로부터 한 시간 뒤, 두께 4센티미터가 넘는 두툼한 보고서가 은화 반 닢 기사단의 원로기사들 손에 올라갔다.

"49호의 보고서로군요."

11호 어르신이 관심을 보였다.

5호 어르신은 이탄의 보고서를 막내인 16호 어르신에게 넘겼다. 16호 어르신이 소리를 내어 보고서를 읽기 시작했다.

나머지 5호부터 15호 어르신들은 의자에 기대거나 눈을 지그시 감고서 보고서 내용을 들었다.

처음에는 분명 그렇게 느긋하게 보고서의 내용을 듣기 시작했다. 하지만 얼마 지나지 않아 모든 어르신들이 두 눈을 번쩍 떴다. 상체도 벌떡 일으켰다.

이탄의 보고서는 결코 느긋하게 들을 수 있는 내용이 아니었다.

"뭐랏? 5월 24일에 마르쿠제 술탑이 피사노교의 총단으로 쳐들어갔다고?"

5호 어르신이 자지러졌다.

"헉! 비밀에 싸여 있던 피사노교의 총단이 대륙 북서쪽의 바룸 대산맥 안에 있었단 말인가! 어찌 그럴 수가."

6호 어르신은 아예 자리에서 벌떡 일어났다.

"아니, 49호도 그 기습 공격에 동참했다고? 마르쿠제 술탑의 고위층 술법사들과 함께?"

7호 어르신이 되물었다.

"다시 말해서, 49호가 마르쿠제 술탑의 고위층 술법사들과 함께 극비 작전을 펼칠 만큼 신뢰를 쌓았단 뜻이 아니오? 허어, 이거 참 대단하구먼. 대단해."

8호 어르신은 이탄의 능력에 감탄했다.

"그래서. 전쟁의 결과는? 어허어. 16호. 빨리 좀 읽어보시게. 궁금해서 미치겠으이."

9호 어르신이 막내인 16호를 재촉했다.

"알겠습니다."

16호 어르신이 재빨리 보고서를 읽어 내려갔다.

마르쿠제 술탑 술법사들의 진법에 의해 피사노교의 총단이 붕괴되었다는 이야기에 은화 반 닢 기사단의 어르신들 전원이 기함했다. 피사노교의 수뇌부들이 등장한 장면에서는 다들 눈알이 툭 튀어나왔다.

이탄의 보고서 안에는 피사노교 총단의 풍경이 생생하게 묘사되어 있었다. 가장 경험이 풍부한 5호 어르신이 무릎을 쳤다.

"참으로 비슷하구나. 오래 전 내가 그 마교도들의 근거지에 쳐들어가 본 적이 있는데, 그때 보았던 조각상들도 이 보고서의 내용과 흡사했어. 허어어. 49호의 보고서가 거짓은 아님이야."

Chapter 3

7호 어르신이 맞장구를 쳤다.

"붉은 갑옷을 입고 붉은 머리카락을 휘날리는 마녀라니! 나도 예전에 그 마녀를 먼 발치에서 본 적이 있소이다. 으으으. 도저히 인간이라고는 상상할 수 없는 무서운 마녀였는데, 49호가 그 마녀도 목격했나 보구려. 으으으으."

"뭐하시는 게요. 어서 그 뒷이야기를 읽어주시구려."

14호가 발을 동동 굴렀다.

16호 어르신은 냉큼 보고서의 뒷장을 펼쳐들었다.

이탄의 보고에 따르면, 마르쿠제 술탑의 공격에 피사노교는 큰 피해를 입었단다.

대신 피사노교의 본진들이 총단으로 복귀하면서 마르쿠제 술탑도 더는 버티지 못하고 각자 뿔뿔이 흩어져서 도망쳐야 했단다.

이탄은 보고서 안에 자신이 마르쿠제 술탑의 여술법사 한 명과 대륙 북서쪽 끝단 수아룸 대산맥으로 도망칠 수밖에 없었노라고 기술했다. 또한 탈출로를 뚫을 때 그 여술법사의 도움을 크게 받았노라고도 적었다.

"허어. 저 무시무시한 악마들의 포위망을 뚫었다니. 그 여술법사가 정말 대단한 인물이었나 보구려."

"그러게 말이오. 49호가 운이 좋았구려."

"그렇지. 49호의 능력이 발군이기는 하나, 홀로 피사노 교의 포위망을 뚫을 정도는 아니겠지. 마르쿠제 술탑의 도움이 컸어."

어르신들은 이렇게 추측성 대화를 나누었다.

이탄이 의도한 바였다.

이제 보고서의 내용도 거의 끝에 가까워졌다. 16호 어르신이 보고서를 계속 읽었다.

"그 후 49호는 가까스로 포위망을 뚫고 수아룸 대산맥으로 피신하였다가, 마르쿠제 술탑 여술법사의 도움을 받아 쿠퍼 가문 인근까지 공간을 점프했다는군요."

"맞아. 내가 마르쿠제 술탑에 대해서 좀 알지 않소. 내가 과거에 목격한 바에 따르면 마르쿠제 술탑의 술법사들은 공간 이동에 능숙하더이다. 마치 술법사 전원이 점퍼인 것 같았소이다."

11호 어르신이 맞장구를 쳐주었다.

"흐음. 그렇군."

"11호의 말을 들으니 더더욱 보고서의 내용에 신뢰가 가는구려."

어르신들이 다 함께 고개를 주억거렸다.

이제 이탄의 보고서는 결론부만 남았다.

이탄은 보고서 마지막 페이지에 천둥새 퀘스트의 결과를 요약해서 남겼다.

[퀘스트 결과 요약]

1. 친분을 쌓은 사람 명단 : 마르쿠제 술탑의 술법사 시곤, 선봉 외 5명

2. 안면을 익힌 사람 명단 : 마르쿠제 술탑의 서열 3위 아잔데 선인 외 45명

3. 피사노교 총단의 대략적인 지도 : 첨부 그림 확인

4. 피사노교 총단의 대략적인 전력 분석 : 첨부 문서1 참고

5. 마르쿠제 술탑의 대략적인 전략 분석 : 첨부 문서2 참고

이상이 이번 천둥새 퀘스트를 통해 이탄이 얻은 성과였다.

은화 반 닢 기사단의 원로기사들은 한동안 아무 소리도 하지 못했다.

역대 은화 반 닢 기사단의 요원들 가운데 피사노교에 대해서 이 정도로 고급 정보를 얻어낸 사람은 없었다. 단순히 이탄이 "피사노교의 총단이 대륙 북서쪽 바룸 대산맥에 있다."는 사실만 캐내 와도 그 공로가 대단하다고 인정을 받았을 것인데, 이건 그 수준을 훌쩍 뛰어넘었다.

게다가 이탄은 피사노교의 정보만 캐낸 것이 아니었다. 신비에 싸인 마르쿠제 술탑의 정보도 상당히 자세하게 수집해냈다.

어디 그뿐인가?

이탄은 정보 수집에 그치지 않고 마르쿠제 술탑과 끈끈한 인맥도 만들었다.

"허어. 49호가 마르쿠제 술탑의 서열 3위와 안면을 텄다고?"

"그 서열 3위의 이름이 아젠데라고 하지 않소."

마르쿠제 술탑쯤 되는 거대 단체의 서열 3위라면 보통 인물이 아니었다. 모레툼 교단으로 치자면, 교황 바로 밑의 수석 추기경이나 되어야 서열 2, 3위 정도로 볼 수 있었다. 그런 고위급들은 얼굴을 한 번 보는 것도 쉽지 않았다.

은화 반 닢 기사단의 어르신들이 서로의 얼굴을 쳐다보았다.

5호 어르신이 한참 만에 입술을 열었다.

"어찌 생각하시오? 이번 천둥새 퀘스트는 성공으로 판정해야 하지 않겠소?"

"어허험. 당연히 성공이고말고요. 이걸 성공으로 판정하지 않으면, 앞으로 그 어떤 요원의 퀘스트를 성공으로 판정할 수 있겠소이까?"

7호 어르신이 곧바로 맞받아쳤다.

원로기사 7호는 은화 반 닢 기사단이 49호의 공로를 자꾸 깎아내리려고 하는 것이 마음에 들지 않았다.

물론 다른 어르신들도 7호와 의견이 같았다. 다만 모레툼 총단, 즉 교황청으로부터 내려온 지침이 마음에 걸릴 뿐이었다.

6호 어르신이 조심스레 말을 꺼냈다.

"흐으음. 다 좋은데 이러다 49호의 족쇄가 너무 일찍 풀리는 것 아니오? 다들 아시다시피 이번 천둥새 퀘스트는 49호에게 약속된 스무 번의 퀘스트 가운데 일곱 번째외다."

"아무리 그래도 그렇지. 49호가 이 정도로 훌륭한 성과를 내었는데 어찌 뭉개버릴 수 있단 말이오? 보통 이 정도로 대단한 성과를 내면 상으로 곧장 자유를 줘도 될 정도요."

7호가 이렇게 쏘아붙였다.

6호도 딱히 반박하지는 못했다.

사실 6호도 마음속으로는 '이 정도 대단한 성과를 올렸으면 49호에게 걸린 족쇄를 풀어줘도 되는데.'라고 인정했다. 다만 교황청의 뜻이 다른 곳에 있기에 그 말을 속으로 삼켰을 뿐이었다.

5호 어르신이 6호와 7호를 진정시켰다.

"어허허험. 두 분 다 고정하시구려. 나도 49호의 활약을 깎아내리고 뭉개버릴 마음은 없소이다. 이번 천둥새 퀘스트는 성공으로 판정할 것이고, 전담보조팀을 통해 이 사실을 49호에게 통보할 생각이오. 또한 49호의 보고서는 교황청으로 올려서 윗분들이 직접 읽으시게끔 보고할 거요. 그러니 두 분은 그만 언쟁을 멈추시구려."

"으으음. 알겠습니다."

7호가 먼저 5호의 말에 동의했다.

"저도 알겠소이다."

6호도 마지못해 5호의 분쟁 조정에 수긍했다.

그날 저녁 늦은 시간, 이탄의 보고서는 점퍼 요원의 손을 통해 모레툼 교황청으로 배달되었다.

보고서의 겉장에는 은화 반 닢 기사단의 긴급 보고라는 의미의 도장이 하나 찍혀 있었다. 이 도장이 찍힌 보고서는 곧장 교황에게 전달되는 것이 원칙이었다.

Chapter 4

톡. 톡. 톡.

비크 교황이 손톱 끝으로 탁자를 두드리며 이탄의 보고서를 읽었다.

"크흐음."

보고서를 끝까지 읽은 뒤, 비크 교황은 탁자에 팔꿈치를 괴고 양손으로 이마를 짚었다. 비크의 머릿속에 이탄의 얼굴이 떠올랐다.

"49호 녀석. 확실히 대단하단 말이야. 내 예상을 몇 번이나 뛰어넘잖아. 마르쿠제 술탑의 술법사들과는 언제 또 인연을 맺었지? 거 참."

비크 교황의 입장에서 이탄은 도구였다.

"도구가 도구다워야지. 그러자면 주인이 그 도구에 대해서 100퍼센트 파악하고 있어야 하잖아? 한데 이 녀석은 도무지 파악이 되지 않아. 이 정도인가 싶으면 그걸 뛰어넘고. 또 저 정도인가 예측하면 그 이상을 보여준단 말이야. 쩌어업."

비크는 한동안 이마를 두 손으로 짚고 있다가 고개를 팍 들었다. 그리곤 섬뜩한 안광을 내뿜었다.

"아무래도 서둘러야겠어. 요새 레오니 추기경이 계속 내 신경을 건드리는 탓에 이 녀석을 잠시 잊어버리고 있었는데, 아무래도 이탄 신관을 이대로 그냥 둬선 안 될 것 같아. 이 기회에 확실하게 부러뜨려 놓아야지. 단숨에 허리를 뚝 분질러 놓아야 앞으로 내가 도구로 써먹기 편하지."

비크 교황이 낮게 으르렁거렸다.

이제 비크의 머릿속에서 이탄이 1순위로 올라섰다. 그동안 비크는 이탄을 계속 신경 쓰기는 했으나 1순위에 올린 적은 단 한 번도 없었다.

비크는 천천히 성좌에서 일어나 제단 뒤로 걸어갔다.

모레툼을 섬기는 제단 뒤쪽엔 아무도 모르는 비밀 공간이 존재했다. 비크가 벽돌 몇 개를 툭툭 건드리자 소리 없이 벽 전체가 회전했다. 비크는 비밀 공간 안으로 들어가 벽에 걸린 횃불을 손에 들었다.

비밀 공간은 어두컴컴한 계단으로 이어졌다.

비크는 횃불 하나만 든 채 나선형의 계단을 걸어내려 갔다. 오른쪽으로 휘감겨 내려가는 계단이었다.

흐릉, 흐릉.

비크가 발걸음을 뗄 때마다 벽에 드리워진 비크의 그림자가 불길하게 일렁거렸다.

계단으로 이어진 지하 공간은 축축하고 또 서늘하였다. 비크는 소름이 돋은 팔뚝을 손으로 문지르면서 한 걸음 한 걸음 힘주어 걸었다.

그렇게 한참을 지나 비크가 도착한 곳에는 꽤 넓은 크기의 밀실이 존재했다.

꿀꺽.

비크의 목울대가 움직였다.

비크는 밀실 벽에 횃불을 꽂은 뒤 맞은편의 벽 앞으로 다가갔다. 그 다음 움푹 팬 돌판 위에 손바닥을 올려놓았다.

지이잉—.

가느다란 푸른빛이 비크의 손바닥을 훑고 지나갔다. 교황의 손이 열쇠라도 되는 듯, 잠시 후 쿠르릉 소리와 함께 벽이 열렸다.

이 벽은 사실 벽이 아니었다. 두께가 30센티미터나 되는 두꺼운 석문이었다.

그 벽이 열리자 내부의 암흑 공간이 음험한 아가리를 쩍 벌리며 나타났다. 벽에 차단되어 있을 때는 느껴지지 않았는데, 일단 공간이 개방되고 나자 섬뜩한 기운이 벽 안쪽 공간으로부터 끊임없이 흘러나왔다.

비크가 망설이듯 입술을 꽉 깨물었다.

솔직히 비크는 이 공간 안으로 들어가고 싶지 않았다. 이 은밀한 공간은 비크에게 큰 기회를 준 것과 동시에 몸서리쳐지는 두려움도 함께 안겨주었다.

암흑 공간으로부터 새어 나오는 음험한 기운이 손짓하듯 비크를 잡아끌었다. 그 모습이 마치 시커먼 유령들이 비크를 에워싸고 지옥으로 잡아끄는 듯했다.

"끄읏. 끄으윽."

비크가 잇새로 신음을 흘렸다.

하지만 일단 석문이 열린 이상 도리가 없었다. 비크는 이 안쪽 암흑 공간으로 들어가야만 했다.

비크의 잔뜩 비틀린 입에서 저주가 튀어나왔다.

"레오니 추기경. 모든 게 다 그 망할 년 때문이야. 그년이 내 신경을 계속해서 긁으니까 상대적으로 이탄 신관에게 소홀하였고, 그렇게 소홀해진 틈을 타서 이탄 녀석이 너무 커버렸어. 이제 이 연놈들의 방종을 그냥 보아 넘길 수는 없게 되었어. 망할 계집년은 숨통을 끊어버리고, 신경을 거슬리는 놈은 척추를 부러뜨린 뒤 얌전한 도구로 만들어버려야지. 큭큭큭큭큭."

비크가 다리에 주었던 힘을 풀었다.

"끄으으아악."

기를 쓰고 버티던 힘이 탁 풀리자 비크의 몸뚱어리가 암흑 공간 속으로 흡입되듯이 휙 빨려 들어갔다.

암흑 공간은 마치 우주와도 같았다. 온통 검게 채색된 공간 저 멀리서 자잘한 빛들이 별처럼 반짝였다.

비크가 휘청휘청 헤엄치듯 공간 속으로 유영했다.

그때였다.

후웅! 후웅! 후웅! 후웅! 후웅! 후웅!

암흑 공간 저 깊은 바닥에서 가로로 가늘고 기다란 노란 빛 6개가 터졌다. 그 노란 빛은 위아래로 벌어지는가 싶더니 이내 휘황한 빛을 뿌리는 눈동자로 변했다.

6개의 노란 눈동자가 비크를 무감각하게 올려다보았다. 눈동자로부터 뿜어지는 위세는 감히 인간이 버틸 수 있는 수준이 아니었다.

"ㅇㅇㅇㅇㅇㅇ."

마치 신 앞에 선 듯 비크는 사시나무 떨듯이 온몸을 경련했다. 비크의 이마에서 식은땀이 비 오듯이 흘렀다.

6개의 노란 눈동자가 말없이 비크를 응시했다.

결국 비크가 암흑 공간 안에 털썩 무릎을 꿇고 엎드렸다. 비크의 입술 사이에서 침이 뚝뚝 떨어졌다. 그 침과 함께 덜덜 떨리는 비크의 목소리가 흘러나왔다.

"도, 도, 도와주십시오."

비크는 심하게 말을 더듬었다.

노란 눈동자는 말없이 비크만 바라보았다.

비크가 쥐어짜듯 외쳤다.

"도와주십시오. 제, 제발 도와주십시오. 예전에 제가 라이벌인 슈로크를 해치울 때 도와주셨던 것처럼, 한 번 더 도움을 주실 것을 간청 드리옵니다."

[도.와.달.라?]

비크 머릿속에 우렁찬 음성이 울렸다.

이건 인간의 음성이 아니었다. 신의 목소리처럼 웅장하고 위엄이 넘쳐났다. 목소리에 노출되는 것만으로도 저 먼 곳의 별들이 으스러지고 은하계가 뒤흔들리는 듯했다.

Chapter 5

"끄아악."

비크도 양손으로 자신의 두개골을 붙잡고 나뒹굴었다. 비크의 심장이 의지를 벗어나서 제멋대로 펌프질했다. 비크의 코와 귀에서 핏물이 줄줄 흘렀다. 비크의 얼굴과 몸에는 검은 핏줄이 투투툭 불거졌다.

"크악. 끄아아악. 끄아악. 제발. 제발. 제발. 크허어엉."

마침내 비크의 입에서 울음이 터졌다. 비크는 콧물과 눈물, 핏물을 동시에 쏟으며 버러지처럼 꿈틀거렸다. 비크는 뇌가 녹아버리는 듯한 고통 속에서도 한 가닥 정신줄을 놓치지 않고 소리쳤다.

"제발 한 번만 더 도와주십시오. 한 번만 더. 끄아악."

비크의 고통이 계속되었다. 눈에 실핏줄이 터져서 비크의 두 눈알이 시뻘겋게 물들었다. 얼굴을 뒤덮은 검은 핏줄은 비크를 악마처럼 보이게 만들었다.

그러던 한순간, 모든 고통이 씻은 듯이 가셨다. 그래도 비크는 정신을 차리지 못했다.

"으헉? 허억. 헉헉헉헉. 허억."

비크가 두 팔로 상체를 겨우 지탱하고 몸을 새우처럼 웅크렸다. 비크의 입술 사이로 피 섞인 침이 질질 흘렀다.

[도.와.달.라?]

딱딱 끊어지는 음성이 다시 한 번 비크의 뇌를 강타했다.

비크는 쥐어짜듯 외쳤다.

"그렇습니다. 제발 도와주십시오. 이렇게 간청 드리옵니다."

6개의 노란 눈은 엎드려 비는 비크를 물끄러미 보았다.

비크의 뇌에 한 번 더 음성이 울렸다.

[원.하.는. 바.를. 말.하.라.]

그 우렁찬 목소리가 울릴 때마다 암흑 공간 저 멀리 박혀 있던 별들이 펑펑 터져나갔다. 별이 폭발할 때 비크의 혼도 함께 터져버리는 것 같았다.

"으으읏."

비크는 허물어지려는 정신을 가까스로 다잡았다. 그 다음 원하는 바를 털어놓았다.

"레오니 추기경의 목을 원하옵니다. 그년을 죽여주십시오. 아무런 흔적도 없이. 아무런 증거도 없이."

이것이 비크의 요구였다.

레오니의 목숨을 요구하는 비크의 얼굴은 피사노교의 악마들보다 더 악독하고 흉악하게 일그러져 있었다.

순간적으로 6개의 노란 눈동자 아래쪽에 희미하게 붉은 선이 그어졌다. 별과 별 사이를 가로지르는 그 기다란 붉은 선은, 마치 음험한 미소가 걸린 입술 같았다.

비크의 뇌리에 다시 목소리가 울렸다.

[레.오.니.라?]

비크가 절규했다.

"그렇습니다. 레오니입니다. 슈로크의 손녀 레오니 말입니다."

[슈.로.크?]

"그렇습니다. 바로 그 슈로크입니다. 오래 전 저의 간청으로 인하여 신께서 슈로크 목숨을 거둬주시지 않으셨습니까? 그 슈로크의 손녀가 바로 레오니 추기경입니다. 그때의 잔재가 저를 계속 괴롭히고 있습니다. 크으윽."

비크가 자신의 가슴을 쥐어뜯었다.

6개의 노란 눈동자는 그런 비크를 침묵으로 지켜보았다.

비크가 고개를 들고 다시 절규했다.

"레오니를 원합니다. 그년의 목숨을 거둬주십시오. 예전에 슈로크를 감쪽같이 지워주신 것처럼 그년 또한 지워주십시오."

비크는 허공을 쥐어뜯듯이 손가락을 기괴하게 오므려 앞으로 뻗었다.

6개의 노란 눈동자가 비크의 청을 들어줄 것처럼 긍정적인 답변을 내놓았다.

[좋.다. 한. 번. 알.아.보.지.]

"감사합니다. 정말 감사합니다."

비크가 감격한 듯 입술을 바르르 떨었다. 비크는 이제 곧 레오니의 숨이 멎을 것이라 믿어 의심치 않았다.

'이 개 같은 년. 두고 보아라. 네년이 뒈진 뒤, 네년을 추종하던 자들을 내가 어찌 처리하는지 지옥에서 똑똑히 지켜보아라.'

비크가 마음속으로 이렇게 앙심을 품을 때였다.

[이.노.옴.]

비크의 뇌에 천둥이 떨어졌다.

콰콰쾅!

암흑 공간 속의 별들이 해일에 쓸려나가는 모래 알갱이처럼 사방으로 밀려가며 폭발했다. 온 우주가 붕괴할 듯 뒤흔들렸다.

"끄악!"

비크는 하얀 뇌 주름 사이에 벼락이라도 얻어맞은 듯 펄쩍 뛰었다.

"끄악, 끄아악, 끄아아악."

비크가 마구 나뒹굴며 피를 한 바가지 토했다. 비크의 눈과 귀, 코와 입에서 동시에 검붉은 핏물이 쏟아졌다.

"끄헉. 끄허헉? 대체 왜? 왜 그러시옵니까?"

비크가 손발을 벌벌 떨며 신께 여쭸다.

6개의 노란 눈동자가 섬뜩한 위엄을 뿜어냈다.

[이.놈.]

"아으으으. 대체 왜 그러시옵니까? 제발 이유를 알려주시옵소서."

비크가 싹싹 빌었다.

6개의 노란 눈동자는 말없이 비크를 노려보다가 입술을

살짝 벌렸다.

후웅!

암흑 공간 저 깊은 곳에서 시커먼 바람이 일어나 비크를 늦가을의 가랑잎처럼 날려버렸다. 비크가 빙글빙글 회전하면서 암흑 공간으로부터 밀려나 다시 벽 안쪽으로 되돌아왔다. 어지럽게 회전하는 비크의 머릿속에 우레와 같은 음성이 들렸다.

[레.오.니.는. 인.과.율.의. 보.호.를. 받.는. 자.다. 감.히. 내.게. 그.런. 자.를. 죽.여.달.라.고?]

우당탕탕.

"커헉."

비크는 피투성이가 되어 밀실 안으로 내동댕이쳐졌다. 암흑 공간으로 통하는 문은 어느새 다시 닫혀서 굳건한 벽이 되었다.

"허억, 허억, 허억."

비크는 밀실 안에 두 팔을 활짝 벌리고 드러누웠다. 비크의 가슴이 힘겹게 위아래로 움직였다. 비크의 얼굴에서는 검붉은 피가 철철 흘렀다. 비크의 얼굴에 돋은 검은 핏줄은 아직도 사라지지 않았다.

"뭐라고 하셨지? 마지막에 신께서 뭐라고 하셨지? 인과율? 인과율의 보호를 받는다고? 누가? 설마 레오니 추기경이?"

비크의 심장은 이대로 터져버릴 것 같았다.

Chapter 6

"신도 죽이지 못한다고? 그 빌어먹을 계집년을 신도 못 죽인다고?"

비크가 헝클어진 머리로 비척비척 일어섰다. 그 다음 무서운 눈으로 벽을 노려보며 악을 썼다.

"이게 말이 돼? 하찮은 계집 하나 해치우지 못하면서 무슨 신이야? 씨발."

비크의 입에서 절로 욕지거리가 튀어나왔다.

다른 한편으로 비크는 겁이 덜컥 났다.

"인과율이라니? 그게 대체 뭐야? 그게 뭔데 레오니 년을 보호한다는 게지? 설마 그 인과율이라는 것도 신과 같은 존재인가? 으으으윽. 이러다가 내가 오히려 그년에게 당하는 것 아니야? 우우으."

갑자기 모든 것이 두려워진 비크였다. 하여 비크는 비틀비틀 일어나 발걸음을 재촉했다.

조금 전 이곳 지하 밀실로 내려올 때만 해도 비크의 걸음걸이는 규칙적이었다. 비록 일말의 망설임과 두려움은 있었을지언정 발걸음이 흐트러지지는 않았다.

지금은 엉망이었다. 비크는 마치 술에 취한 사람처럼 불규칙하고 어지럽게 발을 놀렸다. 어찌나 정신이 없었던지 비크는 횃불도 가져가지 않았다.

어둠 속에서 발을 헛디뎌 쓰러지고.

우당탕탕 계단에 걸려 넘어지고.

비크는 거의 기다시피 하면서 지상으로 겨우 올라왔다.

사르륵.

시간이 흐르자 비크의 얼굴에 돋아났던 검은 핏줄들이 다시 피부 속으로 가라앉았다. 악마처럼 흉악하게 돌변했던 비크가 다시 정상으로 돌아왔다.

하지만 비크의 코밑과 턱에 범벅이 된 핏자국은 그대로였다. 비크의 충혈된 눈도 풀리지 않았다.

털썩.

비크는 지치고 힘든 표정으로 성좌에 주저앉았다.

"헉헉헉. 허억. 허억."

비크의 입에서는 피 냄새와 함께 역한 단내가 풍겼다. 비크의 심장은 터질 것처럼 펄떡펄떡 뛰었다.

자정이 넘은 시간이라 주위엔 아무런 인기척도 들리지 않았다. 지독한 고요 속에서 비크는 깊은 생각에 잠겼다.

비크가 당혹스러움에 밤을 꼬박 새울 무렵, 이탄도 밤을 새워 주변을 정리했다.

이탄은 대륙에서 손꼽히는 대부호이자 쿠퍼 가문의 가주였다. 이것은 비록 표면적인 신분에 불과하였으나, 어쨌거나 이탄이 쿠퍼의 가주라는 사실은 분명했다.

그 어마어마한 가문의 가주가 한 달간 자리를 비웠으니 해야 할 일이 잔뜩 밀린 것이 당연했다.

"어휴우."

이탄이 무겁게 숨을 내쉬었다.

지금 이탄이 바라보고 있는 곳, 즉 집무실 책상 위에는 서류뭉치가 80센티미터 높이로 쌓였다. 모두가 이탄의 결재를 기다리는 문서들이었다.

"지겹다. 지겨워. 차라리 여기 쌓인 종이 숫자만큼 적의 머리통을 뜯어오라고 하면 더 잘할 것 같은데."

이탄은 다른 사람이 들으면 기겁을 할 만한 말을 서슴없이 내뱉으며 서류에 서명을 해댔다.

그때 아나테마의 악령이 깨어나서 이탄에게 말을 걸었다.

[끼웁? 뭔가 이상한데? 지난 한 달 동안 어딜 다녀온 게냐? 왜 뭔가 기억이 끊긴 느낌이 들지?]

아나테마는 이곳 서차원에 속한 악령인지라 이탄을 쫓아

동차원으로 넘어갈 수 없었다. 하여 이탄이 차원 이동을 할 때마다 기억이 단절된 느낌을 받았다.

이탄은 귀찮은 듯 손만 휘휘 저었다.

'끊기긴 뭐가 끊겼다고 그러쇼? 그거 나이가 들어서 노망이 날 조짐 아니오?'

[뭣? 말도 안 돼. 그럴 리 없다. 리치 중의 리치인 이 아나테마 님이 노망이라니, 그건 절대 불가능해. 끼요웁.]

아나테마가 강하게 부정했다. 하지만 마음속으로는 아나테마도 노망이 걱정되었는지 긴 침묵에 빠졌다.

아나테마가 입을 다물자 이탄이 빙그레 웃었다.

하지만 이탄은 곧 얼굴을 구길 수밖에 없었다. 산더미처럼 쌓인 서류뭉치 때문이었다. 그래도 꾸준히 결재를 하다 보니 새벽녘에는 거의 모든 서류 검토가 끝났다.

"어구구. 찌뿌둥하다."

마지막 서류에 사인을 한 뒤, 이탄이 크게 기지개를 켰다.

사실은 거짓말이었다. 언데드인 이탄이 찌뿌둥함을 느낄 리 없었다. 이탄은 요새 습관적으로 "춥다."는 말과 "찌뿌둥하다."라는 말을 달고 살았다.

통. 통. 통통통. 통통통통.

결재를 끝낸 이탄이 푹신한 의자에 몸을 파묻고 두 손으로 볼록한 배를 두드렸다. 이런 이탄의 모습은 영락없는 상인의 풍모를 연상시켰다.

고생이라고는 전혀 해보지 않은 것처럼 하얗고 창백한 피부.

상대적으로 두껍지 않은 팔다리.

기름진 산해진미를 매끼 챙겨 먹었을 것 같은 볼록한 복부.

곱상한 미소년의 얼굴 등.

외모만 놓고 보면 이탄은 온실 속의 화초처럼 곱게 자라서 가문의 부를 물려받은 상인 그 자체였다. 사실은 그 곱상한 외모 속에 흉악한 괴물이 도사리고 있다는 사실을 아는 사람은 많지 않았다.

피요르드 후작 부부도 이탄을 오해하고 있는 대표적 인물들이었다. 이른 아침, 피요르드 시의 영주인 후작 부부가 쿠퍼 가문을 방문했다.

공식적으로 피요르드 후작은 이곳 피요르드 시의 최고 권력자였고, 사적으로는 이탄의 장인이었다. 이탄은 정중하게 후작 부부를 맞았다.

"어서 오십시오."

피요르드가 민망한 듯 사과부터 했다.

"우리가 너무 일찍 찾아왔지? 이거 미안하네."

"괜찮습니다. 저도 이미 일어나 아침 식사도 마친 상태입니다."

이건 거짓말이었다. 이탄은 아침을 먹지 않았다.

'하지만 이렇게라도 거짓말을 하지 않으면 피요르드 후작 부부와 함께 아침을 먹어야 하잖아? 그건 불편해.'

이탄은 듀라한이라 식사를 하는 것이 쉽지 않았다. 따라서 가능하면 식사 자리를 회피하려는 것이 이탄의 생각이었다.

피요르드 후작이 흠칫했다.

"엇? 아침을 벌써 먹었나?"

"네. 이렇게 두 분께서 오실 줄 알았으면 식사를 미뤘을 텐데, 송구합니다."

이탄이 정중하게 송구함을 표시했다.

피요르드가 손사래를 쳤다.

"아니야. 아니야. 자네가 송구할 게 뭐 있나. 연락도 없이 이렇게 불쑥 찾아온 우리가 잘못했지."

말을 하면서 피요르드는 부인을 흘겨보았다. 보아하니 이번 방문을 재촉한 장본인은 후작이 아니라 후작 부인인 모양이었다.

피요르드 후작 부인이 붉어진 얼굴로 입을 열었다.

"미안해요. 쿠퍼 공. 어제 딸아이에게 급하게 연락이 와서 이른 아침부터 염치도 없이 찾아왔네요."

피요르드 후작 부부의 딸이라면 프레야였다. 공식적으로
는 이탄의 부인이자 쿠퍼 가문의 안주인인 프레야.

"프레야에게 무슨 문제가 생겼습니까?"

이탄이 걱정스러운 표정으로 물었다.

그레브 노예시장

Chapter 1

이탄의 착한(?) 모습에 후작 부인이 입술을 꼭 깨물었다.

'프레야, 이 못된 것 같으니. 이렇게 자신을 걱정해주는 좋은 남편을 내팽개치고 검탑처럼 이상한 곳에 처박혀서 검술 훈련만 하고 있다니. 이러다 쿠퍼 공에게 다른 여자라도 생기면 어찌하려고. 쯧쯧쯧.'

피요르드도 이탄의 연기력에 깜빡 속아 넘어갔다.

"험험험. 내 딸 녀석을 그렇게 걱정해주니 고맙네. 허허험."

피요르드는 헛기침을 거하게 하고는, 부인의 옆구리를 찔렀다. 어서 이탄에게 전후사정을 털어놓으라는 의미였다.

후작 부인이 힘겹게 본론을 꺼내려 할 때였다.

똑똑똑.

문 두드리는 소리와 함께 집사장 세실이 응접실에 나타났다.

"가주님, 차를 내왔습니다."

세실의 뒤에서 아리따운 시녀들이 줄지어 들어왔다. 시녀들은 응접실 탁자 위에 향이 그윽한 차 세 잔과 과자 접시, 그리고 과일 바구니를 차례로 내려놓았다.

후작 부인이 시녀들을 살짝 곁눈질했다.

모두 깜짝 놀랄 정도로 어여쁜 처자들이었다. 후작 부인의 마음이 철렁 내려앉았다.

"사실은, 프레야 이 멍충이에게 곤란한 문제가 생겼어요."

후작 부인은 입술을 꼭 깨물며 시녀들이 나갈 때를 기다렸다가 굳은 표정으로 용건을 꺼냈다.

"문제라니요? 어떤 문제입니까?"

이탄이 후작 부인에게 바짝 다가앉았다.

후작 부인은 민망해서 어쩔 줄 모르겠다는 얼굴로 그동안 프레야에게 벌어졌던 일들을 털어놓았다.

"검탑이라나 뭐라나. 하여간 그 멍충이가 소속된 단체에서는 일정 수준에 도달한 도제생들을 외부로 내보내서 바깥 경험을 시키는 모양이에요. 뭐, 검의 길을 단단하게 다지기 위한 전통이라던가? 흥! 어디서 그런 되도 않는 말을 가져다 붙였는지."

부인의 말이 피요르드가 발끈했다.

"어허! 아울 검탑의 그 전통은 검의 길을 걷는 아이들에게 꼭 필요한 절차요. 잘 알지도 못하면서……."

"그래서 지금 당신 딸이 잘했다는 거예요? 그렇게 잘났으면 당신이 사위에게 직접 말해요. 괜히 애먼 내 옆구리만 찌르지 말고."

후작 부인이 서슬 퍼런 한기를 토했다.

피요르드 후작은 평생 검만 알았지 그 밖의 것들에 대해서는 무지몽매한 문외한이었다. 그렇게 주변머리 없는 후작이 말싸움에서 부인을 이길 리 없었다.

"히끅. 아니 뭐, 나도 프레야가 잘했다는 건 아니요. 부인. 미안하오. 나는 입을 꾹 다물고 있을 테니 당신이 계속 말하시오."

피요르드가 찔끔하여 목을 움츠렸다.

후작 부인은 그런 남편을 매섭게 노려보다가 다시 이탄에게 눈을 돌렸다. 남편을 노려볼 때는 한기가 휘몰아치던 부인의 눈이 이탄을 향할 때는 사근사근한 봄기운을 풍겼다.

"오호호호. 아유. 미안해요. 쿠퍼 공이 보는 앞에서 이게 무슨 망신이람. 호호호. 하여간 내가 어디까지 이야기했죠?"

"프레야가 일정 수준에 도달하여 바깥 경험을 나갔다고 했습니다. 혹시 그러다 프레야에게 무슨 문제가 생긴 겁니까?"

"아유우. 내 정신 좀 봐. 맞아요. 프레야 고것이 동료들 몇 명과 함께 바깥 경험을 하러 나왔다지 뭐예요. 그렇게 검탑 밖으로 나왔으면 마땅히 이곳부터 달려와서 남편부터 만나야 하는데, 고 멍청한 것이 쿠퍼 공에게 연락 한 번 없었지요?"

"아, 네. 뭐."

이탄은 대충 둘러댔다.

사실 프레야는 마법 통신구를 이용하여 이탄에게 연락을 한 번 했었다. 때마침 이탄은 그 무렵에 피사노교와 전투를 치르는 중이라 연락을 받지 못했다. 그 후 이탄은 언노운 월드로 복귀하였고, 프레야가 연락을 남겼다는 사실을 뒤늦게 발견하였으나, 아직까지 프레야에게 연결을 해보지는 않은 상태였다.

후작 부인이 허리에 손을 척 얹었다.

"흥! 내 이럴 줄 알았어. 이 멍충이가 제 남편부터 챙길 생각은 하지도 않고 검에 미쳐서 바깥으로만 싸돌아다니는 거야. 내 이 멍충이를 가만히 두나 봐라."

"장모님, 고정하십시오. 프레야에게도 나름 사정이 있었겠지요."

이탄이 씩씩거리는 후작 부인을 달랬다.

후작 부인이 봄바람처럼 화사하게 웃었다.

"오호호호. 어쩜 이렇게 자상할까. 프레야 그 미친 것이 이렇게 자상한 남편을 두고 검에만 매달리다니, 이게 무슨 바보짓인지. 아이고오, 박복한 내 팔자야."

후작 부인은 느닷없이 신세 한탄을 하면서 남편을 째려보았다.

이탄이 한숨을 내쉬었다.

"장모님, 이제 본론을 말씀해주시지요. 프레야에게 대체 무슨 일이 생긴 것입니까?"

"아 참. 내 정신 좀 봐요. 호호호호. 프레야가 도제생 동료들과 함께 바깥 경험을 쌓으러 대륙 남부로 내려갔다고 해요. 그러다 그레브 시의 노예시장에 들른 모양이에요."

대륙 남부는 흑과 백 세력이 엉켜서 정세가 어지러웠다. 이탄도 예전에 레오니 추기경을 데리러 남부에 다녀온지라 그곳의 상황을 대충은 알았다.

"그레브 시의 노예시장이라고요?"

"그러게 말이에요. 검술을 연마하려면 얌전히 검탑에 처박혀서 검이나 휘두를 일이지, 다 큰 여자애가 왜 그런 험한 곳을 갔는지. 어휴우. 내가 정말 복장이 터져 죽을 지경이라니까요."

후작 부인은 또 말이 샜다. 이걸 그냥 놓아두면 후작 부인의 입에서 엉뚱한 신세 한탄만 계속 나올 것이 뻔했다. 이탄이 후작 부인의 정신을 다시 되돌려 놓았다.

"노예시장에서 프레야가 험한 일을 겪었습니까? 검을 익힌 동료들과 함께였다니 그녀에게 직접 문제가 생긴 것은 아니겠지요?"

후작 부인이 깜짝 놀라 황급히 고개를 가로저었다.

"그건 아니에요. 프레야 고년이 천방지축에 제멋대로이긴 하지만, 어디 가서 나쁜 일을 당할 만큼 바보는 아니에요."

후작 부인은 혹시라도 프레야가 낯선 무뢰배들에게 나쁜 짓이라도 당해서 이탄에게 소박을 맞을까 봐 걱정되는 모양이었다.

이탄이 피요르드 후작을 돌아보았다.

"하긴. 프레야에게 문제가 생겼다면 두 분께서 저를 찾아오시기 전에 후작님께서 움직이셨겠지요."

"당연하지. 만약에 그런 일이 발생한다면 내 검이 가만히 있지 않아."

순간적으로 피요르드가 섬뜩한 기세를 내뿜었다.

Chapter 2

비록 피요르드가 영주 역할도 제대로 못 하고 부인에게도 쩔쩔 매 우습게 보일지는 모르지만, 그의 검술 하나만큼은 발군이었다. 만약 피요르드가 독하게 마음을 먹으면 어지간한 규모의 도시 하나를 통째로 짓뭉개버리는 것도 결코 꿈만은 아니었다.

이탄이 다시 후작 부인에게 시선을 돌렸다.

"그럼 무엇이 문제입니까?"

후작 부인은 잠시 머뭇거리다가 겨우 말했다.

"프레야, 그 미친 것이 그레브 시의 노예시장에서 사고를 쳤다네요. 에휴우. 어린 노예들이 창살에 갇혀 있는 모습을 보고는 순간적으로 판단이 흐려진 모양이에요."

"창살을 부수고 노예들을 탈출이라도 시킨 것입니까?"

이탄이 황당하다는 듯이 물었다.

이탄은 간씨 세가의 노예 출신이었다. 때문에 원칙적으

로 이탄은 노예 제도에 찬성하지 않았다.

하지만 이곳 언노운 월드의 대부분 도시에서 노예 매매는 정상적인 상업 활동의 일환이었다. 게다가 이탄이 속한 모레툼 교단도 말만 백 세력이지 사실은 어려운 사람들에게 은화를 빌려주고 고리대금업을 해서 일종의 노예를 양산하는 곳이었다. 따라서 이탄도 노예 제도를 찬성하지는 않지만 인정은 하고 있었다.

피요르드 후작이 불쑥 속마음을 내뱉었다.

"체에엣. 프레야가 차라리 복면을 쓰고 노예들을 탈출시키기라도 했으면 다행이지. 어이구, 바보 같은 것."

피요르드는 주먹으로 제 가슴을 두드렸다.

후작 부인이 이탄의 눈치를 살피며 털어놓았다.

"프레야 고것이 어린 노예들이 불쌍하다고 동정심을 느낀 모양이에요. 그래서 아무런 생각 없이 노예 경매장에서 어린 노예들을 마구 사들였다지 뭐예요. 하아아. 어쩜 그렇게도 천지 분간을 못 하고 앞뒤 생각이 없는지. 하아아. 지가 무슨 돈이 있다고. 하아아. 노예들을. 그것도 한두 명도 아니고. 하아아아."

말하는 중간중간 후작 부인은 잇달아 한숨을 쉬었다.

"아! 그랬군요."

이탄은 비로소 앞뒤 맥락을 파악했다.

프레야가 노예 경매장에서 동정심 때문에 어린 노예들을 마구 사들였는데, 막상 대금을 지불할 때가 되니 돈이 없었던 모양이었다.

'흐으음. 이건 장인어른과 비슷한 성향인데? 아니면 아울 검탑 검수들이 모두 이런 성향인 것일까? 머릿속에 오로지 검만 들어있고, 사회생활이나 경제관념은 빵점이잖아.'

이탄이 팔짱을 꼈다.

후작 부인이 불안하게 눈을 굴렸다.

피요르드 시는 규모가 상당히 큰 대도시였다. 그리고 피요르드 후작은 그 대도시의 영주였다.

따라서 프레야가 노예상인들에서 얼마의 빚을 졌건 간에 피요르드가 마음만 먹으면 얼마든지 갚아줄 수 있어야 정상이었다.

'한데 일전에 내가 방문해 보니까 영주성이 의외로 부유하지 않더란 말이지. 보아하니 장인어른은 영지의 세금도 제대로 거두시지 못하시나 봐.'

이탄이 피요르드를 물끄러미 바라보았다.

"허허험."

피요르드가 슬그머니 고개를 돌렸다.

이탄은 장인에게 두었던 시선을 장모에게 전환했다.

'장모님이 장인어른 대신 나서서 애를 쓰고 계시겠지. 하지만 그것도 한계가 있어. 장모님이 똑 부러지시는 성격은 또 아니거든. 아마도 피요르드 시에서 걷혀야 할 세금이 밑에 사람들 손에서 이리저리 새고 있을 거야. 그리고 영주성 창고에 쌓아놓았던 비자금도 거의 바닥이 났을 테고.'

후작 부인이 애처로운 눈빛으로 이탄을 응시했다.

"쿠퍼 공. 내가 정말 염치가 없지만 이렇게 부탁할게요."

"부탁하실 필요 없습니다."

이탄이 딱 잘라 말했다.

"쿠퍼 공."

후작 부인의 얼굴이 하얗게 질렸다.

하지만 이어지는 이탄의 말에 후작 부인의 얼굴에 다시 발그레 혈색이 감돌았다.

"프레야는 제 부인이자 우리 쿠퍼 가문의 안주인이 아닙니까. 그녀가 노예를 샀으니 마땅히 제가 대금을 지불해야죠."

"아아, 쿠퍼 공. 정말 우리 프레야가 복도 많지. 어디서 이렇게 자상하고, 대범하고, 잘 생기고, 능력도 출중한 남편을 만났는지. 으흐흐흑."

급기야 후작 부인은 손수건을 꺼내서 눈가를 찍었다.

피요르드도 겨우 한숨을 돌린 듯했다.

하지만 이어지는 부인의 말에 이번에는 피요르드의 얼굴이 시꺼멓게 죽었다.

"정말 내 딸은 나와 팔자가 정 반대라니까."

"커헉! 부인. 사위가 보는 앞에서 이 무슨 망발을."

"망발은 무슨 망발이에요. 하여간 아비나 딸이나 똑같다니까. 무식하게 검만 휘두를 줄 알지, 그밖에는 아무런 생각이 없어요. 정말 주변 사람들에게 큰 민폐라니까요."

"커허헉."

피요르드는 오러홀에 심각한 내상이라도 입은 것처럼 헛바람을 집어삼켰다. 하지만 부인의 독설에 딱히 반박하지는 못했다.

이탄이 둘 사이에 끼어들었다.

"두 분께 여쭙겠습니다. 노예상인들이 노예 구매에 대한 대금을 어떻게 지불하랍니까? 일단 비용이 지불되어야 프레야가 편해지겠죠?"

"당신이 말해요."

"허허험. 아니 뭐. 내가 당최 이런 걸 알아야지. 그러니 당신이 말하시구려."

후작 부부는 대답을 서로에게 떠넘겼다. 그러다 결국 후작 부인이 이탄의 질문에 답했다.

"그것이 저……. 노예상인들 사이에서 프레야가 이미 신용을 잃은 모양이에요. 그래서 피요르드 가문이나 쿠퍼 가문의 이름만 댄다고 일이 해결되지는 않는다더라고요. 노예상인들이 직접 돈을 받고 난 이후에야 비로소 이 문제가 해결될 것 같아요."

후작 부인의 목소리는 잔뜩 기어들어 갔다.

이탄이 손바닥을 슥슥 비볐다.

"알겠습니다. 일단 준비해야 할 금액부터 알려주십시오. 그러면 제가 가문의 인물들과 상의한 다음, 오후까지 답을 드리겠습니다."

"허허험. 이거 참 자네에게 면목이 없네."

"쿠퍼 공. 정말 미안해요."

피요르드 후작 부부가 미안해서 얼굴을 잔뜩 붉혔다.

Chapter 3

이탄은 일단 두 사람을 돌려보낸 뒤, 집사장을 호출했다.

세실이 공손히 노크를 하고 들어왔다.

"부르셨습니까? 가주님."

"응. 조금 전 피요르드 가문에서 찾아왔는데, 프레야 때문에 도움이 필요한 모양이야."

이탄은 후작 부부에게 들은 바를 세실에게 전했다.

세실이 빠르게 판단했다.

"쿠퍼 가문의 재력에 비하면 그 정도 금액쯤은 아무것도 아닙니다. 그런 금액을 처리하지 못하여 대 쿠퍼 가문의 안주인께서 노예상인들 따위에게 수모를 겪게 하실 순 없지요. 더불어서 이번 기회에 피요르드 후작가와 아울 검탑에 은혜를 입혀놓는 것 또한 좋은 전략입니다. 필요 경비는 곧바로 준비하겠습니다."

세실의 표정은 단호했다.

이탄이 되물었다.

"어르신들께 보고하지 않고 그냥 집행하게?"

"네. 그 정도의 푼돈이라면 제 권한으로 먼저 집행한 뒤 나중에 보고를 올려도 됩니다."

"흐으음."

이탄이 손가락으로 턱을 조몰락거렸다. 새삼스레 느끼는 바이지만, 쿠퍼 가문의 재력은 참으로 대단했다.

'이유야 어떻건 간에 이런 대단한 재력가 가문의 가주가 바로 나란 말이지. 그런데 지금처럼 허수아비로 지내는 것은 좀 아까운데. 눈앞에 이렇게 먹음직스런 생선이 놓여 있는데 이걸 그냥 놔두는 것은 예의가 아니지 않을까?'

이탄은 새삼스레 쿠퍼 가문에 욕심이 생겼다.

세실이 이탄의 상념을 방해했다.

"하온데 가주님, 돈만 준비할까요? 아니면 노예시장까지 행차하실 준비도 할까요?"

"응?"

이탄이 어리둥절하게 세실을 보았다.

세실이 친절하게 다시 읊었다.

"돈만 준비할까요? 아니면 노예시장까지 직접 행차하실 준비를 할까요?"

피요르드 후작 부부가 이탄에게 바라는 바는 '노예상인에게 돈을 보내서 프레야를 곤경에서 구해주는 것' 이었다.

그런데 이탄이 여기서 한 발 더 나간다면? 손수 대륙 남부까지 날아가서 직접 프레야를 곤경에서 구해준다면?

'그만큼 피요르드 후작가는 쿠퍼 가문에 더 큰 미안함을 느낄 테지. 아울 검탑의 검수들도 이와 비슷한 심정일 테고 말이야.'

세실은 바로 이 점을 넌지시 일러주었다.

이탄도 눈치 빠르게 세실의 의도를 알아차렸다.

짝짝짝.

이탄이 박수를 쳤다.

"역시 세실이야. 그런 태도, 아주 좋아."

"감사합니다."

세실이 정중하게 고개를 숙였다.

이탄은 세실을 향해 검지를 가리켰다.

"지금 당장 점퍼들을 준비해줘. 그레브 시의 노예시장으로 점프할 수 있게 말이야. 그리고 노예상인 녀석들에게 지불할 대금도 넉넉하게 챙기고."

"말씀대로 따르겠습니다."

"아 참. 피요르드 후작님께는 내가 이 이야기를 전달할게."

"그리 하시지요. 가주님, 저는 그러면 점퍼들을 소집하러 나가보겠습니다."

세실이 뒷걸음질로 물러났다.

이탄은 곧장 마법통신구를 문질러 피요르드 후작에게 대화를 신청했다.

이탄이 노예상인에게 지불할 금액을 마련하였으며, 직접 대륙 남부로 가서 프레야를 구해오겠다고 말하자 피요르드 후작은 민망해서 어쩔 줄 몰랐다.

"자네가 직접 가서 노예상인을 만나겠다고? 허허허. 못난 딸년 때문에 이렇게까지 민폐를 끼치다니, 내가 이거 정말 자네의 얼굴을 볼 면목이 없으이."

말은 이렇게 하면서도 후작의 얼굴엔 한 줄기 우호적인

감정이 떠올랐다. 모르긴 해도 피요르드의 마음속에서 이탄에 대한 신뢰와 호감이 대폭 상승한 것 같았다.

후작 부인도 남편과 비슷한 표정이었다. 마법통신구 안에서 후작 부인이 눈물을 글썽거렸다. 급기야 후작 부인은 손수건으로 눈 밑을 찍었다.

"으흐흑. 고마워요, 쿠퍼 공. 내가 프레야가 돌아오기만 하면 단단히 일러둘게요. 이번 기회에 고년의 천방지축 성격을 꼭 뜯어고쳐 놓을 테니 안심해요. 앞으로는 다시는 이런 일이 없을 거예요."

"아닙니다. 장모님. 저는 괜찮습니다."

이탄이 짐짓 손사래를 쳤다.

그래도 후작 부인의 결심은 누그러지지 않았다.

그때 피요르드가 나섰다.

"자네만 가면 위험할지도 모르네. 요새 남부의 치안이 엉망이라고 하더라고. 게다가 노예상인들이 좀 험악해야 말이지. 내가 따라갈 테니 자리만 하나 더 마련해주게."

이탄은 피요르드의 요청에 선뜻 응했다.

"그러시지요. 장인어른을 위해서 자리를 하나 비워두겠습니다. 출발할 준비를 마치면 곧바로 연락을 드릴 테니 그때 이곳으로 오시면 됩니다."

"알겠네. 자네가 연락을 주면 내 바로 감세."

피요르드가 마법 통신구를 끄고 후다닥 여행 채비를 했다.

그레브 시는 대륙 남부에서 두 번째로 큰 대도시였다. 남부 최대의 항구도시인 뉴부로도 시가 남부 지역의 으뜸이고, 그레브 시가 그 뒤를 이었다.

인구는 줄잡아 1,200만 명 이상.

인구의 구성은 필드족이 절반, 마운틴족이 나머지 절반을 차지했다. 그레브 시의 위치는 뉴부로도 시에서 동쪽으로 18,000 킬로미터가량 떨어진 곳이었다. 뉴부로도와 마찬가지로 그레브 시도 도심 안에 흑과 백의 세력이 혼재되어 있기에 상당히 혼란스러웠다. 특히 요새는 그 정도가 더 심해졌다.

그레브 시로 출발하기 전, 이탄은 그레브 시의 세력 분포에 대한 요약집을 찾아서 읽었다. 다행히 은화 반 닢 기사단에서는 대륙의 주요 도시에 대한 정보들을 수집하여 책으로 엮어 두었다.

"어디 보자."

이탄은 이 가운데 그레브 시에 대한 책을 찾아서 첫 페이지를 펼쳤다.

Chapter 4

그레브 시에 대한 책 첫 페이지는 요약문이었다.

이탄은 요약문만 빠르게 훑어보았다. 그 내용은 다음과
같았다.

   1. 그레브 시의 대표적인 백 세력

    * 노아 교단: 치료의 신 노아를 섬기는 교단. 그
레브 시 동편에 교의 총단이 위치

    * 마르쿠제 슐탑 지역거점: 마르쿠제 슐탑의 분점
이 그레브 시의 북쪽에 설립되어 있으나 실제로 이
분점에 파견 나와 있는 슐법사는 거의 없는 것 같
음 (아마도 소규모 사무소 정도인 것 같으나 마르쿠제
슐탑이 워낙 신비로워 정확한 정보는 파악이 어려움)

   2. 그레브 시의 대표적인 흑 세력

    * 야스퍼 전사탑 제2총단: 어둠 성향의 비치족
전사들로 구성된 흑 세력. 그레브 시 서편에 제2총
단을 설치하여 운영 중

    * 시돈: 소수정예의 네크로맨서 집단. 정확한
거점은 파악하지 못했으나 그레브 시의 남부 시가
지에서 시돈의 네크로맨서들이 종종 목격됨

＊ 자크르: 소수정예의 몬스터 테이머 집단. 정확한 거접은 파악하지 못했으나 그레브 시의 북부 시가지에서 테이밍된 몬스터들이 가끔 출몰함

3. 그레브 시의 대표적인 중립 세력

＊ 휴민 길드: 노예상인들의 연합 세력. 대륙 여러 도시에 세력이 퍼져 있으며 생각보다 뿌리가 깊고 저력이 있음 (주의: 상인들이라 쉽게 여기고 건드리면 안 됨)

＊ 행거스 길드: 대륙에 넓게 퍼진 여행자 길드. 라폴리움 시, 그레브 시 등에서 주로 상업 활동 중

이러한 정보들은 은화 반 닢 기사단에서 지속적으로 업데이트 중이었다. 따라서 충분히 믿을 만했다. 이탄은 이상의 정보들을 머릿속에 담아두었다.

쿠퍼 가문에서는 이탄의 이동을 위해 여러 명의 점퍼들을 동원했다. 물론 실제로 이들은 쿠퍼 가문이 아니라 은화 반 닢 기사단에 소속된 요원들이었다.

333호도 점퍼들 틈에 끼어서 이번 일에 참여했다. 333호는 각종 퀘스트에서 이탄을 돕던 전담 보조요원이었다. 단발머리를 찰랑거리며 나타난 333호의 모습은 언제나처럼 새침하고 상큼해 보였다.

'그동안 잘 지냈나?'

이탄은 소리는 내지 않고 입술만 움직여 물었다.

333호의 눈이 반짝였다.

333호는 왠지 모르게 신이 나 보였는데, 어쩌면 이탄이 그녀에게 먼저 말을 걸어주었기 때문인지도 몰랐다.

333호도 입술만 벙긋거려 대답했다.

'저는 잘 지냈습니다. 49호님도 천둥새 퀘스트를 성공적으로 마치셨다고 들었습니다. 축하드립니다.'

'에이. 축하는 무슨.'

이탄이 손을 휘휘 저었다.

그때 피요르드 후작이 이탄에게 다가왔다.

"쿠퍼 가문이 보유한 점퍼가 꽤 많구먼?"

피요르드는 꽤 놀란 듯했다.

이탄이 어깨를 으쓱했다.

"장인어른도 아시다시피 쿠퍼 가문은 대륙 전체에 사업장이 퍼져 있습니다. 그러다 보니 점퍼에 대한 수요가 늘 있습니다."

"하긴. 그렇겠구먼."

피요르드는 이해했다는 듯이 고개를 주억거렸다.

세실이 이탄에게 다가와 아뢰었다.

"가주님, 점프하실 준비가 다 되었습니다."

"그래? 그럼 바로 출발하지."

이탄은 점퍼들이 준비해 놓은 마법진 안으로 걸어 들어갔다.

옆에서 피요르드가 동행했다. 쿠퍼 가문의 호위무사 6명과 집사 2명도 이탄의 뒤를 따랐다. 333호는 집사 가운데 한 명으로 위장한 상태였다.

짹짹짹짹.

주변에서는 새소리가 청명하게 울렸다. 주변 나뭇가지에서 새들이 푸드덕 날갯짓을 하며 날아올랐다.

이탄은 마법진 안에 뒷짐을 지고 서서 날아가는 새들을 물끄러미 바라보았다.

잠시 후.

후오오옹!

점퍼가 그린 마법진이 환한 빛기둥에 휘감겼다. 그 빛이 파앗 사라지면서 공간을 뛰어넘는 점프가 시작되었다.

이탄 일행은 수십 차례의 연속된 점프를 통해 그레브 시에 도착했다. 총 소요시간은 약 반나절 정도였다.

실제로 점프를 하는 데 걸린 시간은 그리 길지 않았으나, 이탄 일행은 점프로 인한 어지럼증 때문에 중간에 몇 차례나 휴식을 취해야 했다.

'후지다, 후져. 역시 서차원의 점프가 동차원의 이송법

진보다 훨씬 더 못하구나. 이송법진만 있었다면 단 몇 초만에 그레브 시까지 날아갔을 것을.'

이탄은 속으로 투덜거렸다.

역시 사람이, 아니 언데드가 한번 편한 것에 길들여지면 그 편함이 없을 때의 불편함이 더욱 크게 느껴지는 것 같았다. 예전에 이탄은 점프만 해도 감지덕지였으나, 지금은 이송법진이 아니면 만족하지 못했다.

여하튼 이탄 일행은 그레브 시의 동쪽 성문 앞에 무사히 도착했다. 그 다음 성문의 경비병들에게 통행세를 지불한 다음 도시 안으로 들어갔다.

그곳에는 그레브 시에서 이탄을 안내해줄 상인이 대기 중이었다.

상인의 이름은 아삽.

화려한 의복에 보석을 주렁주렁 매달고 나타난 이 중년의 상인은 그레브 시에 기반을 둔 상인가문의 가주였다.

아삽은 쿠퍼 가문과 이미 여러 차례 거래를 한 사이였다. 오늘 아삽이 이탄의 안내를 맡은 것도 바로 이러한 인연 때문이었다.

"대쿠퍼 가문의 가주님을 뵙게 되어서 정말 영광입니다. 제게 이런 날이 올 줄은 몰랐습니다. 하아, 하아."

아삽은 환희에 가득 찬 표정으로 이탄을 우러러보았다.

살집이 두둑한 아삽의 얼굴이 땀과 개기름으로 번들거렸다. 아삽의 코에서는 콧김이 연신 뿜어져 나왔다. 아삽과 같은 상인들에게 있어서 쿠퍼 가문의 가주는 대영웅, 혹은 황제보다도 더 높은 사람이었다.

'이 아저씨가 왜 이래?'

이탄은 두 눈을 반짝거리는 아삽이 상당히 부담스러웠다.

하지만 다른 한편으로는 그만큼 쿠퍼 가문의 위세가 대단하다는 뜻이므로 썩 나쁘게 생각할 일만은 아니었다.

"볼품없지만 제가 마차를 준비해 놓았습니다. 부디 오르시지요. 하아, 하아."

아삽이 마차를 가리켰다.

이탄은 아삽이 준비한 마차에 올라탔다. 피요르드가 이탄의 옆자리에 앉았다. 아삽은 이탄의 맞은편 자리를 차지했다.

"어서 출발하자."

아삽의 말이 떨어지기 무섭게 여섯 필의 말이 끄는 마차가 도로를 달리기 시작했다. 그 뒤를 이어 쿠퍼 가문의 수행원들을 태운 또 다른 마차들이 줄지어 움직였다.

Chapter 5

아삽은 이동 중에 여러 번 이탄에게 대화를 시도했다.

하지만 돌아오는 이탄의 반응은 냉담할 뿐이었다. 이탄은 아삽에게 신세를 지면서도 아삽을 제대로 대우해주지 않았다.

해괴한 점은, 이탄이 이렇게 오만하게 행동할수록 아삽은 더욱 열렬한 표정으로 이탄을 우러러본다는 점이었다.

'허어, 이건 또 뭐지?'

피요르드는 이 희한한 상황을 검수들의 입장에 빗대어 보았다.

'저 아삽이라는 중년 상인이 일반 검수라면, 설마 우리 사위는 아라라트 님에 해당하나?'

검성 아라라트.

아울 검탑의 서열 1위이자, 검술계의 살아 있는 신화.

검의 길을 걷는 검수들에게 검성 아라라트는 거의 절반쯤 신이나 다름없었다. 만약 검수들이 만에 하나라도 아라라트를 만나게 된다면, 아마도 지금 아삽이 이탄을 우러러보는 것처럼 두 눈을 초롱초롱 빛내며 아라라트의 얼굴에서 시선을 떼지 못할 것이다. 일반 검수들뿐만이 아니라 피요르드와 같은 최상위급 검수들도 아라라트를 만나면 가슴이 떨려서 마구 콧김을 뿜어대고 땀을 줄줄 흘릴지도 모른다.

'이야아. 그런 관점에서 생각하니까 우리 사위가 더 대단해 보이는데?'

피요르드는 새삼스러운 눈으로 이탄을 보았다.

이탄이 그 눈빛을 느꼈다.

'뭐야? 장인어른은 왜 또 이런 부담스러운 눈빛을 보내시지?'

흠칫한 이탄이 엉덩이를 슬그머니 옆으로 밀어서 피요르드로부터 거리를 벌렸다.

마침내 마차는 도심으로 진입하여 노예시장으로 접어들었다.

노예를 사고파는 곳이라고 해서 꼭 음습하지는 않았다. "그런 것은 편견이다."라고 항변이라도 하는 것처럼 그레브 시의 노예시장은 정갈하면서도 멋스러웠다. 아삽의 마차는 잘 정돈된 상가 대로를 따라 달그락 달그락 전진했다. 이탄은 마차 창문 너머로 보이는 상가들을 물끄러미 바라보았다.

이 상가들 하나하나가 물건 대신 사람을 사고파는 곳들이었다. 상가 진열대에는 오늘 판매할 노예들의 초상화가 산뜻한 붓터치로 그려져 있었다. 그 위쪽에는 '오늘의 핫 노예 10선', '놓치면 후회할 노예 3인방', '신상 노예 20명 긴급 도착' 등의 상업적 문구가 알록달록한 풍선에 매달려 흐느적흐느적 바람에 흔들렸다.

"워워워워."

마차 위에서 마부가 고삐를 당겼다. 여섯 마리 말이 끄는 아삽의 마차는 번화가 한복판에서 멈췄다.

아삽이 마차에서 후다닥 뛰어내리더니, 이탄을 위해 마차 문을 열어주었다.

"도착했습니다. 가주님."

"음."

이탄은 느긋하게 마차에서 내려서 눈앞의 대형 건물을 올려다보았다. 건물 지붕에서 부서진 햇살에 이탄이 눈가를 살짝 찌푸렸다.

사사삭—.

쿠퍼가의 호위무사들이 어느새 각자의 마차에서 내려서 이탄을 둘러쌌다. 단발머리 요원 333호가 이탄을 위해 양산을 씌워주었다. 또 다른 집사는 이탄의 짐을 챙겼다. 피요르드는 자연스럽게 이탄의 왼편에 섰다.

주변의 노예상인들이 흠칫했다.

"뭐지?"

"대단한 사람이라도 왔나?"

"저 마차에 걸린 깃발은 아삽 가문의 것인데? 가만. 저기 저 사람은 아삽 가문의 가주가 아닌가."

"아삽 가문이라면 제법 큰 곳이잖아. 그런 곳의 가주가 젊은 사람 앞에서 저렇게 굽실거린다고?"

노예상인들이 수군거렸다.

이탄은 사람들의 속닥임을 다 들으면서도 모른척했다.

잠시 후, 커다란 건물 안에서 사람들 몇 명이 뛰쳐나왔다. 그 가운데 콧수염을 기른 사내가 이탄 앞으로 조심스럽게 다가왔다.

"저는 이곳 상인회의 총관을 맡고 있는 팬이라고 합니다. 혹시 어디서 오셨습니까?"

팬의 태도는 정중하면서도 박력이 있었다.

이탄이 아삽을 돌아보았다.

아삽은 이탄을 대신하여 한 발 앞으로 나섰다.

"팬 님. 혹시 저를 모르시겠는지요? 저는 미흡하나 아삽 가문을 대표하는 자입니다."

"아하. 당연히 알고말고요. 비록 거래하는 종목은 다르나 곡물 업계의 실력자이신 아삽 님을 누가 모르겠습니까?"

"허허허. 실력자라니, 당치도 않습니다. 그나저나 오늘 제가 모시고 온 분은 아주 귀하신 고객이십니다. 북부의 쿠퍼 가문에 대해서는 팬 님도 익히 듣고 계시겠지요?"

쿠퍼라는 말에 팬의 눈이 번쩍 빛을 토했다.

"헉! 북부의 쿠퍼. 그 위대한 명성을 누가 모르겠습니까. 혹시 오늘 모시고 온 분이 그 위대한 쿠퍼 가문과 관련이 있습니까?"

팬의 음성은 한층 조그맣게 쪼그라들었다.

아삽은 팬뿐 아니라 주변의 모든 상인이 다 들을 정도로 우렁차게 이탄을 소개했다.

"관련이 있느냐고요? 어디 관련이 있다 뿐이겠습니까. 바로 그 위대한 쿠퍼 가문의 영도자. 쿠퍼 가문의 오롯한 끝. 쿠퍼 가문의 가주님이십니다."

"허억!"

팬이 화들짝 놀랐다.

팬의 뒤에 서 있던 사람들도 다들 휘둥그레진 눈으로 이탄을 바라보았다.

어디 그뿐인가. 주변의 노예상인들도 모두 다 경악한 표정이었다. 흡사 둔중한 파문이 상인들의 마음을 흔들고 지나간 듯했다.

"허!"

피요르드는 새삼스레 이탄의 위상을 다시 생각하게 되었다.

이탄이 성큼 발을 내디뎠다.

팬은 황급히 허리를 숙이고 옆으로 비켜섰다. 이탄에게 길을 열어주기 위함이었다.

"이렇게 귀하신 분을 뵙게 되어서 영광, 또 영광이옵니다. 저는 미흡하나마 이곳 상인회의 총관 역할을 맡고 있는 팬이라고 합니다. 가주님께서 감히 시키실 일이 있으시면 주저 없이 이놈을 부려주십시오."

팬은 극진하게 이탄을 대했다.

이탄이 팬의 앞을 스쳐 지나가며 툭 내뱉었다.

"상인회라면 마땅히 회주가 있겠지. 그와 이야기하겠다."

"회주님께서는 마침 외부에 나가 계십니다만, 곧바로 사람을 보내겠습니다. 불편하시더라도 조금만 기다리십시오. 저희 회주님께서 부리나케 달려오실 것입니다."

팬이 두 손바닥을 위로 향하게 들고 연신 허리를 굽실거리며 아뢰었다.

이탄은 아무런 대꾸도 없이 건물 안으로 들어갔다. 아삽과 팬이 그런 이탄의 뒤를 졸졸 쫓았다.

Chapter 6

"이쪽으로 모시겠습니다."

팬은 이탄을 회주의 집무실로 안내했다.

"음."

이탄은 거침없이 상석에 앉았다.

팬이 허둥지둥 회주에게 연락을 취하고, 이탄을 위해서 차와 다과를 내오고, 아삽의 손목을 붙잡고 "대 쿠퍼 가문의 가주님께서 무슨 일로 이렇게 궁벽한 곳까지 찾아오신 겁니까?"라고 물어보는 동안, 이탄은 허리를 꼿꼿하게 세우고 가만히 앉아만 있었다.

그렇게 말없이 앉아있는 것만으로도 이탄의 온몸으로부터 대상인의 기세가 흘러넘쳐 주변을 잠식했다.

피요르드와 같은 검수들은 이 기세를 느끼지 못했다. 그가 상인이 아니기 때문이었다.

반면 노예상인들은 이탄이 풍기는 강렬한 쇠냄새, 혹은 돈냄새에 숨이 턱 막히는 기분이었다.

심지어 쿠퍼 가문의 수행원들조차 이탄의 위엄에 짓눌려 허우적거려야 했다.

이러한 쇠냄새는 결코 그냥 형성되는 것이 아니었다.

재화에 대한 강렬한 집착.

돈이라면 환장하는 마음가짐.

수단과 방법을 가리지 않고 부를 축적하고야 말겠다는 강렬한 의지.

이런 것들이 몸에 박히지 않고서는 절대 쇠냄새를 풍길 수 없었다. 한데 이탄에게서 풍기는 쇠냄새는 상상을 초월할 정도로 진하고 압도적이었다.

이것이 모레툼의 신관 생활 때문인지, 아니면 이탄의 권능 가운데 하나인 만금제어 덕분인지는 알 수 없었다.

하지만 한 가지는 확실했다. 이 자리에 있는 모든 상인들이 이탄의 기세에 눌려 바짝 오그라들었다는 점이었다.

'젊다고 무시할 수 있는 분이 아니시다.'

'대 쿠퍼 가문의 가주답게 피도 눈물도 없이 오로지 부의 축적만을 평생의 목표로 삼으시는 분이시로구나.'

'아마도 쿠퍼 가문의 가주 자리도 평탄하게 오르시지 않으셨겠지. 부모 형제도 가차 없이 제거하고 지독한 돈의 전쟁을 뚫고 오늘날 이 자리에 오르셨을 게야.'

노예상인들은 이탄을 이렇게 오해했다.

만약 이탄이 쿠퍼 가문에서도 이런 노련한 상인의 기세를 드러내었다면, 가문의 주요 사업장을 꾸려가던 상단주들도 기겁을 하며 이탄에게 쩔쩔 맸을 것이다.

한 시간쯤 뒤.

상인회의 회주가 후다닥 나타났다. 헐레벌떡 달려온 듯 회주의 머리는 잔뜩 헝클어졌다. 옷은 온통 땀범벅이었다.

70대 노인인 회주가 이탄 앞에 털썩 무릎을 꿇었다.

"상인회의 포보스가 대 쿠퍼 가문의 가주님을 뵙습니다. 상계의 거목 중의 거목이신 분을 이렇게 직접 뵙다니, 이 포보스에게는 참으로 가슴 떨리게 기쁜 일이 아닐 수 없습니다."

이탄이 상석에서 포보스를 지그시 굽어보았다.

포보스가 찔끔하여 머리를 조아렸다.

"혹시 이 늙은이가 감히 대 쿠퍼 가문에 무슨 죄라도 지었는지요? 말씀만 해주소서. 당장 시정하겠나이다."

이탄의 입이 천천히 열렸다.

"프레야."

"네?"

"프레야라고, 내 아내이자 쿠퍼 가문의 안주인이 있다."

"아, 네. 그러시군요."

포보스는 맞장구를 쳐주었다. 그러다 이어지는 이탄의 말에 포보스는 하마터면 턱이 빠질 뻔했다.

"한데 지금 내 아내가 여기서 신세를 지고 있다던데."

"네에엡? 허걱, 그게 정말입니까?"

포보스가 황급히 총관을 돌아보았다.

"으허헉!"

팬이 고개를 번쩍 들었다. 팬의 동공이 태풍 앞의 촛불처럼 파르르 흔들렸다.

잠시 후, 포보스와 팬은 시커멓게 죽은 얼굴로 이탄을 건물 위층으로 안내했다.

프레야가 이곳 노예 상인회에서 신세를 지고 있다는 말은 꽤 정확했다. 상인회에서는 결코 프레야를 윽박지르거나 함부로 대하지 않았다.

상대는 아울 검탑의 인물들.

비록 프레야와 그녀의 동료들은 도제생에 불과하였으나, 노예상인과 같은 외부인들이 아울 검탑의 정식 검수와 도제생을 구별할 수는 없었다.

또한 노예상인들은 감히 아울 검탑을 상대로 협박을 할 만큼 간이 붓지는 않았다. 실제로 상인회에서 프레야를 협박했다면, 프레야와 그녀의 동료들은 이미 이곳 상인회를 세상에서 지워버렸을 것이다.

하여 상인회에서는 노련하게도 다른 작전을 썼다.

이른바 하소연 작전이었다.

"검의 구도자님들께 감히 여쭙습니다. 저희 상인들은 늙은 부모를 봉양하고 어린 자식들 입에 풀칠을 하면서 하루 벌어 하루 먹고 사는 사람들입니다. 여기 이 장부를 보시면 아시겠지만 저희들은 이 노예들을 사느라 이미 많은 빚을 졌습니다. 또한 이곳을 둘러보시면 아시겠지만 저희는 노예들의 상품 가치가 떨어질세라 그들에게 최상의 음식을 먹이고 질 좋은 침대에서 재웠습니다."

"그렇습니다. 검의 구도자님들께서 한번 이곳을 마음껏 둘러보십시오. 저희 상인들은 스스로 바닥에서 잘지언정, 노예들은 침대에서 재우고 있습니다. 저희들은 호밀빵으로 끼니를 때울지언정, 노예들에게는 매일 같이 고기와 야채를 먹이고 있습니다. 그런 저희들에게 대금도 지불하지 않고 노예들을 빼앗아 가시렵니까?"

"검의 구도자님들께서 그리 하시겠다면 저희같이 힘없는 상인들이 어찌 막을 수 있겠습니까? 빼앗아 가십시오. 저희들의 목숨줄과도 같은 노예들을 강탈해 가십시오. 하지만 그 전에 검으로 제 목을 쳐주시고 가십시오. 노예를 빼앗긴 뒤 저희들은 어차피 살아갈 수가 없습니다."

"저희만 죽이시지 마시고 제 어린 아들과 임신한 아내, 그리고 늙어서 장님이 되신 어머님의 목도 함께 베십시오. 어차피 제가 굶어죽으면 제 식구들도 다 죽습니다."

노예상인들이 아울 검탑의 도제생들 앞에 무릎을 꿇고 목을 쭉 뺐다.

"큭."

도제생들이 기가 질렸다.

Chapter 7

프레야가 이 자리에 있는 도제생들을 대표하여 나섰다.

"직접 살펴보라고? 흥! 그러면 누가 못 할 줄 알고?"

프레야는 상인들의 말에 코웃음을 치며 상가를 뒤져보았다.

한데 상인들의 말은 사실이었다. 이곳의 노예들은 꽤 좋은 대접을 받고 있었다. 노예들의 피부는 뽀얗고 손에 굳은 살도 박이지 않았다.

반면 상인들은 노예들의 상품성을 유지하기 위해서 삼시 세끼 요리를 하고 노예들의 잠자리를 돌보며 쉬지도 못하고 뛰어다녔다.

노예상인들의 말이 100퍼센트 사실은 아니겠으나, 그렇다고 완전한 거짓말도 아니었다. 프레야는 말문이 딱 막혔다.

노예상인이 프레야에게 처량하게 읊조렸다.

"돈도 없으시면서 왜 경매장에서 낙찰을 받으셨습니까? 검의 구도자님들께서 높은 가격에 낙찰을 받으신 통에 다른 손님들이 모두 떠났습니다. 그 손님들에게 노예를 팔지 못하였으므로 저희는 하루하루 넘쳐나는 빚을 갚을 방도가 없습니다."

"검의 구도자님들께서 저희를 죽여주십시오."

"아니면 저희 상인들도 아예 여러분들의 노예로 삼아주십시오. 검의 구도자님들을 위해 봉사할 터이니 저희와 저희 가족들을 먹여 살려 주십시오."

노예상인들이 집요하게 매달렸다.

아울 검탑의 도제생들은 이런 일에 익숙하지 않았다. 다들 검에만 미쳐 살았기에 이럴 경우에 어떻게 대처해야 할지 알 수 없었다.

결국 도제생들은 프레야만 쳐다보았다. 그들은 프레야가 어마어마한 대부호의 아내라는 사실을 알고 있었다.

"하아."

프레야가 깊은 한숨을 내쉬었다.

프레야는 이탄에게 직접 연락을 취하지는 못했다. 그럴 염치가 없어서였다. 결국 프레야가 마법 통신구를 통해 연락한 곳은 친정엄마였고, 그 결과 이탄이 오늘 이 자리까지 찾아오게 되었다.

덜컥.

방문이 열렸다.

아울 검탑의 도제생들이 스산한 눈으로 문 밖을 노려보았다. 도제생들 뒤쪽에는 어린 노예들이 말똥말똥 고개를 치켜들었다.

팬이 문 앞에 서서 정중하게 고개를 숙였다.

"여기입니다."

팬의 머리는 문 안쪽이 아니라 문 밖 복도를 향해서 수그러들었다.

저벅 저벅 발소리가 뒤따랐다. 도제생들은 팽팽한 긴장감을 늦추지 못했다. 저 발소리 가운데 여덟이 심상치 않아서였다. 특히 그중 하나의 발소리는 도제생들도 신경을 쓰지 않으면 잘 들리지 않았다.

저벅 저벅, 저벅 저벅.

8개의 발소리 가운데 여섯은 이탄의 호위무사들이 낸 소리였다. 그리고 마지막 둘은 333호와 또 다른 집사의 발소리였다. 도제생들이 가까스로 들은 발소리는 다름 아닌 333호의 것이었다.

피요르드의 발소리는 도제생들의 귀에 아예 들리지도 않았다. 피요르드 후작은 솜털 보송보송한 도제생들이 감히 가늠할 수 없는 강자였다.

또한 도제생들은 이탄도 제대로 파악하지 못했다. 그들의 귀에 들린 이탄의 발소리는 무술을 전혀 익히지 않은 상인의 그것과 다를 바 없었다.

하긴, 이탄의 무력은 피요르드 후작도 제대로 파악하지 못하는 수준이었다. 도제생들 따위는 어림도 없었다.

깊숙이 허리를 숙인 팬의 곁을 지나쳐, 이탄이 드디어 본 모습을 보였다.

"앗!"

프레야가 헛바람을 집어삼켰다. 이탄의 뒤를 바짝 쫓아들어온 피요르드를 목격하고는 프레야의 눈이 한층 더 커졌다.

"아, 아버지."

프레야가 당황해서 말을 더듬었다.

"헉! 99검님."

아울 검탑의 도제생들이 깜짝 놀라 차렷 자세를 취했다.

피요르드 후작은 보통 검수가 아니었다. 아울 검탑의 진짜 검수들, 달리 아울 99검이라 불리는 검의 구도자들 가운데 한 명이 바로 피요르드였다.

세상 사람들은 뭣도 모르고 아울 검탑에 소속된 도제생들도 모두 검의 구도자라 불렀으나, 실제로 검의 구도자는 그 수가 지극히 제한적이었다.

피요르드의 뒤를 이어 쿠퍼 가문의 호위무사들이 차례로 들어왔다. 333호는 이탄의 바로 뒤쪽에 시립했다. 마지막으로 상인회의 회주인 포보스가 허리를 굽실거리며 뒤따라와 이탄의 눈치를 살폈다.

"가주님, 보시다시피 저희는 검탑의 귀빈분들을 잘 모시고 있었습니다. 이분들께서 편안히 지내실 수 있도록 하였습죠."

이탄은 포보스의 말에 아무런 대꾸도 하지 않았다. 그의 시선은 오로지 프레야에게 고정되었다.

"흠. 흠."

프레야가 새빨개진 얼굴을 옆으로 돌렸다. 솔직히 프레야는 민망해서 쥐구멍 속으로 숨고 싶었다.

'남편도 내팽개치고 오직 검의 길을 걷겠노라며 당당하게 집을 나갈 때는 언제고, 이렇게 위기를 맞으면 결국 나에게 손을 벌리네?'

프레야의 귀에는 이탄이 이렇게 비아냥거리는 소리가 들리는 듯했다.

Chapter 8

실제로 이탄은 이런 비난을 날릴 만큼 속이 좁은 이가 아니었다. 적어도 프레야가 알고 있는 이탄은 그러했다.

그래서 프레야는 더 쪽팔렸다.

'아이 씨, 이게 뭐야. 엄마는 왜 저 사람에게 연락을 하고 그래. 사람 민망하게.'

이탄이 프레야에게 말했다.

"미안하오."

"네?"

의외의 사과에 프레야가 동그란 눈으로 이탄을 바라보았다.

이탄이 덤덤하게 말을 이었다.

"그대가 동료들과 함께 있다는 것을 알면서도 이렇게 불쑥 찾아와서 미안하오. 나는 마침 그레브 시에 일이 있어 머물던 중이었소. 그러다 우연히 장인어른을 길에서 만나게 되었지 뭐요. 장인어른께 들으니 그대도 그레브 시에 있다고 하더이다. 하여 내가 장인어른을 졸라서 한번 들려보았소. 그대가 바쁜 것은 알지만 그래도 얼굴이나 한 번 볼까 하고."

이탄은 프레야의 노예 구매에 대해서는 입도 벙긋하지 않았다. 그저 이 모든 것이 다 우연이라고 둘러대며 프레야가 민망해할 상황을 피해주었다.

"그, 그건."

프레야의 얼굴이 더욱 시뻘겋게 물들었다.

피요르드도 놀란 눈으로 이탄을 돌아보았다.

이탄이 방 안을 쓱 훑었다.

"어디 보자. 이곳은 묵기 괜찮소? 불편함은 없소?"

"아, 그게……."

프레야가 뭔가 대답을 하려고 할 때였다. 이탄이 그녀의 말을 중간에 잘랐다.

"여기 숙소도 나름 아담하고 괜찮아 보이는구려. 하지만 그레브 시에 마침 내가 잘 아는 상인이 있지 뭐요. 괜찮다면 그곳으로 숙소를 옮기면 어떻겠소? 그곳은 여기보다 훨씬 넓고 독립채로 구성되어 있어서 그대와 그대의 동료들이 함께 묵기에 더 편할 거요."

"하지만……."

"만약 그대가 계속 여기에 묵기를 원한다면 할 수 없겠으나, 그렇게 되면 상인으로서 내 체면이 좀 손상된다오. 부인의 동료들에게 숙소도 하나 제공하지 못하면서 무슨 상인이라 하겠소. 아마도 많은 사람들이 내게 손가락질을 할 것 같구려. 그러니 귀찮더라도 그대가 숙소를 옮겨주면 어떻겠소?"

프레야에게 이렇게 권한 다음, 이탄은 피요르드에게 눈짓을 보냈다.

피요르드도 아주 눈치가 없지는 않았다.

"험험. 아비의 생각에도 그게 좋겠구나. 험험험. 아예 몰랐다면 모를까, 이렇게 외지에서 부부가 마주치게 되었는데 따로 숙소를 잡는 것도 이상한 일이 아니겠느냐? 너는 마땅히 사위와 함께 묵어야 할 게야. 다들 괜찮겠지?"

피요르드가 아울 검탑의 검수들을 쓰윽 돌아보았다. 피요르드의 부리부리한 눈동자 깊은 곳에서 포식자처럼 번뜩이는 안광이 흘러나왔다.

도제생들이 기합이 바짝 들어 대답했다.

"99검님의 말씀이 옳습니다."

"저희는 즉시 숙소를 옮기겠습니다."

피요르드는 그제야 한쪽 입꼬리를 끌어올렸다.

"좋아. 그럼 곧바로 짐을 꾸려라."

도제생들이 후다닥 움직였다.

프레야의 얼굴색이 칠면조처럼 마구 변했다. 프레야는 이탄의 마음씀씀이에 크게 감동하였고, 한편으로는 심히 부끄러웠으며, 동시에 민망해서 이 자리에서 싹 사라져버리고 싶었다.

그러는 사이 이탄은 포보스와 흥정을 했다.

"숙박비가 얼마인가?"

"네에?"

포보스가 고개를 들어 이탄을 올려다보았다.

"내 아내와 그 동료들이 머문 비용 말이야. 그들을 융숭하게 대접해주었으니 마땅히 넉넉하게 비용을 지불해야지. 내 아내가 이곳에서 머물면서 발생한 모든 비용을 합해서 말해주시게."

이탄의 말뜻은, 프레야가 경매에서 사들인 노예들의 가격을 숙박비에 얹어서 청구하라는 뜻이었다.

'얼마를 불러야 할까?'

포보스가 재빨리 짱구를 굴렸다.

팬이 다가와서 포보스의 귀에 속삭였다.

포보스와 팬이 시선을 교환한 뒤, 고개를 끄덕였다.

"금화 3천 닢만 주십시오."

포보스는 금화 3천 닢을 제시해놓고 이탄의 눈치를 살폈다. 실제로 이 3천 닢은 이탄이 후작 부인에게 들었던 금액보다 더 낮았다.

하지만 결코 작은 금액은 또 아니었다.

프레야가 움찔해서 피요르드 후작의 눈치를 보았다.

아울 검탑의 재정 규모가 금화 6만 닢 안팎이었다. 금화 3천 닢이면 그 20분의 1에 해당하는 어마어마한 금액이었다.

"끄으으응."

피요르드는 호랑이 눈으로 딸을 노려보았다.

프레야는 감히 얼굴도 들지 못했다.

반면 이탄은 아무렇지도 않았다. 솔직히 이탄은 프레야가 더 크게 사고를 쳐서 금화로 6만 닢쯤 일을 저지르는 편이 더 좋았다.

'고작 금화 6만 닢으로 아울 검탑에 족쇄를 걸어놓을 수 있다면 그보다 더 남는 장사는 없는데.'

이것이 이탄의 셈법이었다.

이탄을 대신하여 333호가 나섰다.

"비용처리 문제는 저와 말씀하시죠."

333호는 마법이 걸린 주머니를 꺼내더니 포보스에게 곧바로 금화 3천 닢을 지불했다.

이탄이 도도하게 턱을 들었다.

"쿠퍼 가문의 안주인이 신세를 진 일이다. 비용만 딱 지불하면 모양새가 빠지지. 성의를 좀 더 표시해."

"네. 가주님."

333호는 주머니에게 금화 2천 닢을 추가로 꺼내서 포보스에게 건넸다.

"감사합니다. 감사합니다."

포보스와 팬이 연신 허리를 꾸벅였다.

그 호탕한 돈질에 피요르드의 눈동자가 바르르 떨렸다.

제7화
야스퍼 전사탑의 기습

Chapter 1

이탄은 프레야를 비롯한 검탑의 도제생들을 데리고 건물 밖으로 나왔다. 프레야가 구매한 노예들도 줄줄이 그 뒤를 따랐다. 그들의 짐보따리가 한가득이었다.

상인회 건물 밖에는 이미 수십 대의 마차가 대기 중이었다. 아삽이 333호의 귀띔을 받고 미리 준비해 놓은 마차들이었다.

"타라."

피요르드가 딱딱하게 내뱉었다.

"넵."

도제생들이 찔끔하여 뒤쪽 마차에 올라탔다.

'이크.'

프레야도 은근슬쩍 동료들 사이에 끼어들려고 했다.

피요르드가 딸의 행동을 제지했다.

"프레야."

"넵?"

"넌 맨 앞이다."

"헙? 아, 네에."

프레야는 축 처진 어깨로 맨 앞쪽의 가장 화려하고 큰 마차에 올라탔다. 억지로 이탄의 옆에 앉게 되자 프레야는 정말 쪽팔려서 죽을 맛이었다. 피요르드가 프레야의 맞은편에 앉아서 부릅뜬 눈으로 딸을 응시했다.

"저는 이쪽에 앉겠습니다."

아삽은 눈치 빠르게도 두 번째 마차로 자리를 옮겼다. 덕분에 맨 앞 마차에는 이탄과 프레야, 피요르드만 탑승했다.

'하아아.'

프레야는 속으로 한숨을 폭 쉬었다.

'이럴 줄 알았으면 집에다 연락하지 말고 노예들도 내버려 둔 채 그냥 도망칠걸. 내가 언제부터 그렇게 인정이 많았다고 노예들을 구해주려 했을까? 하아아.'

프레야는 문득 이런 후회를 했다.

아삽의 부하들이 프레야의 노예들과 그들의 짐까지 모두

마차에 실었다.

"출발."

아삽의 외침에 수십 대의 마차가 열을 지어 출발했다.

도로를 달리던 중, 첫 번째 마차 안에는 무거운 침묵이 흘렀다. 프레야는 입이 10개여도 할 말이 없는 처지였다. 피요르드도 차마 사위의 얼굴을 볼 수가 없어 입을 꾹 다물었다. 이탄은 원래 말수가 적었다.

한참 뒤, 이탄이 문득 고개를 들었다.

"장인어른."

"사위. 왜 그러는가?"

피요르드가 봄바람처럼 부드럽게 되물었다. 프레야는 아버지가 이렇게 부드럽게 말을 하는 것을 평생 보지 못했다.

"어찌하시겠습니까? 저와 함께 피요르드 시로 돌아가시겠습니까? 아니면 따님과 함께 이곳에서 좀 머무시겠습니까?"

"자네는 바로 복귀하려는가?"

피요르드가 눈을 동그랗게 떴다.

이탄이 슬쩍 프레야의 눈치를 보았다.

"이 사람도 바쁘지 않겠습니까. 지금 한창 검의 길을 찾아 수행 중이라 들었습니다. 제가 머물면 이 사람에게 방해가 될 것 같습니다."

"이런, 이런. 그런 게 어디 있어. 한창 검의 길을 걷는다는 자가 한가하게 노예 경매나 하겠는가? 정신이 다른 데 팔린 게지."

피요르드는 대놓고 딸을 깎아내렸다.

"아버지, 저는 그저……. 아닙니다."

프레야가 무슨 말을 하려고 했으나 피요르드의 험악한 표정을 보고는 입을 꾹 다물었다.

피요르드는 나긋나긋하게 이탄을 달랬다.

"이보게, 사위. 그러지 말고 프레야와 이곳에서 며칠만 머물게. 힘들게 이 먼 남부까지 내려왔는데 그래도 그레브 시 구경은 해야 할 것 아닌가. 험험험. 둘 사이에 방해가 되지 않도록 나는 멀리 떨어져 있겠네. 허허험. 둘이 좋은 시간을 한번 보내 보게."

"아버지."

"장인어른."

이탄과 프레야가 동시에 소리를 질렀다.

바로 그때였다.

콰콰쾅!

귀청을 찢는 폭음과 함께 마차 밑바닥이 터져나갔다. 마차 밑바닥에서 솟구친 화염이 마차 천장을 뚫고 상공 10미터 높이까지 솟구쳤다. 마차 바퀴 4개는 사방으로 흩어졌다. 시커먼 연기가 뭉게뭉게 솟구쳤다.

강렬한 폭발에 마차가 완전히 박살 났다.

그래도 다친 사람은 없었다. 폭발이 터지기 직전에 피요르드가 검을 뽑아 주변에 검막을 쳐준 덕분이었다.

이탄과 프레야는 검막 안에서 안전하게 보호되었다.

피요르드의 검막은 마치 풍선과도 같았다. 둥그런 검막이 폭발력을 타고 하늘로 부드럽게 떠오르더니, 살랑살랑 좌우로 흔들리며 길 옆에 얌전히 날아내렸다. .

검막을 찢고 피요르드가 튀어나왔다. 아울 검탑의 99검 피요르드의 얼굴은 딱딱하게 굳어 있었다.

"누구냣?"

성난 사자의 포효가 거리를 뒤흔들었다.

미지의 적들은 첫 번째 마차만 노린 것이 아니었다. 아삽이 탄 두 번째 마차도 처참하게 박살 났다. 도제생들이 있는 뒤쪽 마차들도 완전히 불바다였다. 활활 타오르는 마차 속에서 아울 검탑 도제생들이 검을 뽑아들고 분분히 튀어나왔다.

다행히 아삽도 목숨을 건졌다.

아삽은 쿠퍼가의 호위무사들과 함께 마차를 탔다. 한데 333호가 폭발의 기운을 감지하자마자 재빨리 아삽의 뒷덜미를 잡고 마차 밖으로 집어던졌다. 강제로 허공을 날아가

건물 벽에 거칠게 부딪친 탓에 아삽은 팔 한쪽과 다리 하나가 부러지고 갈비뼈가 으스러졌으되, 간신히 목숨은 부지했다.

노예들은 많이 죽었다. 어린 노예들은 마차 창문에 매달려 신나게 거리를 구경하다가 갑작스러운 폭발에 휘말려 봉변을 당했다.

"이런."

프레야가 입술을 꽉 깨물었다. 그녀의 주먹에 힘이 잔뜩 들어가 부르르 떨렸다.

이탄은 침착했다. 주변을 둘러보는 이탄의 눈 속에서 섬뜩한 기운이 생성되었다가 벼락처럼 다시 자취를 감추었다.

이탄의 눈이 스치고 지나간 골목 안쪽.

짝짝짝.

박수 소리와 함께 건장한 체격의 사내가 걸어 나왔다.

Chapter 2

"99검님, 환영합니다. 이 먼 남쪽까지 가족여행을 다 오시고. 음홧홧홧."

사내는 밤색 수염을 덥수룩하게 기른 모습이었다. 키는 2미터가 넘었다. 사내의 온몸은 단단한 근육질로 가득했다. 사내의 등에는 삼각형의 방패가 매달려 흔들거렸으며, 오른손에는 짧은 단창을 하나 쥐고 있었다.

이탄은 이런 복장이 익숙했다.

'훗. 야스퍼 전사탑이네.'

야스퍼 전사탑은 흑 성향의 세력들 가운데 열 손가락 안에 꼽히는 곳이었다. 그곳의 전사들은 노란 안광을 뿜어내어 무기를 강화하여 싸우는데, 한번 전투에 뛰어들면 물러서는 법이 없기로 유명했다.

이탄은 트루게이스 시에서 야스퍼 전사탑과 처음 부딪쳤다. 그 뒤에도 과이올라 시 등에서 맞붙었다.

피요르드가 코웃음을 쳤다.

"흥. 누군가 했네. 모이라이, 너 많이 컸다. 감히 내 앞에서 그렇게 당당히 서 있고 말이야. 전에는 꽁지 빠지게 도망치더니."

피요르드는 저 밤색 수염 사내와 잘 아는 사이인 것 같았다.

모이라이라는 이름에 333호가 흠칫했다.

"모이라이라면 나름 유명인입니다. 그는 야스퍼 전사탑의 서열 4위로 전사탑의 무력부대를 이끌고 있습니다."

333호가 아주 작게 속삭였다.

"흠."

이탄은 짧게 고개를 주억거렸다.

모이라이가 호탕하게 웃었다.

"음홧홧홧홧. 다른 사람이 그런 망발을 했다면 당장 목을 찢어놓았겠지요. 하지만 아울 검탑의 99검이라면 능히 그런 오만한 말을 할 자격이 있습니다. 맞습니다. 이 모이라이가 어떻게 감히 99검님의 앞에 당당히 서 있을 수 있겠습니까? 그래서 다른 사람들의 손을 좀 빌렸습니다만. 음홧홧홧."

모이라이의 반대편, 건물 옥상 위에서 회색 로브를 입은 노인이 모습을 드러내었다. 눈알이 노란색으로 번들거리는 노인이었다. 노인은 이마에 독특한 형태의 문자를 노란색으로 새겨 넣었다.

노인의 머리 뒤에는 기다란 장창이 한 자루 둥실 떠 있었다.

피요르드의 안색이 살짝 변했다.

"게라스."

그 이름이 튀어나오기 무섭게 333호가 이탄에게 속삭였다.

"게라스는 야스퍼 전사탑의 서열3위입니다. 아래쪽 서열

들과 달리, 야스퍼 전사탑의 서열 1, 2, 3위는 상당히 버겁다고 알려져 있습니다."

"흐으음."

이탄은 지붕 위의 노인을 꼼꼼히 살폈다.

게라스가 피요르드를 굽어보며 입술을 비틀었다.

"흐흐흐. 99검, 오랜만이군."

그 말에 이탄이 속으로 생각했다.

'저 게라스라는 늙은이도 장인어른과 안면이 있는 모양이구나.'

이탄이 판단컨대 게라스는 피요르드 후작과 거의 비등할 듯했다.

게라스의 등장과 함께 건물 지붕 곳곳에서 야스퍼 전사탑의 전사들이 속속 모습을 보였다. 다들 삼각방패를 팔뚝에 차고 창을 움켜쥔 모습들이었다.

'이런. 함정이구나. 쯧쯧쯧. 야스퍼 전사탑에서 함정을 파놓고 장인어른을 기다렸어. 프레야는 아무것도 모르고 미끼 역할을 했고.'

돌아가는 낌새를 보건대 야스퍼 전사탑이 노리는 대상은 이탄은 아닌 듯했다. 적들은 오로지 피요르드 후작을 잡기 위해서 이곳에서 매복 중이었다.

한편 아울 검탑의 생존자들은 피요르드 후작을 중심으로

둥글게 뭉쳤다. 야스퍼 전사탑의 전사들이 그 주변을 둥글게 에워쌌다.

피요르드가 입술을 꾹 깨물었다. 피요르드는 자신의 검술에 자신이 있었으나, 지금 상황은 상당히 곤혹스러웠다.

'게라스를 상대하는 것도 만만치 않아. 거기다 모이라이까지 있으면 무척 힘든 싸움이 될 게야. 그래도 한번 싸워볼 만은 한데, 문제는 이 아이들이지.'

피요르드가 강적과 맞서 싸우는 동안, 프레야와 이탄, 그리고 아울 검탑의 도제생들이 곤경이 빠진다면?

그 즉시 피요르드의 정신이 분산될 수밖에 없었다.

혹은, 프레야와 이탄이 적들에게 포로로 잡히기라도 한다면? 저 사악한 놈들이 인질을 빌미로 피요르드를 협박한다면?

그럼 오늘 이 자리에서 피요르드가 살아남을 확률은 거의 0에 가까웠다.

피요르드가 결심을 굳혔다.

'어차피 다 살리지는 못한다. 프레야와 이탄이 최우선이야.'

피요르드는 검탑의 도제생들은 일단 포기했다.

Chapter 3

피요르드의 눈이 딸과 사위를 빠르게 훑고 지나갔다.

프레야는 비장한 표정으로 검을 뽑은 모습이었다. 이탄은 쿠퍼가 호위무사들에게 둘러싸여 무덤덤하게 서 있었다.

'왜 저렇게 태연하지? 사위에게 뭔가 믿는 구석이 있나? 고작 저 정도 호위무사만으로는 야스퍼 전사탑을 막지 못할 텐데?'

피요르드가 이런 의문을 품을 때였다. 상황이 더욱 절망적으로 돌변했다.

"크흐흐. 99검이라? 검의 구도자들 가운데 요새 가장 사납게 날뛰는 분이시라지? 처음 뵙겠소. 나는 야스퍼의 종 모로스라고 하외다."

낙타처럼 등이 굽은 꼽추노인이 모이라이 뒤에서 스윽 나타났다. 노인의 이마에도 노란색 문자가 문신처럼 새겨져 있었다.

"모로스 님, 오셨습니까?"

꼽추노인의 등장과 동시에 모이라이가 정중하게 허리를 숙였다.

"윽."

모로스라는 이름의 꼽추노인을 보자마자 피요르드의 동공이 파르르 흔들렸다.

"허억? 모로스라니!"

333호도 펄쩍 뛰었다.

이탄이 소리를 낮춰 물었다.

"왜 그렇게 놀라? 저 꼽추노인이 누군데?"

"모로스를 모르십니까? 야스퍼 전사탑의 서열 2위. 살아 있는 재앙, 그 모로스 말입니다."

333호는 바짝 겁을 내었다. 실제로 333호의 피부에 소름이 쫙 돋았다. 그만큼 모로스는 악명이 자자한 거물이었다.

반면 이탄은 속으로 코웃음을 쳤다.

'살아 있는 재앙이라고? 하하하. 별명 한번 거창하군. 저 꼽추 늙은이가 과연 그런 별명이 붙을 만한 인물인지는 모르겠는데.'

이탄이 혀로 입술을 쌕 핥았다.

조금 전까지만 해도 이탄은 심드렁했다. 그는 피요르드 후작이 모이라이와 맞서 싸울 동안 전투에 끼어들 마음이 없었다. 그저 피요르드 후작의 뒤에 숨어서 가만히 지켜볼 생각이었다.

게라스가 등장했을 때도 마찬가지였다. 이탄은 내심 게

라스의 무력이 궁금했으나, 굳이 번거롭게 끼어들 마음은 들지 않았다.

한데 모로스가 이탄을 자극했다. 아니, 엄밀하게 말해서 모로스의 별칭이 이탄의 심기를 건드렸다.

'건방지게 말이야. 살아 있는 재앙이라니. 흐응. 어디 내게도 재앙을 안겨줄 수 있을지 한 번 볼까?'

이탄은 모로스를 향해 군침을 다셨다.

"이봐."

이탄이 333호를 불렀다.

"네, 49호님."

333호가 아무에게도 들리지 않을 목소리로 속삭여 대답했다.

"잠시 후 전투가 벌어지면 내가 겉옷을 벗어줄 테니 그걸 입고 있어. 그냥 가만히 서서 내 흉내만 내주면 돼."

"49호님은 어쩌시렵니까?"

333호가 눈을 반짝 빛냈다.

이탄이 단호하게 고개를 가로저었다.

"그런 건 신경 쓰지 마."

"넵."

333호는 곧바로 고개를 숙였다.

이탄이 333호에게 명령을 내리는 동안, 프레야가 슬금슬금 이동하여 이탄의 옆으로 다가왔다.

"어디 가지 말고 내 뒤에 꼭 붙어 있어요."

프레야는 비장하게 말했다.

이탄이 고개를 갸웃했다.

"지금 뭐라고 했소?"

"싸움이 시작되면 내 뒤에 꼭 붙어 있으라고요. 쿠퍼가의 호위무사들을 무시할 생각은 없지만, 지금 등장한 적들은 당신이 생각하는 수준이 아니에요. 그러니까 어설프게 도망치다가 적들의 시선을 끌지 말고 내 뒤에 꼭 붙어 있으라고요."

프레야는 이탄에게 미안했다. 자신 때문에 이탄이 이런 위기를 맞은 것 같아 진심으로 마음이 아팠다.

그 죄책감이 프레야의 마음속에서 책임감으로 변했다.

'어떻게든 내가 이 사람을 보호해야 해. 싸우다 죽는 한이 있더라도 이 사람만은 지켜내고야 말겠어.'

프레야의 눈빛이 그 어느 때보다도 더 강한 신념으로 불타올랐다.

이탄은 어이가 없었으나, 굳이 거부하지는 않았다.

"알겠소. 방해가 되지 않게 그대 뒤에 붙어 있으리다."

"잘 생각했어요."

프레야가 뒤도 돌아보지 않고 고개를 주억거렸다.

이탄은 호위무사들에게 둘러싸인 채 슬금슬금 뒤로 물러났다. 그 다음 건물 벽을 등지고 프레야와 호위무사들의 보호를 받았다.

333호와 또 다른 집사가 이탄의 곁에 딱 달라붙었다.

프레야는 호위무사들보다 10미터쯤 앞에서 검을 곧게 세우고 적들을 막을 준비를 했다.

전방에서는 이미 전투가 시작되었다.

"갑니다."

모이라이가 자신의 목을 좌우로 우두둑 우두둑 소리 나게 꺾었다. 그리곤 삼각방패로 가슴을 가리고 단창을 앞으로 향한 채 슬금슬금 피요르드에게 접근했다.

쭈우웅!

모이라이의 눈에서 뿜어진 노란색 안광이 그의 삼각방패와 단창을 노랗게 물들였다. 이렇게 눈빛으로 인챈트(Enchant: 마법강화)를 걸어 무기를 강화하는 것이야말로 야스퍼 전사탑 전사들의 특기였다.

서열 4위인 모이라이가 피요르드의 전면으로 접근하는 동안, 서열 3위인 게라스는 회색 로브를 펄럭이며 지붕에서 풀쩍 뛰어내렸다. 게라스의 창은 여전히 주인의 머리 위에 둥실 떠서 창끝을 피요르드 후작에게 겨냥했다.

'쉽지 않겠구나.'

피요르드가 입술을 꽉 깨물었다. 피요르드는 검을 한 번 피잇! 털어낸 다음, 검날을 자신의 등에 밀착했다.

후오옹!

피요르드의 검에서 휘황찬란하게 은빛 오러가 피어올랐다.

'어디 보자.'

피요르드는 전면에 동공을 고정한 채 감각으로 주변을 살폈다.

야스퍼 전사탑의 적들이 아울 검탑의 도제생들을 향해 포위망을 좁히는 중이었다. 프레야는 건물을 등지고 서서 검을 곧추세운 중이었다. 이탄은 프레야 뒤에 있는 것 같았다.

아주 짧은 찰나, 피요르드의 입가에 한 줄기 미소가 스치고 지나갔다.

'후후훗. 녀석. 그래도 제 남편이라고 보호를 하는구나. 둘의 사이가 아주 나쁜 것은 아니라 다행이구나.'

피요르드는 얼핏 이런 생각을 품었다.

Chapter 4

뒤이어서 피요르드의 감각이 모로스의 위치를 찾았다.

지금 피요르드의 앞에는 모이라이가 접근하는 중이었다. 등 뒤에선 게라스가 슬금슬금 거리를 좁혀왔다.

하지만 피요르드가 가장 신경 쓰는 적은 이 둘이 아니라 모로스였다. 살아 있는 재앙이라 불리는 바로 그 모로스.

한데 모로스의 위치가 피요르드의 감각에 잡히지 않았다. 모로스는 짙은 안개 속에 몸을 숨긴 것처럼 모호했다.

감각으로 상대를 특정할 수 없다는 것은, 상대가 그만큼 강적이라는 의미였다.

'이런!'

피요르드의 가슴이 철렁 내려앉았다.

그 짧은 틈을 적들은 놓치지 않았다.

"99검님. 과거의 복수를 해드리겠습니다. 기대하시죠. 핫핫핫."

모이라이가 거친 웃음소리와 함께 자세를 확 낮췄다. 그 상태에서 모이라이가 신체를 가속했다.

슈와악!

땅바닥에 한 줄기 노란 빛이 S자로 그어졌다. 마치 노란 아나콘다가 먹잇감을 향해 화악 덮쳐드는 듯한 모습이었다.

"흥."

피요르드도 곧바로 반응했다. 등 뒤로 감춰져 있던 피요르드의 검이 모이라이를 향해 움직였다. 은빛 오러가 10미터도 넘게 피어올랐다.

바로 그때를 노려 게라스가 움직였다. 게라스의 머리 위에 떠 있던 기다란 창이 갑자기 노란 빛에 휩싸여 18개로 불어났다.

게라스가 중얼중얼 주문을 외웠다.

그러자 게라스의 이마에 박힌 문신이 아주 샛노란 빛을 내뿜었다. 그 빛이 게라스의 머리 위에 떠 있는 18개의 노란 빛에 깃들었다.

마치 노란색 물속에 샛노란 물감이 퍼진 것처럼, 게라스의 머리 위에는 아주 샛노란 빛깔의 창 18개가 부채꼴로 촤라락 펼쳐졌다.

"가랏."

피요르드가 검을 휘둘러 모이라이를 공격한 순간, 게라스가 크게 외쳤다. 게라스의 머리 위에 떠 있던 샛노란 빛깔의 창들이 일순간에 전방으로 쏘아져 나갔다.

그뿐만이 아니었다. 18개의 창 위에는 요정처럼 조그맣고 노란 악령들이 나타나 창대에 올라탔다.

그 모습이 해괴하면서도 섬뜩해 보였다.

피요르드의 검은 우선 모이라이의 단창과 부딪쳤다.

파창!

은빛과 노란빛이 하나로 뒤섞였다가 다시 폭발했다. 직후, 은빛 광채가 뒤쪽으로 튕겨나가는가 싶더니 허공에 크게 반원을 그렸다. 게라스가 쏘아낸 장창 열여덟 자루가 그 반원에 걸려 충돌했다.

소리는 들리지 않았다. 빛과 빛이 부딪치면서 빛의 파편들만이 사방으로 터져 나왔다.

샛노란 파편에 스친 것만으로도 건물이 통째로 썽둥썽둥 썰렸다. 도로에 고랑이 깊게 팼다.

끄와우―와우!

게라스의 창에 올라탄 조그만 악령들이 끔찍한 괴성을 토했다.

피요르드가 게라스의 공격을 막아내는 사이, 모이라이는 옆으로 스텝을 밟아 피요르드의 왼쪽으로 파고들었다.

"어림도 없다."

피요르드의 검이 반사적으로 모이라이의 머리 위로 떨어졌다.

꽈릉!

한 줄기 은빛 번개가 내리쳐 모이라이의 머리통을 쪼개놓으려 들었다.

"크윽. 역시 99검님은 화끈하군요."

모이라이는 노랗게 물든 삼각방패로 피요르드의 오러를

빗겨 흘린 뒤, 상대의 안쪽으로 파고들어 단창을 휘둘렀다.

"이크."

피요르드가 급하게 스텝을 밟아 모이라이의 공격을 회피했다.

이번엔 기다렸다는 듯이 악령들이 조종하는 샛노란 창들이 날아와 피요르드를 공격했다. 피요르드는 피가 날 정도로 자신의 입술을 깨물었다.

"크윽."

피요르드의 검에서 은빛 오러가 더욱 거세게 뿜어졌다.

피요르드는 정말 미친 듯이 싸웠다. 모든 것을 감각에 내맡긴 채 전후좌우로 마구 오러를 뿌렸다.

콰앙! 쾅! 쾅! 쾅!

그 가공할 기세에 휘말려 게라스와 모이라이는 제대로 승기를 잡지 못했다. 오히려 그들이 피요르드의 공세에 밀려 뒷걸음질을 쳤다.

한데 표정은 정반대였다.

미친 듯이 공격을 퍼붓는 피요르드는 오히려 안색이 어두웠다. 반면 게라스와 모이라이는 거친 숨소리 사이로 비릿한 웃음을 흘렸다. 지금 이 공방이 피요르드에게 손해라는 사실을 잘 알기 때문이었다.

'저렇게 오러를 마구 뿌리다간 금세 지치지.'

'후후훗. 어디 99검님이 얼마나 버티나 봅시다.'

이것이 게라스와 모이라이의 생각이었다.

게라스가 한 번 공격을 퍼부으면 피요르드가 반사적으로 맞받아쳤다. 게라스가 뒤로 훌쩍 물러나면 이번에는 모이라이가 피요르드의 뒤를 노렸다.

오래 전 게라스는 젊은 피요르드와 싸웠다가 무승부로 끝났다.

모이라이도 피요르드와 맞붙었다가 크게 낭패를 보고 도망쳤다.

그 무렵 게라스는 피요르드보다 훨씬 더 나이가 많고 흑세력의 거물급으로 명성이 자자하던 참이었다.

한데 젊은 검수와 무승부를 이루면서 게라스의 명성에 금이 갔다. 대신 피요르드는 많은 사람들의 찬사를 받았다. 게라스에게는 이것이 큰 치욕으로 남았다.

'이번이 치욕을 갚아줄 절호의 찬스야.'

게라스는 주먹을 꽉 움켜쥐었다.

모이라이의 심정도 게라스와 별반 다르지 않았다. 피요르드의 검격에 놀라 꽁지 빠지게 도망친 이후로, 모이라이는 이제나저제나 그 치욕을 갚아줄 날만을 손꼽아 기다렸다.

'오늘 반드시 99검님의 목을 따드리지요. 후후훗.'

모이라이 역시 이번 기회를 절대로 놓치지 않을 생각이
었다.

제8화

꼽추노인 모로스

Chapter 1

게라스와 모이라이 .VS. 피요르드 후작.

세 사람이 톱니바퀴처럼 맞물려 돌아갔다.

은빛 오러가 수십 미터 길이로 크게 솟구치고 나면, 기다렸다는 듯이 샛노란 창들이 허공을 수놓았다. 노란 방패와 노란 단창이 찬란한 빛을 토했다. 창에 올라탄 조그만 악령 열여덟 마리는 정신 사납게 웃음을 토해놓았다.

강렬한 전투의 여파로 거리는 폐허로 변했다.

와장창 부서지는 거리 저편에서는 야스퍼 전사탑의 전사들이 삼각방패를 서로 맞물리며 아울 검탑의 도제생들을 공격했다.

도제생들은 아울 검탑의 명성에 누가 되지 않을 만큼 뛰어난 실력을 지녔다.

　하지만 적이 너무 많았다. 시간이 흐를수록 도제생들의 검세는 눈에 띄게 줄어들었다. 반면 야스퍼 전사들이 내뿜는 노란 빛은 점점 더 기승을 부렸다.

　"크악."

　마침내 아울 검탑 도제생들 가운데 첫 번째 희생자가 나왔다. 젊은 도제생 한 명이 복부가 창에 꿰뚫린 채 털썩 쓰러진 것이다.

　"안 돼!"

　프레야가 괴성을 질렀다.

　이탄이 프레야를 다그쳤다.

　"어서 동료들을 도우러 가시오. 나는 걱정 말고."

　"그, 그건!"

　프레야가 어쩔 줄 몰라 망설였다.

　생각 같아서는 프레야도 동료들을 도우러 달려가고 싶었다. 하지만 그랬다가 이탄이 다칠까 봐 걱정되었다.

　이탄이 한 번 더 밀어붙였다.

　"쿠퍼가의 호위들은 강하오. 그리고 적들은 쿠퍼 가문이 아니라 아울 검탑을 우선적으로 노리고 있지 않소? 나는 여기서 잘 버틸 수 있소. 그러니 그대는 어서 가서 동료들을 도우시오. 이러다 아울 검탑 사람들이 다 죽겠소.”

이탄의 표정은 다급했다.

마침내 프레야가 결심을 굳혔다.

“알았어요. 여기서 함부로 움직이지 말고 조금만 버텨요. 내가 곧 돌아올게요.”

프레야는 이탄에게 신신당부를 한 다음, 쿠퍼가의 호위무사들을 둘러보았다.

다들 굳은 표정으로 고개를 주억거렸다.

‘가주님은 저희에게 맡기십시오.’

‘저희가 목숨을 걸고 가주님을 지킬 것입니다.’

호위무사들의 눈은 이렇게 다짐하는 듯했다. 프레야가 그들을 믿고 몸을 휙 날렸다.

오늘 이 자리의 도제생들 가운데 프레야의 검술 실력이 가장 뛰어났다.

“이놈들.”

프레야는 암호랑이처럼 크게 호통을 내지르더니, 그 호통 소리가 적들의 귀에 닿기도 전에 적진에 뛰어들었다.

슈가각!

프레야가 휘두른 검 끝에서 오러가 줄기줄기 뿜어져 나왔다. 그 오러가 야스퍼 전사 한 명의 옆구리를 깊게 베고, 이어서 두 번째 적의 목줄기를 훑었다.

분수처럼 뿜어진 피가 프레야의 얼굴에 붉게 튀었다.

"와아아아."

프레야가 가세하자 도제생들의 사기도 급증했다. 아울 검탑의 도제생들은 각자의 검에서 오러를 일으키며 야스퍼 전사들과 맞서 싸웠다.

이탄은 먼발치에서 치열한 전투를 바라보았다.

"흐음."

이탄의 눈빛에는 별다른 감흥이 없었다. 동차원과 피사 노교의 전투에 비하면 도제생들의 전투는 어린애들 장난 같았다.

'그나마 장인어른 쪽은 좀 봐줄 만하네.'

이것이 이탄의 판단이었다.

"프레야가 언제 돌아올지 모르잖아? 그러니 이제 나도 좀 움직여 볼까나?"

이탄은 깍지 낀 손목을 빙글빙글 돌렸다. 그 다음 화려한 겉옷을 벗어 333호에게 던져주었다.

"자. 이걸 걸치고 있어."

"네."

333호가 재빨리 이탄의 겉옷을 입고 이탄의 대역을 맡았다.

이탄은 쿠퍼 가문의 가주를 상징하는 사파이어 반지 3개 도 손가락에서 빼서 333호에게 건넸다.

"이것도 끼고."

"알겠습니다, 49호님."

이탄이 출전 준비를 하는 동안, 호위무사들은 잔뜩 기대한 얼굴로 이탄을 곁눈질했다.

333호나 집사, 그리고 점퍼들과 마찬가지로 이들 호위무사들도 사실 은화 반 닢 기사단에 소속된 보조팀 요원들이었다.

이들 하급 요원들에게 있어서 이탄은 최근 가장 핫(Hot)한 선배였다. 요 근래 전투요원들 중에 이탄처럼 대단한 성과를 내는 자는 없었다.

'드디어 49호님의 실력을 보는 건가?'

하급 요원들은 침을 꿀꺽 삼켰다.

이탄이 손목에 이어서 발목도 빙글빙글 돌렸다. 그렇게 몸을 푼 다음 토옹! 바닥을 박찼다.

발바닥 앞쪽으로 가볍게 땅을 밀었을 뿐인데 어느새 이탄의 모습은 요원들의 눈에서 사라졌다.

'헉!'

끔찍하게 빠른 이탄의 속도에 다들 자지러졌다. 333호를 비롯한 요원들이 눈 한 번 깜짝였을 즈음, 이탄은 이미 모로스의 옆을 차지했다.

"으응?"

꼽추노인 모로스가 흠칫했다.

그때 이미 이탄은 모로스의 곁에 착 달라붙었다.

"네가 살아 있는 재앙이라며?"

"뭐? 뭣?"

모로스는 진짜로 심장이 덜컥했다.

제대로 인지도 하지 못한 사이에 옆에 누군가 나타나서 말을 건다면, 세상 그 누구라도 깜짝 놀랄 수밖에 없으리라.

하지만 이건 시작에 불과했다. 더더욱 놀랄 일이 모로스를 기다렸다.

"맞잖아. 살아 있는 재앙 모로스."

"네놈은 누구냣? 커헙?"

모로스가 이탄을 향해 눈을 부라린 것과, 이탄의 모로스의 목덜미를 낚아채 으슥한 골목 안쪽으로 휘익 끌고 들어간 것은 거의 동시였다.

모로스는 감히 저항조차 하지 못했다. 상대가 목을 낚아채서 잡아당기는 힘이 어찌나 강하고 억셌던지 저항은 아무런 의미가 없었다.

모로스가 골목 안으로 끌려 들어오기 무섭게 이탄이 손이 모로스의 몸을 위에서 아래로 짓눌렀다.

Chapter 2

"크헙."

모로스는 땅바닥에 납죽 엎드려야만 했다.

모로스의 이마에서 노란 문신이 허공으로 떠올랐다. 그 문신이 빙글빙글 돌면서 한 자루의 샛노란 창으로 변했다.

모로스의 창은 얼핏 보기에는 게라스의 샛노란 창과 비슷했다.

실상은 하늘과 땅 차이였다. 게라스의 창이 고작 건물이나 성벽을 부술 정도라면, 모로스의 창 안에는 성채 하나를 통째로 파괴할 만큼의 가공할 에너지가 응축되어 있었다. 이 노란 창을 바라보는 것만으로도 멀쩡하던 사람이 기절을 하고 신체가 허물어질 지경이었다.

끄아아아아!

샛노란 창으로부터 거대한 악령이 크게 일어났다. 게라스의 창에 올라탄 조그만 악령과는 비교도 되지 않을 정도로 크고 강력한 악령이었다.

악령은 창과 함께 이탄을 덮쳤다.

이탄은 그 공격을 막지 않았다. 그저 몸으로 상대의 공격을 튕겨냈을 뿐이다.

콰앙!

끔찍한 폭음과 함께 샛노란 창이 산산이 부서졌다.

그 전에 악령이 먼저 으스러졌다. 샛노란 파편들이 뒤로 화악 날아가면서 후방의 시가지를 그대로 휩쓸었다.

콰콰콰콰콰—.

노란 폭풍에 휘말린 시가지의 모습은 처참했다. 건물 잔해에 깔려 무수히 많은 시민들이 목숨을 잃었다.

반면 이탄은 솜털 하나 다치지 않았다.

"무엇?"

모로스가 기겁했다.

이탄의 모로스를 손가락 하나로 바닥에 짓누른 채 중얼거렸다.

"설마 이게 다는 아니겠지? 살아 있는 재앙이라면서 이게 다일 리는 없어. 그렇지?"

이탄의 목소리에는 아무런 감정이 실려 있지 않았다.

그래서 더 섬뜩했다. 모로스는 심장이 덜컥 내려앉았다. 눈앞의 이 젊은 녀석에게서는 아무런 위압감도 느껴지지 않았다. 모로스의 눈에 비친 이탄은 배가 볼록 나오고 얼굴이 창백한 미소년에 불과했다.

그 미소년이 모로스의 공격을 아무렇지도 않게 튕겨내었다. 그 미소년이 모로스를 손가락 하나로 짓눌러 바닥에 납작 엎드리게 만들었다. 모로스가 아무리 발버둥 치려고 해도 상대의 손가락에서 벗어나지 못했다.

"으으으. 당신은 누구십니까?"

모로스가 이탄에게 존칭을 썼다.

이탄은 모로스의 질문에 답하지 않았다. 무덤덤하게 제할 말만 뇌까렸다.

"살아 있는 재앙이라며? 별칭은 꽤나 인상적인데 말이야, 실체는 아무것도 없나? 이게 어딜 봐서 살아 있는 재앙이라는 거지? 이마에 새긴 이 문신이 재앙이라는 뜻인가?"

이탄의 엄지와 검지가 모로스의 이마를 향해 다가왔다.

"으으으으읏."

무서운 예감에 모로스가 몸서리를 쳤다.

그 예감은 틀리지 않았다.

"끄아아아악!"

이탄은 잔인하게도 모로스의 이맛살을 손가락으로 붙잡아서 그대로 뜯어내었다. 이마에 새겨진 노란 문신이 이탄의 손가락에 잡혀 그대로 뽑혔다.

이탄이 문신을 꼬집어 잡으려 할 때였다. 문신 속에서 새로운 창이 튀어나와 이탄의 손을 찔렀다. 창에 곁들여진 악령이 무시무시한 괴성을 질렀다.

그 즉시 창이 100배의 반탄력으로 튕겨나가며 모로스의 두개골을 으스러뜨릴 뻔했다.

그 전에 이탄이 막았다. 이탄은 붉은 금속을 움직여 모로스를 두개골을 보호해주었다.

"끄으으으읏."

모로스가 부들부들 떨었다.

이탄은 손가락 2개로 상대의 문신을 뜯어내었다. 그 다음 피가 줄줄 흐르는 모로스의 이마 속을 가만히 들여다보았다.

"호오? 문신이 피부에만 새겨진 것이 아니구나. 두개골에도 문신이 박혔어."

이탄의 중얼거림처럼, 노란 문신은 모로스의 이마 속 두개골에도 박혀 있었다. 문자처럼 보이는 문신이 모로스의 두개골 위쪽으로 쭉 이어졌다.

"희한한데?"

이탄은 인형을 가지고 노는 아이처럼 모로스 앞에 앉아서 상대의 머리를 자신의 무릎 사이에 끼웠다.

"아으으으."

모로스가 턱을 덜덜 떨었다.

이탄은 양손으로 모로스의 얼굴을 붙잡은 뒤, 양손 엄지손가락을 상대의 이마 부위에 밀착했다. 그리곤 엄지를 양옆으로 살짝 벌렸다.

투둑.

모로스의 이마 가죽이 좌우로 뜯겨졌다. 그러면서 모로스의 허연 두개골이 드러났다. 샛노란 문신은 그 위쪽까지 이어졌다.

"어라? 이게 계속 이어지네?"

이탄은 엄지를 꼬물꼬물 움직여 상대의 머리 가죽을 계속 좌우로 벌렸다. 노란 문신은 모로스의 정수리를 지나 뒤통수로 이어져 내려왔다.

이탄이 계속 살가죽을 뜯어서 벌리는 동안, 모로스는 가늘게 신음만 흘릴 뿐 반항조차 하지 못했다.

이탄은 샛노란 문신이 모로스의 뒤통수를 지나 척추로 이어진 것을 발견했다.

"하! 이거 재미있네."

이탄이 모로스의 뒷목 살을 벌려서 목뼈를 살피는 동안, 모로스의 머리와 목에서는 점점 더 많은 양의 피가 흘렀다.

이탄이 모로스의 굽은 등가죽을 좌우로 뜯어냈다.

노란 문신은 낙타처럼 굽은 모로스의 등으로 이어졌다가 그곳에서 커다란 덩어리를 이루었다. 잔뜩 굽은 등속에 샛노랗게 뭉쳐 있는 혹 같은 덩어리를 보면서 이탄이 입꼬리를 히죽 끌어올렸다.

"이제 알겠다. 이 덩어리가 네 힘의 원천이구나. 정확하게 이게 뭔지는 모르겠다만, 이 덩어리에서 에너지를 끌어

올려서 창으로 만드는 거야. 내 말이 맞지?"

이탄이 물었다.

모로스는 이미 피를 너무 많이 흘려 대답할 기운도 없었다. 그저 모로스는 이탄의 바지를 자신의 피로 흠뻑 적시며 축 늘어져 있을 뿐이었다.

〈다음 권에 계속〉